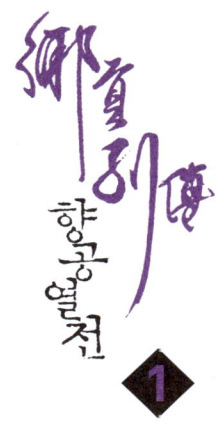

향공열전

1

조진행 신무협 장편소설
ORIENTAL FANTASY STORY & ADVENTURE

dream
books
드림북스

향공열전(鄕貢列傳) 1

월하서생(月下書生)

초판 1쇄 인쇄 / 2007년 10월 23일
초판 1쇄 발행 / 2007년 11월 2일

지은이 / 조진행

발행인 / 오영배
편집장 / 김경인
펴낸 곳 / (주)삼양출판사 · 드림북스

주소 / 서울특별시 강북구 미아8동 322-10호
대표 전화 / 02-980-2112~4 팩스 / 02-983-0660
편집부 전화 / 02-980-2116 팩스 / 02-983-8201
홈페이지 / www.sydreambooks.com

등록번호 / 제9-00046호
등록일자 / 1999년 3월 11일

값 8,000원

ISBN 978-89-542-2236-5   04810
ISBN 978-89-542-2235-8   (세트)

* 지은이와 협의하에 인지는 생략합니다.
* 잘못된 책은 구입한 곳에서 바꾸어 드립니다.

목 차

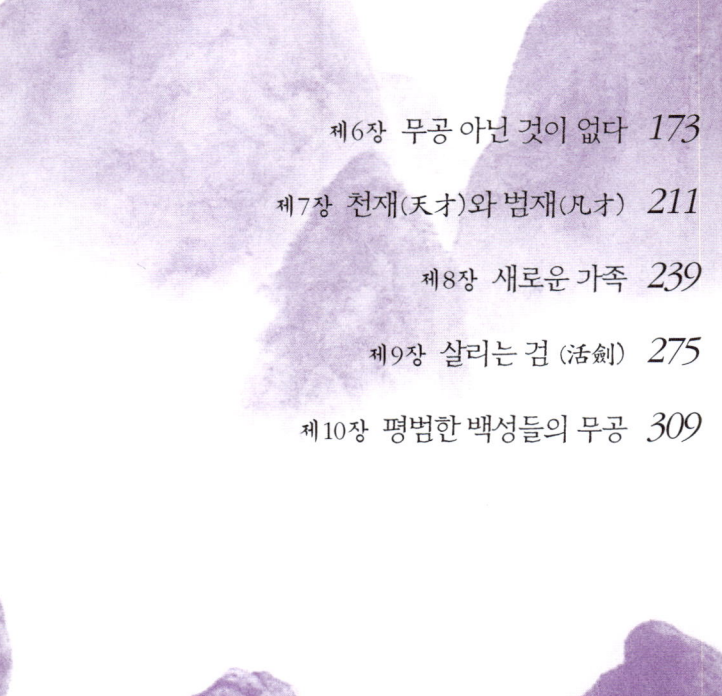

제1장
동선루의 연인(戀人)

숭산의 대림사(大林寺)는 소림사(少林寺)가 들어서기 훨씬 이전에 세워진 절이다. 그럼에도 불구하고 사람들은 숭산에 대림사라고 하는 작은 사찰이 자리하고 있다는 것을 잘 모른다. 대림사에는 소림사의 달마만큼 이름이 알려진 스님이 없는 까닭이다.

소림사의 스님들이 소림사라는 이름에 자부심을 느끼는 것과 달리 대림사의 스님들은 마음속에 조금씩의 피해의식을 안고 있다. 달마와 같은 걸출한 스님을 배출하지 못한 것 때문은 아니다.

소림사보다 오래 됐지만 그걸 알아주는 사람이 없다는 단순한 이유 때문도 아니다. 소림사가 유명해진 뒤로 대림사는 종종 비교의 대상이 되곤 했다. 그것도 수도자가 가장 꺼려하는 것으로 말이다.

"소림사의 스님들은 무공도 뛰어나지만…… 겸손하잖아. 소림사…… 이름부터가 겸손해. 그런데 소림사를 흉내내서 세운 대림사는 뭐냐? 별 볼일 없는 작은 절인데 웬 대림사? 벼는 익을수록 고개를 숙인다는데…… 쯧! 큰스님이 나오지 않는 데는 다 그만한 이유가 있는 법이라니까."

대림사의 학승(學僧) 만월(萬月)은 오랜만에 찾아온 참배객들이 저희들끼리 수군거리는 소리를 듣고 가볍게 인상을 찡그렸다. 많지 않은 대림사의 신도들이 들었다면 입에 거품을 물고 난리를 칠법한 소리였지만, 만월의 수양은 그렇게 가볍지 않았다.

만월이 설립연대를 가르쳐 주기 위해 세 사람의 참배객에게 다가갔다. 하지만 세 사람의 참배객은 자기들끼리 나눈 이야기를 들었다고 생각했는지 뒤도 돌아보지 않고 멀어져갔다.

달려가면 세 사람을 잡고 연대기를 읊어줄 수도 있지만 만월은 그렇게 하지 않았다. 하루이틀의 일도 아닌지라 그만 지치고 만 것이다.

만월은 멀어져가는 세 사람의 뒷모습을 바라보며 맥없이 중

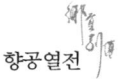
향공열전

얼거렸다.

"처사님들……, 대림사는 소림사보다 훨씬 오래된 절이고요. 대웅전 뒤편에 서 있는 세 그루 백송(白松)을 보고 개파조사께서 대림사라고 지은 것이랍니다."

물론 당시에는 세 그루 외에도 제법 많은 백송이 있었다는데, 지금은 병충해(病蟲害)로 죄다 죽었다. 그 뒤로 몇 번 더 백송을 옮겨 심었다는데, 심는 족족 병이 들어 말라 죽자 더 이상 백송을 옮겨 심지 않았다.

이제 남은 것은 백송 한 그루. 그걸 두고 대림사라고 하기에는 어딘가 설득력이 없어 보인다. 그래서 대림사의 스님들은 어지간해서는 사람들의 입방아에 오르내리지 않으려고 했다.

"에혁! 하필 소림사가 근처에 들어와서는……. 그나저나 구마선사(驅魔禪師)께서는 언제쯤에나 대림사를 위해 하산(下山)을 하시려는지……."

만월의 시선이 대웅전의 뒤편에 자리한 작은 전각으로 향했다.

요즘 대림사의 무승들은 이렇게 말한다. "소림사에 달마가 있다면, 대림사에는 구마선사가 있다"라고. 솔직히 학승인 자신이 보기에 구마선사는 대단한 무승(武僧)으로 보이지 않는다.

그저 고지식한 선승으로 알고 있었는데, 무승들이 디단한 무술을 지녔다니 그런가 보다 하는 것뿐이다.

"강호에 나가면 알게 되겠지……. 우물 안의 개구리인지, 정말 달마보다 뛰어나신지……."

그래서 자신을 포함한 대림사의 스님들은 더욱 구마선사가 전각에서 나와 주기를 바라고 있는지도 모른다. 구마선사는 암울한 대림사의 희망이었다.

'하지만 난 구마선사께서 무공을 연마하신다는 소리를 들은 적이 없는데…….'

다른 무승들은 아침저녁으로 마당에서 대림사의 전통무술을 연마한다. 구마선사가 정말 대단한 무승이라면 그럴 때 한 번 연공하는 모습을 보일만도 하건만, 애석하게도 구마선사가 연공하는 모습을 본 사람은 없었다.

'그런데 왜 구마선사께서 달마에 비견되는 분이라고 하는 거지?'

만월은 이내 고개를 설레설레 저었다. 자신이 고민한다고 알아지는 일이 아니라고 생각한 것이다. 게다가 무승도 아닌 학승이 끼어들 일도 아니었다.

그래도 만월의 발걸음은 저도 모르게 구마선사의 전각으로 향하고 있었다.

대림사의 방장 천장선사(天仗禪師)가 안타까운 눈빛으로 눈앞에 앉은 구마선사를 바라보았다. 오늘로 벌써 열흘째 구마선사는 입을 열지 않았다. 묵언수행(默言修行) 중이라면 그런

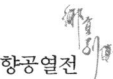
향공열전

가보다 하겠지만, 그것도 아니다. 그냥 열흘 전 자신의 질문을 듣는 순간 눈을 감았던 것이다.

"사백(師伯)님, 저의 부탁 때문에 그러시는 것입니까?"

"……."

구마선사는 대답하지 않았지만 천장선사는 알 수 있었다. 구마선사는 방장인 자신에게 화를 내고 있는 것이다.

"대림사의 이름을 널리 알리자는 것이 그토록 잘못된 일입니까?"

"……."

"사백님께서 무공을 익히신 것은 단지 건강을 위해서가 아니지 않습니까?"

"……."

"사백님께서……."

천장선사가 계속 뭐라고 말하려고 할 때다. 돌처럼 굳어 있던 구마선사의 입이 열흘 만에 처음으로 열렸다.

"건강…… 때문이네."

"……."

이번에는 방장인 천장선사의 입이 붙어 버렸다. 천하제일의 무인(武人)이라고 믿어 의심치 않고 있던 사백이 단지 건강 때문에 무공을 익혔다고 하니 놀란 것이다.

한참 만에 천장선사가 더듬더듬 말했다.

"어, 어찌…… 건강을 위해…… 그토록 모질게 연공하실 수 있단 말씀이십니까?"

요즘은 좌선(坐禪)에 빠져 있지만, 자신이 아는 한 구마선사의 연공은 광적(狂的)이었다. 내공을 수련하기 위해 십 년 면벽은 기본이었다. 지공(指功)을 익히다가 부러지지 않은 손가락이 없고, 장법을 익힌다고 바위를 때리다가 장독(掌毒)이 올라 손목을 자를 뻔하기도 했다. 그렇게 건강을 해치면서 연공을 하시던 분이 오히려 건강을 위해서 했다고 하니 어이가 없는 것이다.

"지난 열흘간…… 생각을 많이 했네."

"하오시면 소림사로 가서 비무를 하실 생각이십니까?"

열흘 전에 자신이 부탁한 것은 소림사로 가서 비무를 해달라는 것이었다. 대림사의 이름으로 소림사를 꺾어 땅에 떨어진 대림사의 위신을 세우자는 취지에서다.

"어찌 불제자(佛弟子)가 되어 공명(功名)을 위해 남과 다투겠는가?"

"끙! 하지만……."

"계속 들으시게. 대림사를 위해…… 내가 할 수 있는 일을 알게 되었네."

"그, 그것이 무엇입니까?"

천장선사의 얼굴이 일순 밝아졌다. 사백이 무승들을 지도해주실 것이라 생각한 것이다. 설사 사백이 직접 소림사를 방문하지 않더라도, 제자들을 키우면 될 일이었다. 그렇지 않아도

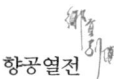
향공열전

혈기왕성한 무승들에게 소림사와의 비무는 시키지 않아도 할 일들이지 않겠는가!

"방장께서는 대림사에 불경이 모두 몇 권이나 있는지 알고 계시는가?"

"모릅니다. 학승도 아닌 제가 그걸 어찌 알겠습니까?"

천장선사가 다소 심통 맞은 음성으로 대답했다. 솔직히 학승이라고 해도 불경이 몇 권인지는 모를 것이었다.

"음, 그럴 줄 알았네. 밖에 만월스님 계신가!"

전각 밖에서 방장과 구마선사의 대화를 엿듣고 있던 만월이 깜짝 놀라 답했다.

"예? 예, 예. 저, 저는 그저, 우연히 지나가다가…… 여기 있습니다."

"잠시 들어오시게."

만월이 전각 안으로 들어갔다. 그리고 조심스럽게 방장인 천장선사와 구마선사의 눈치를 살폈다. 머릿속으로는 '말 한 번도 나눠본 적이 없는 구마선사가 자신을 어찌 알았을까?' 신기했지만, 지금은 그게 중요한 게 아니다. 대림사의 지주(支柱)라고 할 수 있는 두 고승(高僧)이, 별 볼일 없는 자신을 불러들인 것이다. 그 이유를 추측하는 것만으로도 머리에서 진땀이 났다.

천장선사가 웃으며 말했다.

"긴장하지 마시게. 만월스님이나 나나, 방장스님이나 다 같은 사람이 아닌가?"

"어이쿠! 어찌…… 그런 말씀을……."

"허허, 그럼 우리가 개나 돼지란 말인가? 아니, 만월스님이 그처럼 놀라는 것을 보니 산짐승인 모양이로군. 인두겁을 쓴 짐승 말일세. 방장스님, 우리가 산짐승으로 보일 수도 있다는 것을 아셨소? 어허허헛!"

"……."

천장선사는 객쩍은 농담에 화답하지 않았다. 대림사의 이름을 떨치느냐 마느냐 하는 순간인지라 여유가 없었던 것이다.

혼자서 박장대소(拍掌大笑)하던 구마선사가 다시 만월을 바라보았다.

"빈승(貧僧)은 만월스님이 불경을 연구하시는 큰일을 하고 있음을 알고 있소."

"아닙니다. 작은 일일 뿐입니다."

"작지 않소. 작지 않소. 대림사에 만월스님과 만해(萬海)스님, 해운(海運)스님 같은 분이 계시지 않았다면…… 대림사는 진즉에 산도적들의 소굴로 변해 버렸을 것이오."

"헉! 산적이라니요. 그렇지 않습니다."

만월이 방장인 천장선사의 안색을 살피며 손사래를 쳤다. 자신이나 만해, 해운은 모두가 학승들이다.

무술과 불법을 함께 연마하는 사찰치고 학승이 무승보다 더

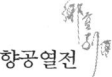
향공열전

대접을 받는 곳은 없었다. 그러니 구마선사의 말은 좀 지나친 감이 있었던 것이다.

만월의 입에서 저도 모르게 한숨이 흘러나왔다. 천장선사의 얼굴에서는 이미 화색(和色)이 지워진 지 오래였다. 한마디로 고래 싸움에 새우등이 터지게 될지도 모를 형국인 것이다. 밖에서 조금 엿들은 바에 의하면 구마선사와 천장선사의 의견이 상당히 달랐다.

'그런데 아무런 상관이 없는 나를 왜 끌어들인 거냐고요!'

억울해하는 만월의 심정과는 상관없이 구마선사가 빙글빙글 웃으며 말했다.

"만월스님께서는 본사에 불경이 몇 권이나 있는지 아시오?"

"그건……."

만월이 선뜻 답하지 못하고 망설였다. 모른다. 그걸 대체 누가 안다고? 방장도 모르고, 학승도 모르고, 무승도 모르고, 불목하니(절에서 밥 짓고 물 긷는 일을 하는 사람)도 모를 것이다. 왜냐하면 그런 것은 불도(佛道)와 아무런 관계가 없기 때문이다.

만월은 마음속의 부르짖음과는 반대로 답했다.

"하아! 소승이 부족해서…… 아직 불경이 몇 권인지 파악해 두지 못했습니다."

"그러셨구려……."

뭔가 아쉽고 안타깝다는 듯한 구마선사의 음성에 만월은 괜한 죄책감이 들었다. 하지만 이내 소림사의 스님들도 장경각에 몇 권의 책이 있는지 모를 것이라는 생각으로 스스로를 위로했다.

"사백님께서는 본사에 있는 경전의 수를 아십니까?"

천장선사가 '너도 별수 없지 않느냐' 하는 표정으로 구마선사를 바라보았다.

"빈승이 세어본 바에 의하면…… 필사본만 칠십이 권이더이다."

"허어! 그럴 리가요. 제 선방에 있는 책만 해도 삼십 권이 넘는걸요."

천장선사가 받아들이기 어렵다는 얼굴로 구마선사를 바라보았다. 자신의 방에만 삼십 권이 넘게 있는데 어찌 대림사에 칠십이 권밖에 없다고 말한단 말인가?

"방장의 선방에 삼십 권이 있을 뿐이지요. 대림사를 통틀어 칠십이 권이 있을 뿐입니다."

"그, 그렇게나 경전이 없었습니까?"

천장선사의 질문에 구마선사가 고개를 끄덕여 주었다. 사실이다. 이런 일에 과장할 이유는 없었다.

"방장스님, 모두가 소승과 같은 학승들의 부족함 때문입니다."

만월이 얼굴을 붉히며 고개를 숙였다. 구마선사가 자신을 불러들인 이유가 그것을 힐난하기 위함이라는 생각이 든 것이

향공열전

다. 무승이 무공을 익히는 일에 주력한다면 학승은 불경을 연구하고 필사하는 일을 주로 했다.

그러니 절에 불경이 많지 않다는 것은 전적으로 학승들의 태만함 때문이었다. 물론 돈으로 더러 경전을 사오는 일도 있었지만, 재정이 넉넉하지 않은 작은 사찰에서 그런 것은 논외로 쳐야 했다.

"허허, 어찌 학승들의 잘못이겠소? 학승만 불제자고, 다른 이는 죄다 무위도식(無爲徒食)하는 자들이오? 그건 우리 모두의 과오인 것이외다."

"하지만…… 필사는 우리 학승들의 일이기에……."

"헐! 아니외다. 아니외다. 학승들도 무공을 익히고 있지 않소? 그러니 무승들도 필사를 등한시 하면 안 되는 것이ろ요."

구마선사의 말에 만월과 천장선사 모두가 이해할 수 없다는 얼굴을 해보였다. 학승이 언제 무공을 익혔다고 저런 소리를 하는지 알 수가 없었던 것이다.

"저어…… 선사님, 저희 학승들은 따로 무공을 익히지 않습니다."

"푸헐! 만월스님, 학승은 걷거나, 뛰거나, 손을 쓰거나 하지 않소?"

"하, 합니다."

갑작스런 질문에 만월이 얼떨결에 대답을 하고 다시 구마선사를 바라보았다. 걷고 뛰고 손을 쓰는 일이 왜 무공과 연관되는지 알 수 없었던 것이다.

"보시오. 걷는 건 보법, 뛰는 건 경신법, 주먹을 쥐면 권법, 손가락을 쓰면 지법, 손바닥을 사용하면 장법이 아니오? 사람의 움직이는 모든 것이 곧 무공인데, 어찌 연공하지 않는다고 말할 수 있겠소?"

"하지만…… 저희 학승들은 몸짓으로 끝날뿐……, 그것으로 아무것도 할 수 없습니다."

"그것은 몸짓에 아무런 의미도 부여하지 않기 때문이라오. 나중에는 그것이 일상화 되어 스스로를 구속하기 때문에 아무것도 할 수 없는 것이지, 결코 무공을 익히지 못해서가 아니라오. 무승은 그런 몸짓들에 의미를 부여해서 외우려고 하는 것이고……. 그러니 학승이 무공을 익히지 못했고, 무승이 필사를 하면 안 된다는 것은 편견일 뿐이오. 무승이라고 경전을 읽거나 쓰지 못하는 것도 아니지 않소?"

"……."

만월은 저도 모르게 고개를 주억거렸다. 듣고 보니 맞는 말이 아닌가? 학승과 무승으로 사람을 가르고 한 가지 일만 생각하도록 한다는 것 자체가 이상했다.

묵묵히 듣고 있던 천장선사가 승복하기 어렵다는 듯 이의를 제기했다.

"사백님, 하지만 무공을 익히기에 적합한 사람이 있고, 연구에 적합한 사람이 있지 않습니까? 무승과 학승은 그렇게 잘

할 수 있는 것을 기준으로 나눈 것뿐입니다. 원천적으로 다른 것을 하지 못하게 하려는 제도가 아니라는 말씀이지요."

"허허, 잘 알고 있소이다. 그러니 이제 내가 하려는 일을 방장께서도 이해해 주실 줄 믿소이다."

"네? 무슨 일을 이해해 달라는 말씀이십니까?"

천장선사가 눈을 휘둥그렇게 뜨고 사백인 구마선사를 바라보았다. 대화 중에 무엇을 하겠다는 말을 들은 기억이 없기 때문이다.

"대림사에 불경이 부족한데, 연구에 적합한 내가 있으니, 대림사의 제자들을 위해 불경을 필사하겠다는 말입니다."

"그, 그건…… 사백께서는 연로하셔서…… 그런 일은 맞지 않는……."

"헐! 나보다 안력(眼力)과 체력(體力)이 좋은 사람이 있다면, 내 다시는 방장에게 필사하겠다는 말을 하지 않으리다."

"끙!"

천장선가의 입에서 앓는 소리가 흘러나왔다. 비록 의부에 알려지지는 않았지만, 이미 천하제일인이라고 믿고 있는 구마선사다.

소림사도 아닌 대림사에 그런 구마선사의 눈과 체력을 따라갈 만한 사람이 있을 리가 없지 않은가?

"사백님, 무얼 하셔도 좋습니다. 제발…… 저의 부탁을 한 번만 들어 주십시오."

"알겠소이다. 내가 특별히 대림사의 제자들을 위해 경전의 필사에 혼신의 힘을 다하겠소이다."

"하아!"

천장선사의 입에서 장탄식이 흘러나왔다. 천하제일인이라고 믿고 있던 사백에게 걸었던 모든 기대를 깨끗이 접으려니 눈물이 핑 돌 지경이었다.

하지만 사백의 뜻을 알게 된 이상 더 이상 강요하고 싶지도 않았다. 어쨌든 사백이나 자신은 무공보다 불도(佛道)에 뜻을 둔 사람들이었기 때문이다.

한참 만에 마음을 진정시킨 천장선사가 나지막한 음성으로 말했다.

"만월스님, 잘 보아두시게. 이분이야 말로…… 천하제일인이시라네."

"예……."

만월은 구마선사의 한 초식도 엿본 적이 없지만 천장선사의 말을 의심하지 않았다. 구마선사와의 대화 속에서 뭔가 깨달아 지는 것이 있었던 것이다.

비록 구마선사는 대림사의 밖으로 단 한 걸음도 나가지 않았지만, 그가 천하제일인이 아니라면 누구도 천하제일인이 될 수 없다는 생각이 들었다.

그렇게 해서 대림사 최고의 고수이자 천하제일인일지도 모

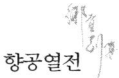

향공열전

르는 구마선사는 경전의 필사 작업에 투입되었다. 혼신의 힘을 다하겠다는 약속은 허언이 아니었다. 구마선사가 입적(入寂)하기 전까지 필사한 경전은 모두 삼백 권. 게다가 그 하나하나가 희귀하지 않은 경전이 없었다. 구마선사의 필사 덕분에 한동안 대림사는 희귀한 경전을 가장 많이 보유하는 전국 최고의 사찰이라는 소리를 듣기도 했다. 고사찰(古寺刹) 대림사의 이름이 널리 알려지게 된 것은 물론이다.

구마선사와 천장선사의 비사(秘事)는 만월의 입을 통해 몇몇 사람들에게 전해졌다.

세월이 흘렀다. 비가 눈이 되고, 눈이 다시 비가 되기를 수십 차례.

구마선사도 천장선사도 만월도 잊혀져 갔다. 대림사의 방장과 스님들도 몇 번이나 바뀌었다. 전임 방장들과 학승들이 사찰을 옮길 때마다 한두 권씩 들고 나간 필사본 때문에 대림사의 희귀 경전은 대부분 유실되고 말았다.

대림사의 승려들 중에 구마선사의 이름을 아는 이도 없어질 무렵, 하남성에 큰 기근이 들었다.

마침 강소성(江蘇省)의 졸부(猝富) 성무원(成無怨)이 소림사를 구경 간다고 집을 나섰다가 길을 잃고 대림사로 들어가게 된다.

그날 성무원은 피골(皮骨)이 상접한 대림사의 승려들을 보고 측은지심(惻隱之心)이 발동해 거액을 기부했다. 당시 대림사의 방장이었던 편운선사(片雲禪師)는 그 보답으로 오래된 유마경(維摩經)의 필사본 한 권을 성무원에게 전해 준다.

그것은 대림사에 남아 있던 구마선사의 마지막 필사본이기도 했다.

*　　*　　*

두 남녀가 동선루(東仙樓)의 난간에 기대어 서 있다. 두 남녀의 앞에는 낙조(落照)에 붉게 물든 강이 어디론가 밀려가고 있었다. 비가 그친지 얼마 되지 않은 탓에 불어난 물살에서는 힘찬 기운이 느껴졌지만, 두 남녀는 그런 것에는 관심을 두지 않았다.

노을이 비낀 황하(黃河)나 남녀의 모습 모두가 그림처럼 그럴듯한지라 동선루의 손님들까지 간혹 힐끔거렸다. 아니 어쩌면 지금 동선루의 손님들은 노을이 비끼는 황하보다 저 두 남녀의 행동거지에 신경을 쓰고 있는지도 몰랐다. 그만큼 두 남녀의 외모와 분위기는 평범하지 않았다.

그러거나 말거나 남자의 관심은 온통 여자에게 쏠려 있었다.

"황(黃) 소저, 오늘 그대를 보내면 언제 다시 만날 수 있을지……. 아아! 저 붉은 강물이야말로 지금의 내 가슴과 똑같구

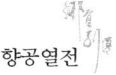

향공열전

려. 맹세컨대…… 내 피가 이처럼 뜨겁게 끓어오른 적은 단 한 번도 없었소이다. 내 고백 하리다. 이렇게 살아 있음의 벅찬 감동을 느끼게 해준 사람은 황 소저가 처음이요. 오직 황 소저만이 나에게 이런 감동을 선사해 줄 수가 있소이다."

"철(鐵) 소협, 과찬이세요. 저는 보잘 것 없는 여자랍니다. 게다가 저는……."

황수란(黃秀蘭)이 남자의 정열을 감당하기 힘들다는 듯 머뭇 거렸다. 하지만 영 싫지는 않은 듯 사내의 곁을 떠나지도 않았다.

그런 황수란을 보고 있던 철목왕(鐵睦王)이 주먹을 둘끈 말아 쥐며 말했다.

"황 소저께서 나의 진심을 받아 주신다면…… 저 황하 속으로 뛰어들라고 해도 그렇게 하겠소. 한때의 쾌락을 위해서가 아니오. 지금의 나는 황 소저에게 나의 모든 것을 걸고 있소."

"아아! 미안해요. 저는, 저는 정말, 자격이 없는 여자예요."

"허! 그 무슨 말씀이시오! 황 소저가 자격이 없다면 누가 자격이 있단 말씀이시오? 과거는 이미 존재하지 않소. 우리는 현재에 살고 있는 사람들이 아니오? 오늘의 나와 소저만을 생각해 주시오."

"……."

그러나 남자의 뜨거운 열정은 오히려 여자의 고운 입술에서 한숨이 흘러나오게 만들었다.

"하아! 철 소협께서 말씀하시는 현재도…… 곧 과거가 되고 만답니다. 살아 있는 것은 저 강물과 같아서…… 끊임없이 뒤엉켜 흘러갈 뿐이지요. 우리는…… 우리의 눈앞을 흘러가는 과거와 현재와 미래를 바라보기만 할 뿐이랍니다. 누가 과거를 완전히 끊고 살 수 있겠어요?"

"……."

너무도 현기어린 말 앞에 철목왕은 일순 할 말을 잃었다. 그러나 이내 전보다 더 뜨거운 열정으로 두 눈이 활활 타올랐다.

'이런 재녀(才女)를 놓친다는 것은 말이 안 된다. 절대로 놓치지 않을 것이다. 과거는 아무 문제가 없다! 아니 그녀의 과거는 현재 그녀의 고귀함에 비하면 아무것도 아니다! 암! 그렇고말고!'

비록 황수란이 기녀였다고 하나 그건 단지 살기 위해서 선택한 일이었다. 요즘 같은 시국에 살기 위해서 무슨 일인들 하지 못할까! 오히려 부모와 형제들의 피를 빨아먹으며 방구석에서 뒹구는 여염집 여자들보다 황수란이 백배 천배 훌륭한 여자인지도 모른다.

철목왕이 황수란의 가녀린 팔목을 움켜잡았다.

"결심했소! 나는 황 소저의 곁에서 떠나지 않을 것이오! 황 소저가 없는 곳에서 아무런 의미 없이 백년을 사는 것보다…… 황 소저와 함께 하루를 사는 것이 낫소. 나를 거절하지 말아주시오! 아니! 거절해도 소용없소이다! 나는 결코 황 소저를 놓아주지 않을 테니 말이오!"

"철 소협……."

어느 여자가 이런 남자의 열정에 탄복하지 않으랴! 마침내 황보란이 미미하게 고개를 끄덕였다.

짝짝짝짝—

기다렸다는 듯 우레와 같은 박수 소리가 들려왔다.

"축하합니다!"

"잘 사시오!"

힐끔힐끔 보고 있던 동선루의 손님들이 일제히 손뼉을 치며 새로 탄생한 두 연인을 응원했다. 팍팍한 세상에서 모처럼 훈훈한 광경을 지켜보고 있다는 듯한 표정들이었다.

철목왕이 쑥스러운 듯 머리를 벅벅 긁다가 황수란의 손을 잡고 동선루를 떠나갔다.

두 남녀가 사라지자 손님들은 "철가보(鐵家堡)의 주인인 철산원(鐵山園)이 기녀를 한 식구로 받아들일까?"를 두고 갑론을박(甲論乙駁)하기 시작했다. 그들도 남자와 여자가 누구인지 진즉부터 알고 있었던 것이다. 남자는 무한(武漢)에서 유명한 무가(武家)인 철가보의 큰아들이고, 여자는 강남에서 제법 알려진 기녀 황수란이었다.

새로 탄생한 연인을 두고 사람들의 의견은 극단적으로 갈렸다. "체면을 중시하는 철산원의 고지식한 성격에 반드시 깨진다"와 "자식 이기는 부모 없다"는 것이 그것이다. 한참 만에 누군가의 중얼거림으로 소란은 가라앉았다.

"철목왕이 황하에 뛰어들겠다고까지 했으니…… 어쩔 수 없잖아. 인정해 줘야지."

"그건 그렇군……."

"허기사……."

"죽겠다는 걸 누가 막아……."

황하에 뛰어들라고 해도 그렇게 하겠다는 결심을 들은 손님들인지라 대부분 새로운 연인의 앞날을 긍정적으로 내다보았다. 한바탕 시끌시끌하던 잡담이 끝나자 분위기는 다시 가라앉았다. 각자 자기들의 화제로 돌아간 것이다.

잠시 후 창가에 앉았던 서생 하나가 천천히 자리에서 일어섰다. 서생의 얼굴에는 만족한 듯한 미소가 떠올라 있었다.

*   *   *

황수란이 앞에 앉은 서생에게 활짝 웃어 보였다. 그의 말대로 한 덕분에 철목왕과의 일이 잘 풀린 까닭이다.

"서(西) 향공(鄕貢; 지방의 향시에 합격한 생도) 덕분에 어려운 일을 이루게 되었군요. 이건 약속한 금액입니다."

황수란이 두툼한 돈주머니를 서생에게 내밀었다.

"감사합니다."

서문영(西文榮)이 돈주머니를 받아 품안에 갈무리했다.

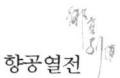

향공열전

황수란이 관심어린 눈으로 서문영의 일거수일투족(一擧手一投足)을 살폈다. 돈을 주고받는 다소 어색한 순간이었지만 동작 하나하나가 섬세하고 어딘지 모르게 우아해 보였다. 향공이라고 하더니, 어쩌면 저것이 진정한 서생의 몸짓이 아닐까 싶다.

"저어, 그리고 이건 보잘 것 없지만…… 서 향공에 대한 저의 성의이니 받아주세요. 더 드리고 싶지만…… 가진 게 없네요."

황수란이 가늘고 긴 손가락에서 반지를 빼어 서문영에게 내밀었다.

순간 서문영의 눈이 가볍게 흔들렸다. 죽은 어머니의 유품이라며 한시도 몸에서 떼어놓지 않는다던 반지였다.

"괜찮습니다. 이미 충분한 보수를 받았습니다."

"아니에요."

황수란이 피하려는 서문영의 손을 잡았다. 그리고 억지로 반지를 손바닥에 넣어주었다. 그러고도 뭔가 아쉽다는 듯 황수란은 서문영의 손을 놓지 않았다.

"……"

잠시 어색한 침묵이 흘렀다. 먼저 말문을 연 사람은 황수란이었다.

"한때는 제가 기녀였지만…… 그래도 먼저 마음을 준 이는 없었답니다. 서 향공은 정말 저에게 특별한 분이에요. 영원히

서 향공의 은혜를 잊지 않겠어요."

서문영이 슬며시 손을 빼며 말했다.

"황 소저께서는 마음이 고우시니 큰 어려움은 없을 것입니다. 아무쪼록 두 분이 백년해로(百年偕老) 하시기를 바랍니다."

"……."

이윽고 서문영이 자리에서 일어나 밖으로 나갔다.

멀어져가는 서문영의 뒷모습을 바라보던 황수란의 입에서 탄식이 흘러나왔다. 탁자 위에 놓인 반지를 뒤늦게 발견한 것이다.

"하아!"

반지를 집어 다시 손가락에 끼던 황수란의 입에서 길고 긴 한숨이 흘러나왔다. 서문영은 여자들이 좋아하는 꽃미남이 아니다. 당장 철목왕만 해도 서문영보다 뛰어난 외모를 가지고 있었다.

그럼에도 불구하고 지금 서문영을 떠나보내는 마음은 철목왕과 헤어질 때와 비교할 바가 아니었다. 서문영을 다시 만날 수 없다고 생각하자 아무런 생각도 들지 않았다.

이렇게 애가 끓는 건 서문영이 자신의 부탁을 들어주기 위해 고군분투(孤軍奮鬪)한 일 때문만은 아니다. 서문영은 다정다감(多情多感)하고 사람의 마음을 잘 헤아려 주었다.

허세를 부리는 일도 없었고, 자기보다 못난 사람을 무시하지도 않았다. 사람을 대하거나 일을 함에 있어 공평함을 잃지

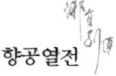

향공열전

않았다.

"그를 조금만 일찍 만났더라면……."

그랬다면 철목왕의 조건이 아무리 좋다고 해도 한눈을 팔지 않았을 것이다. 그러나 애석하게도 서문영의 진가를 알게 된 것은 최근의 일이다. 그전까지 서문영에 대해 알고 있던 것은 "남녀문제를 전문적으로 해결해 주는 월하서생이라는 별명을 가진 괴짜 향공이 있다더라" 정도였다.

황수란이 희고 고운 손가락으로 반지를 쓰다듬으며 중얼거렸다.

"나와는 인연이 아니었던 거지……."

서문영의 음성이 아직도 귀에 쟁쟁쟁 울리는 듯했다.

"그때는 처연한 눈빛으로 '우리의 눈앞을 흘러가는 과거와 현재와 미래를 바라보기만 할 뿐이랍니다' 라는 말씀을 하셔야 합니다. 아시겠지요? 좋다고 덥석 그의 품에 안기면 안 됩니다. 확실하게 그의 마음을 얻으려면 조금 더 뜸을 들여야 하거든요. 그의 집안이 얼마나 엄한지 아시지 않습니까?"

황수란이 피식 웃으며 중얼거렸다.

"어쩌면 그때 그는 이렇게 될 줄을 미리 알았는지도 모르지……. 아무리 원한다고 해도 그저 바라만 봐야 할 때가 있음을……."

황수란은 탁자 위에 놓인 술병을 들어 잔에 술을 가득 따랐다. 그리고 그 잔을 조금 전까지 서문영이 앉아 있던 자리에 놓았다.

그리고 다시 한 잔을 더 따랐다.

술잔을 들어 올리는 황수란의 눈에 살짝 이슬이 맺혔다.

황수란은 옷깃으로 눈물을 찍어낸 뒤에 혼자서 배시시 웃었다. 그의 정성을 헛되이 하지 않으려면 새로운 삶에 충실해야 한다. 그것이야말로 그에게 보답하는 최선의 길이기도 했다. 그가 혼신의 힘을 다해 맺어준 인연이 아니던가.

"고마워요. 열심히 살게요."

*　　　*　　　*

강변을 거닐던 서문영이 객점으로 돌아온 것은 거의 자정(子正; 밤 12시) 무렵이었다. 두 사람을 맺어주겠다며 황수란과 만나기 시작한 지 어언 두 달째다.

누가 뭐래도 황수란은 기녀이기 이전에 미모를 겸비한 재녀였다. 피 끓는 청춘이 그런 황수란에게 아무런 감정을 느끼지 못했다면 이상한 일이 아닌가?

그런 감정의 찌꺼기들을 황하에 모두 털어 버리다 보니 귀가가 조금 늦어진 것이다.

막 방문을 열고 안으로 들어가던 서문영이 움찔 놀란 표정

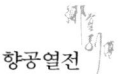
향공열전

을 지어 보였다.

누군가 자신의 침상에 걸터앉아 있었던 것이다.

"헛! 누구?"

"허허, 놀라게 했다면 미안하구먼."

어둠 속에서 늙수그레한 음성이 흘러나왔다.

목소리에서 자신에 대한 적의(敵意)가 느껴지지 않자 서문영이 안도의 한숨을 내쉬며 다시 물었다.

"누구신지요?"

말과 함께 서문영이 익숙한 손놀림으로 등불을 밝혔다.

그제야 하얀 수염을 멋들어지게 기른 노인이 탁자로 걸어 나왔다.

"그러고 보니 내 소개가 늦었구먼. 노부는 강소성에서 온 성일권(成一勸)이라고 하네."

"아, 예…… 저는 서문영이라고 합니다. 그런데 이 늦은 시간에 어인 용무이신지요?"

대답 대신 노인이 오히려 되물었다.

"자네가 요즘 강남의 기녀들 사이에 소문이 자자한 월하서생 서문영 향공이 맞는가?"

"월하서생은 모르겠고, 남녀문제를 전문적으로 해결해 주는 향공 서문영이라면 제가 맞습니다."

"허허허! 세상에 그런 일을 업(業)으로 삼고 사는 사람이 정말 있었구먼. 놀랍군, 놀라워."

"직업이라기보다는 사람에게 이로운 일이라고 생각해서 취미삼아 해주고 있습니다. 저는 관직에 뜻을 품고 있는 향공입니다."

서문영의 담담한 말에 성일권이 정색을 하고 말했다.

"이거 미안허이. 자네를 비웃자고 한 말은 아닐세. 그저 복잡한 강남의 문화에 적응하지 못해서 생긴 나의 실수이네. 이해해 주시게."

"예."

"사실 노부가 서 향공을 찾아 온 것은…… 서 향공의 협조를 받을 일이 있어서라네."

"협조라니요?"

"허허, 사실……."

성일권이 계면쩍은 미소를 지으며 서문영을 바라보았다. 서문영에게 털어놓아야 할지를 두고 잠시 망설이고 있는 것이다.

사실 성일권이 서문영을 찾아온 것은 순전히 호기심 때문이었다. 특별한 선물을 구하기 위해 강남까지 나왔다가 우연히 월하서생에 관한 소문을 들었던 것이다.

월하서생은 강남의 기녀들에게는 특별한 이름이었다. 기품 있는 향공인데다가 남녀문제를 해결해 주는 남다른 재주까지 있었기 때문이다.

그에게 부탁을 해서 소원을 성취한 남녀가 거짓말을 조금

보태면 제(齊; 고구려 유민 이정기가 세운 나라)나라의 정병(正兵)만큼이나 된다고 했다.

"자네의 입이 무겁다는 소문을 믿고 말을 해줌세. 그전에 알아 둘 것은 우리 강소성의 성가장(成家莊)이 무가(武家)라는 것이네. 만에 하나라도 이 일이 알려진다면 자네는…… 그 다음은 말하지 않아도 알 것이라 생각하네."

"……."

서문영이 고개를 끄덕였다. 입을 함부로 놀렸다가는 제명대로 살지 못할 것이라는 협박이 분명했다. 하지만 지금까지 다른 사람에게 자신의 업적을 떠벌린 적이 없는 서문영에게는 그리 신경 쓰지 않아도 될 지적이었다.

"대협, 그토록 중대한 일이라면 상대를 잘못 찾아오셨습니다. 저는 일개 향공으로 무림의 중대사에 관여할 자격이 없는 사람입니다."

무가 운운하면서 은근히 협박을 받자 듣고 싶은 기분이 싹 달아난 서문영이었다.

"무림의 중대사가 아니니 염려하지 마시게. 그저 우리 성가장의 체면에 관계된 일인지라 조심스러워서 그런 것뿐이니……."

"그래도 역시 그런 중요한 일이라면 듣지 않는 것이 좋겠습니다."

서문영이 거듭 사양하자 성일권은 오히려 믿는 마음이 생겨 버렸다. 이 정도로 신중한 사람이라면 믿고 말을 해도 될 것 같다는 생각이 든 것이다.

"아닐세. 꼭 자네의 도움이 필요한 부분이니 들어보시게."

"……."

노인이 그렇게까지 말하자 서문영은 더 이상 사양하지 못하고 귀를 기울였다.

"강소성에 있는 우리 성가장의 역사는 그리 길지 못하다네. 나의 선친께서 운이 닿아 큰 재물을 모아 세운 것이 성가장이라네. 선친과 달리 나는 무술을 좋아해서…… 선친께서는 무술에 뜻을 둔 나를 위해 성가장을 세우고 무림인들을 초청했지. 그것이 지금의 성가장이 된 것일세."

"그렇군요."

서문영은 고개를 끄덕였지만 여전히 노인이 자신을 찾아온 이유를 알 수 없었다. 자신은 무공과는 거리가 먼 서생인 까닭이다.

"선친께서 성가장을 무가로 만드신 것은 나름대로 시운을 읽고 내린 판단이라네. 이재에 어두운 자식도 문제였지만, 앞으로의 세상은 돈과 무력이 좌우할 것이라고 생각하셨으니까. 나는 지금도 선친의 그런 선택이 잘못이라고는 생각하지 않고 있다네."

잠시 말을 끊고 서문영의 눈치를 살피던 성일권이 다시 입을 열었다.

"그런데 성가장은 무가로도 그다지 알려지지 않았다네. 내가 평범한 까닭도 있지만 제대로 된 스승을 구하기도 어려워서……. 뭐, 사실 대부분의 무가들이 우리 성가장과 같은 형편이지만 말일세. 알다시피 요즘의 무가들은 머릿수로만 경쟁하지 내실이 없지 않은가?"

"아! 그렇군요."

무가에 대해 알지 못하는 서문영은 그저 맞장구를 칠 수밖에 없었다.

"그러다 보니 중소 무가들은 언제나 세력이 강한 무가의 눈치를 살필 수밖에 없는 거지."

자조어린 성일권의 말에 서문영이 침중한 안색으로 고개를 끄덕였다. 어디라도 세상은 마찬가지다. 약자는 강자의 눈치를 봐야만 한다.

"성가장은 아직까지는 그럭저럭 세력을 유지할 수 있었네만……, 문제는 내가 아니라 내 자식일세. 나는 어차피 얼마 살지 못하니까 욕심 부릴 일도 없네만…… 자식들은 그게 아니지 않은가?"

"그렇지요."

"성가장의 근처에 신흥 문파가 하나 자리를 잡았는데, 얼마 전부터 자꾸 제자들을 빼가기 시작했다네. 이런 식이라면 성가장은 내 대를 넘기지 못하고 문을 닫을 지도 몰라……."

"아아!"

서문영은 진심으로 성일권의 처지를 안타까워했다.

"대협, 그렇다면 무공이 뛰어난 사람을 초빙해서 성가장의 세력을 키워야……."

"본시 벼락부자는 이대를 넘기기가 어려운 법이라네……."

"……."

서문영은 성일권의 말을 완전히 이해했다.

'아하! 돈이 없으니 고수를 초빙할 수는 없고, 그렇다면 차선으로 선택한 일이?'

"강소성에서 세력이 강한 무관(武官)과의 정략결혼을 생각 중이라네. 자식과 성가장 모두를 고려해 볼 때 그게 최선이라고 생각 돼서……."

"그런……."

서문영이 난처한 표정으로 성일권을 바라보았다. 정략결혼과 자신의 일은 맞지 않는다. 자신이 지금까지 해왔던 일은 어느 한쪽이 일방적으로 좋아하는 문제를 쌍방이 좋아하게끔 유도해 준 것 뿐이다. 전혀 관심이 없는 두 남녀를 맺어 준 일은 해본 적도 없고, 하고 싶지도 않았다.

"성 대협, 오해하지 말고 들어 주십시오. 사실 저는 지금까지 서로 호감을 가지고 있지만…… 이런저런 이유들로 표현하지 못하는 남녀를…… 조금 거들어 주었을 뿐입니다. 그런데 정략결혼이라니…… 그런 식의 일은 해본 적도 없고…… 또 저와도 맞지가 않습니다."

"나도 쉽지 않을 거라는 점은 알고 있네. 그러나 내가 수치를 무릅쓰고 이 일을 털어놓았으니, 자네의 선택은 하나밖에 없네."

"……."

서문영이 두 눈을 질끈 감았다. 가장 듣기 싫은 말을 듣고 만 것이다. 정략결혼이라는 말을 들었을 때 왠지 느낌이 좋지 않았다. 지금 성일권은 수치를 모르는 사람처럼 마구잡이로 밀어붙이고 있었다.

상대가 이렇게 이판사판으로 나올 경우 끝까지 버티다가는 괜히 큰 화를 당할 수도 있다. 어쨌든 상대는 무도(無道)한 무림인이기 때문이다.

"솔직히 대협의 일을 도와드리고 싶습니다. 하지만…… 이런 경우는 저도 처음인지라…… 그리고 성사의 여부는, 일단 자제분을 뵈어야 알 것 같습니다."

"허허, 고맙네. 자식 자랑이 아니라 그 녀석은 정말 괜찮은 녀석일세. 무공에 빠져 성격이 좀 모가 나서 그렇지……그만하면 어디 내놔도 꿀리지 않는 외모라네."

"아, 예……."

서문영의 얼굴이 어두워졌다. 성격이 모가 나는 사람이라고 했다. 이럴 경우 반드시 실패할 확률이 높았다. 아니, 운이 좋아 성공한다고 해도 문제다. 처자식을 괴롭힐 것이 뻔하니 두고두고 못할 짓을 하는 건지도 모른다.

'하지만…… 나도 살아야 하니까…….'

문득 고향에서 고생하고 계시는 부모님의 얼굴이 스치고 지나갔다. 지금쯤 성시(省試; 상서성에서 거행하는 국가시험)를 준비하느라 눈코 뜰 새 없이 바빠야 하는데, 어쩌다가 이 길로 접어들어 허송세월을 보내고 있는지 한심하기만 했다.

'애당초 공 노형(孔老兄)의 말을 들어 주면 안 되는 거였는데…….'

봄에 열리는 성시를 치르기 위해 장안(長安)으로 온 것까지는 좋았다. 장안의 주루에서 자신과 처지가 비슷한 공무도(孔務道)를 사귀게 된 것까지만 해도 아무 문제가 없었다.

그러나 호형호제(呼兄呼弟)하는 사이로 발전한 공무도가 취화루(取花樓)의 제일 기녀 향화(香花)에게 빠진 게 시발점이었다. 계속된 시도에도 불구하고 향화를 공략하는 것에 실패한 공무도가 고통스러워 하자 보다 못해 몇 가지 비책을 알려 주었다. 그런데 그게 정말 그대로 들어맞은 것이다.

공무도는 훗날 향화와 교제를 하면서 그런 사실을 솔직히 털어놓았다. 향화가 그 수법의 고명함에 감탄했음은 물론이다. 그 뒤 향화의 소개로 기녀 몇이 고관대작(高官大爵)의 자제들을 후리기 위해 접근해왔다.

술값을 받지 않겠다는 둥, 최고로 모시겠다는 둥 하는 감언이설(甘言利說)에 넘어간 것도 있지만, 무엇보다도 그 일을 허락하게 된 것은 다른 데 있었다.

향공열전

번번이 고향에서 생활비를 타내는 것도 부담스러웠ㅈ 만, 자신의 생각대로 사람들이 맺어지고 헤어지는 과정을 지켜보고 싶었던 것이다. 연애란 남녀의 문제라고 해도 결국은 사람을 다스리는 일이다. 고문(古文)에 등장하는 여러 상황을 현재에 맞게 재해석해서 적용해 보는 것, 그리고 그것이 성공했을 때 느껴지는 성취감이란 공짜 술에 비할 바가 아니었다.

분명히 처음에는 장난삼아 시작한 일이다. 그러나 학문적 성취와는 다르게 그 분야에 타고난 재능이 있었던지 경험이 쌓이자 어느덧 천의무봉(天衣無縫)의 경지에 오르고 말았다. 그 바람에 원하는 바는 아니지만, 이제는 월하서생이라는 별칭까지 생겨 버렸다.

'그, 그래도…… 이런 문제의 해결방법을 개발하는 것이야말로 진정한 시무책(時務策; 국가경영의 문제를 과거의 경험에 비추어 새롭게 조명하는 작업으로 과거의 문제로 출제된다)이 아니겠는가!'

근래에 들어 과거에 나오는 시무책들이 입에 발린 말들에 불과하다는 지적이 쏟아져 나오고 있었다. 너나 할 것 없이 과거의 정책집을 외워서 대충 현실에 맞춰 이러쿵저러쿵 논하다 보니 실효성이 없는 것이 대부분이었던 것이다.

그런 것에 비하면 자신이 하고 있는 일련의 일들은 오히려 적중률은 물론 성공률까지 높아서 어떤 문제가 생겨도 처리할 자신이 있었다.

수신제가치국평천하(修身齊家治國平天下)라고 했다. 남녀의 문제를 해결하다 보면 국가적인 사무(事務)도 감당할 수 있을 것이다.

'지금이 십일월이니 내년 봄까지는 어느 정도 시간이 있다. 객점이 아닌 성가장으로 거처를 옮길 뿐이다. 그렇게 생각하자.'

그렇게 자신을 설득하는데 성공한 서문영은 결연한 어조로 말했다.

"대협, 성시가 내년 봄에 있으니…… 그 전까지는 성가장의 일을 돕도록 하겠습니다."

"오오!"

성일권의 얼굴이 환하게 밝아왔다. 듣기로 "월하서생이 일을 맡으면 늦어도 석 달이면 성사가 된다"고 했다. 속전속결(速戰速決)을 원하는 것은 월하서생뿐 아니라 성일권도 마찬가지였다. 자신이 늙어가는 것보다 성가장의 붕괴 속도가 더 빨랐던 것이다.

"고맙네. 내일 아침 당장 떠날 테니 준비하시게."

"알겠습니다."

그렇게 해서 장래가 촉망되는 향공 서문영은, 성시를 준비하다 말고 대륙의 동쪽에 있는 강소성으로 향하게 되었다.

향공열전

제2장
성가장의 글 선생

　그렇게 장안을 떠난 성일권과 서문영이 강소성에 도착한 것
은 십일월 초였다. 긴 여행을 함께하는 동안 두 사람은 처음과
달리 제법 가까워져 있었다.

　수염이 허옇게 센 성일권이 아직 새파랗게 젊은 서문영의
비위를 맞추기 위해 애쓴 덕분이다.

　장안에서의 첫 만남 이후로 성일권은 서문영을 극진히 대접
했다. 성가장의 미래가 서문영의 재주에 달려 있다고 믿은 까
닭이다.

　그래서인지 항상 최고급 객점, 최고급 요리로만 대접을 했
다. 술을 마셔도 언제나 최고급 술이었다.

어찌 보면 성일권은 최고급이 아니면 만족하지 못하는 사람 같았다.

그 바람에 서문영은 정략결혼이 자식과 성가장을 위한 것이라기보다는 성일권의 욕심 때문인지도 모른다고 생각할 정도였다.

성가장을 지척에 두고 마지막으로 묵은 객점에서도 성일권의 최고급 행진은 멈추지 않았다.

오성객점(五星客店)에서 최고급 요리를 시켜 먹던 서문영은 아무래도 불안한지 연신 물었다.

"그런데 성 대협, 정말 이렇게 고급요리를 매일 먹어도 되는 겁니까? 이거 이러다가 배보다 배꼽이 더 크게 되지 않을까 염려됩니다."

서문영이 생각하기에 강소성까지 오는 동안 사용한 경비만도 자신이 사례비로 제시한 은자 20냥에 육박했다.

"허허, 걱정은 붙들어매시오. 늦어도 석 달 후면 성가장의 성세가 들불처럼 일어날 터인데, 이까짓 먹거리가 대수겠소이까?"

성일권은 성일권대로 믿는 바가 있었다. 무가의 입문제자 한 사람이 바치는 돈이 한 달에 은자 두 냥이다. 현재 성가장의 입문제자는 스무 명. 몇 년 전까지만 해도 삼십 명이 넘었다. 최근 들어 십여 명의 제자가 다른 곳으로 옮긴 탓에 줄어

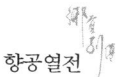
향공열전

든 것이다.

하지만 무천관(武天官)과의 혼사가 성사된다면, 옮겨간 제자가 돌아오는 것은 물론 신입까지 최소한 오십 명 정도의 입문제자를 예상하고 있다. 적어도 한 달에 백 냥의 은자가 들어오게 되는 것이다.

성가장의 운영비를 제외하더라도 칠십 냥 정도의 순이익이 남는다. 그 계산은 허황된 혼자만의 상상이 아니다. 선친이 살아 계실 때 성가장의 입문제자는 오십 명이 넘었었다. 과거의 세를 회복하는 것만으로도 이 정도의 지출은 아무것도 아닌 셈이다.

기대가 큰 만큼 서문영의 어깨는 무겁기만 했다. 성격이 모가 난 남자를 짝지어 주는 일이다. 성공하면 상대편 여자에게 미안하고, 실패하면 면목이 없는 그런 실속 없는 일에 내몰리고 있는 것이다.

"그런데 서 향공께서는 그토록 성공하시는 비결이라도 있소?"

"딱히 비결은 없습니다."

"허어! 믿어지지 않소이다. 내 듣기로 서 향공이 손을 써서 실패한 일이 없다고 하던데…… 비결이 있다면 내게도 좀 가르쳐 주시구려."

"왜요? 새장가라도 가시려고요?"

"어허허! 이 나이에 무슨…… 다만 한 사람의 남자로서의 호기심이라고나 할까……."

성일권의 말에 서문영이 피식 웃음을 흘리고 말았다. 성일권은 늙어 관 속에 들어갈 일을 걱정하고 있으면서도 연애에 관한 호기심을 감추지 못하고 있었다.

"제가 하는 일은 그저 과거의 역사적 사실을 현재의 정황에 맞게 재해석 하고 그것을 적용하는 것뿐입니다. 저로서는 시무책을 공부하는 일환으로 생각하고 있습니다."

"오호!"

그제야 성일권은 서문영이 향공이라는 사실을 새삼 깨달았다. 현재 그가 하고 있는 일과 그의 미래는 상당히 동떨어진 것이라고 할 수 있었다.

하지만 어쨌든 그는 과거를 준비해서 중앙 정계로 진출하려는 사람이다. 그의 업적을 되새기다 보면 자꾸만 현재 그의 신분이 향공이라는 사실을 잊게 되지만 말이다.

"참으로 대견하시오. 입신양명(立身揚名)을 위해 뜻을 세우는 것도 어렵지만, 그것을 서 향공처럼 어느 곳에서나 한결같이 유지하기는 더욱 어려운 일이외다."

물론 성일권의 말은 적당히 입에 발린 소리였다. 대부분의 무림인은 입신양명을 위해 관리가 되려는 자를 혐오하는 터라, 아마도 다른 장소에서 만났다면 욕설을 퍼부었을 것이다.

"과찬이십니다. 저는 그저 관직에 오르고 싶어 안달이 난 평범한 사람에 불과합니다."

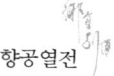
향공열전

"허허, 관직 외에 다른 것은 생각해 보신 적이 없소?"

"다른 것이라니요?"

"이를테면……."

성일권은 말을 얼버무렸다. 관직 이외의 일이라는 게 딱히 떠오르지 않은 까닭이다. 물론 상인이나 기타 등등의 많은 일 자리가 있다.

하지만 두 사람의 대화는 그것으로 흐지부지 끝이 났다. 어찌 보면 상당히 어색한 순간이지만 두 사람은 그걸 당연하게 받아들이고 있었다.

제법 긴 여행의 동료이니 더 깊은 이야기가 오갈 법도 하지만, 정략결혼을 계획하는 성일권과 괜한 일에 휘말렸다고 생각하는 서문영에게 대화란 큰 의미가 없는 것이기 때문이다.

음식을 먹는데 열중하고 있는 두 사람에게 세 명의 중년인이 다가왔다.

"아니, 이게 누구십니까? 성 대협 아니십니까? 이곳까지는 어인 일이십니까?"

검은 수염이 제멋대로 뻗친 중년인이 다소 호들갑스럽게 아는 체를 해왔다.

중년인의 인사에 성일권이 어색하게 웃으며 화답했다.

"정(鄭) 대협, 반갑소이다."

정문천(鄭門天)이 서문영을 힐끔거리며 물었다.

"한동안 안 보이시던데 어디 다녀오셨나 봅니다. 그런데 이분은?"

"강남에 잠시 다녀왔소이다. 그리고 이분은 서 향공이시라고…… 우리 성가장의 글 선생님이십니다."

성일권의 말에 서문영이 재빨리 읍(揖)을 하며 인사를 했다.

"성시를 준비 중인 서문영이라고 합니다."

서문영의 인사에 정문천이 히죽 웃으며 고개를 끄덕여 보였다. 성시를 준비하고 있는 서생이라니 그런가 보다 하는 것이다.

"그런데 정 대협의 곁에 계신 분들도 소개를 해주심이 어떻겠소? 노부의 안목이 짧아 누구신지 미처 알아볼 수가 없구려."

성일권의 말에 정문천이 너털웃음을 터뜨렸다.

"하하! 소개가 늦었군요. 이 두 분은 이번에 우리 비도문(飛刀門)의 무술사범으로 오신 고문진(高問診) 대협과 궁무선(弓武選) 대협이십니다."

"아! 고 대협과 궁 대협이셨군요. 노부는 성가장의 장주 성일권이라고 합니다."

"고문진입니다."

"궁무선입니다."

"저는……."

그러나 서문영의 소개가 시작되기도 전에 두 명의 중년인은

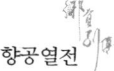
향공열전

획 돌아섰다. 그리고 뒤도 돌아보지 않고 근처의 탁자로 가서 앉았다.

서문영의 얼굴이 확 달아올랐다. 하지만 평범한 서생이 무림인들의 행사에 나설 수는 없는 노릇이었다.

정문천이 허리를 숙여 나지막한 소리로 속삭였다.

"아직 아무에게도 알리지 않았지만…… 사실 고 대협은 무당산에서 무술을 익힌 분이시고, 궁무선 대협은 화산파의 속가제자십니다."

"……"

성일권이 억지로 태연한 신색을 유지하며 되물었다.

"그런데 무당산의 도인들은 일반인에게 권장술(拳掌術)을 가르치지 않는다고 들었소만……."

"고 대협이 도사복을 벗은 지는 이제 삼 년입니다. 뜻한 바가 있으셔서 환속(還俗)을 하셨다는군요."

"아! 그런 일이……."

정문천이 히죽 웃어 보인 후, 중년인들이 기다리고 있는 탁자로 돌아갔다.

성일권의 어깨가 눈에 띄게 쳐졌다. 아무리 깊은 대화가 없었다고 해도 그 정도의 변화를 모른 척 할 수는 없다.

서문영이 한껏 소리를 낮춰 물었다.

"대협, 무슨 일이라도 있습니까?"

"나중에 말씀해 드리리다."

그 뒤로 성일권은 거의 음식을 입에 대지 않았다. 분위기가 이상해지자 서문영도 더 이상 입질을 하지 않아 비싼 음식은 싸늘하게 식어갔다.

"그만 가십시다."

음식의 기름기가 굳어 엉키기 시작할 무렵, 성일권이 자리에서 일어섰다.

서문영도 어색한 분위기가 마음에 들지 않던 차라 벌떡 몸을 일으켰다.

성일권의 뒤를 따라 나가는 서문영의 뒤로 정문천의 웃음소리가 크게 들려왔다.

객점 밖은 벌써 찬바람이 휘몰아치고 있었다. 갑작스러운 냉기에 놀란 서문영은 옷깃을 단단히 여미고 성일권의 뒤를 좇았다.

객점에서 벗어나 한적한 곳에 이르자 성일권이 걸음을 멈추었다. 그리고 어딘지 모르게 허허로운 음성으로 중얼거렸다.

"부끄러운 모습을 보였소이다. 사실 비도문은 우리 성가장 바로 옆에 세워진 무관이오. 비도문이 들어선 뒤로 거의 절반에 가까운 제자들이 이탈을 했소. 내가 무천관과의 정략결혼을 서두르는 것도 따지고 보면 저 비도문 때문이라오. 대체 어디서 지원을 받는지……. 보시오, 오늘도 무당산과 화산파에서 사범을 초빙해 왔다는구려."

"……"

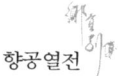

향공열전

서문영이 이해한다는 표정으로 고개를 끄덕였다. 무당산과 화산파의 무공이 어떠한지는 서생인 자신도 알 수 있을 만큼 대단했다.

경쟁관계에 있는 문파에서 그런 고수들을 초빙해 왔다면 성일권의 심정은 참담할 것이었다.

"허어! 혹시라도 무당산과 화산파의 지원이 있게 된다면 무천관과 손을 잡는다고 해도 확신할 수 없는데……."

"도사들이 속세의 일에 그렇게까지 관여를 하겠습니까?"

"모르시는 말씀이오. 도사들은 흙을 퍼먹고 산답니까? 그들도 돈이 필요하기는 마찬가지일 터……. 그들과 관계를 맺은 곳에서 지속적으로 후원금을 보내 준다면…… 비도문이 오지 말라고 해도 알아서 와서 그들을 도와줄 것이외다."

"성 대협, 너무 심려 마십시오. 저도 최선을 다하겠습니다."

중년인들의 오만한 태도에 은근히 자존심이 상해 있던 서문영이다.

지금까지는 별 생각이 없었다. 그러나 이 순간만큼은 성일권과 자신이 공동의 적을 두고 있다는 생각이 들 정도다. 오랜 동행으로도 생기지 않았던 공동체 의식이 중년인들의 무시로 인해 갑자기 싹터 버린 셈이다.

　　＊　　　　＊　　　　＊

　성가장은 남경(南京)의 북쪽에 자리한 무가(武家)였다. 밖에서 보면 일반 고관대작의 집들과 구별이 가지 않을 만큼 대단했다. 그러나 안으로 들어가면 힘이 다해 망해가는 집임을 느낄 수 있을 만큼 고적한 기운이 감돌았다.

　"고적하니 좋군요."
　성가장에 들어가자마자 서문영이 처음으로 한 말이다.
　인사치레로 한 서문영의 말은 성일권에게 비수가 되어 꽂혔다.
　"서 향공, 무가가 조용하다는 것은 망해간다는 말과 같으니…… 행여나 다른 사람들에게는 그런 식으로 말하지 마시게."
　"헛! 그런 뜻은 아니었습니다."
　"알고 있소……."
　짧은 대답과 함께 성일권이 휘적휘적 걸어갔다.
　뒤늦게 뛰어 나온 집사가 연신 허리를 굽히며 인사를 올렸다. 그러나 기분이 상한 성일권은 인사를 받는 둥 마는 둥 안으로 들어가 버렸다.
　잠시 마당에 멍하니 서 있는 서문영에게 집사가 다가왔다.
　"공자님, 저를 따라 오시지요."

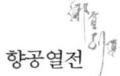
향공열전

"예."

서문영이 집사의 안내를 받고 간 곳은 대청이었다. 대청에는 어느새 성일권이 나와 앉아 있었다. 그사이 기분을 가라앉혔는지 성일권의 안색은 밝았다.

"송(宋) 집사, 그분은 앞으로 우리 성가장에서 글을 지도하실 서문영 향공이시네. 자네가 불편함이 없도록 잘 살펴 드려야 할 걸세."

"예……."

허리를 조아리던 송 집사가 서문영에게 웃으며 인사를 올렸다.

"송안석(宋安席)이라고 합니다. 공자님께서는 그냥 송 집사라고 불러주십시오."

"서문영이라고 합니다. 서 향공이라고 불러주십시오."

두 사람이 상견례를 마치자 성일권은 송 집사에게 눈짓을 했다.

"아! 정신 좀 보게나……."

송 집사가 재빨리 일어나 밖으로 나갔다.

곧이어 간단한 다과상이 차려졌다.

성일권과 서문영이 묵묵히 차를 마시고 있을 때다.

수국(水菊)처럼 담백한 미모를 지닌 묘령(妙齡; 이십 전후의 나이)의 소녀가 말없이 들어왔다. 소녀는 자연스러운 동작으로 성일권의 맞은편에 앉았다.

서문영이 어색하게 웃으며 눈인사를 보냈다. 그렇지 않아도 아까부터 빈자리로 남겨져 있던 터라 누가 올지 궁금했던 것이다.

'오라는 아들은 오지 않고 웬 아가씨람?'

묘령의 소녀는 고개를 까닥여 보인 후에 차를 홀짝거리기만 했다. 성일권과 묘령의 소녀는 서로 간에 아무런 말이 없었다.

잠시 후 성일권이 문밖을 향해 소리쳤다.

"송 집사 거기 있는가?"

"예."

"근처에 아무도 오지 말라 이르고, 자네도 가서 쉬게."

"예……."

송 집사의 걸음소리가 멀어져갔다.

밖에 더 이상 인기척이 없자 성일권이 조용히 운을 뗐다.

"비도문에서 이번에는 무당산과 화산파의 사람들을 끌어들인 듯하더구나."

"무천관에 보낼 선물을 구하러 가신다더니, 웬 공자님을 모시고 오셨네요?"

소녀가 자신에 대해 언급하자 서문영이 황급히 입을 열었다.

"소생은……."

그러나 계속된 성일권의 말에 서문영의 말은 묻히고 말았다.

향공열전

"이제는 선물 따위로 해결할 수 있는 수준을 넘어섰다. 나는 그보다 더 확실한 대책을 세워 왔는데 들어볼 테냐?"

"너무 무리하지 마세요. 그냥 제가 성무십결(成武十結)을 터득하면 된다니까요."

성일권의 얼굴에 어색한 미소가 떠올랐다. 솔직히 성무십결을 익힌다고 해도 무당파나 화산파의 그것에 비할 바가 아니라는 생각이 든 까닭이다.

성무십결이란 선친이 무림인들을 돈으로 매수하여 만든 열 가지 수법이다. 선친의 인맥이 어떠했는지는 몰라도 제법 쟁쟁한 무림인들도 섞여 있었다고 들었다.

그렇다고 해서 급조해서 만든 엉성한 무공이 어디 가겠는가! 물론 그 성무십결을 기반으로 성가장이 지금까지 이어져 오고 있지만 말이다.

"그보다 더 빠르고 확실한 방법이 있다."

"뭔데요?"

"무천관의 구(九) 소협과 네가 혼인을 하는 것이다."

"......"

묘령의 소녀는 한동안 말을 하지 못했다. 그만큼 혼인 얘기는 갑작스러운 것이었다.

한참 만에 소녀의 입에서 나온 말은 간단했다.

"미쳤어요?"

"좋은 쪽으로 생각하자꾸나. 너도 혼처가 정해지지 않았으니…… 혼인이야말로 일거양득(一擧兩得)이 아니겠느냐?"

묘령의 소녀가 돌연 서문영을 향해 고개를 돌렸다. 소녀의 눈매는 치밀어 오르는 분노를 참지 못해 파르르 떨리고 있었다.

"이봐! 당신이 아버님에게 바람을 넣은 거야? 비 오는 밤에 생매장이라도 당하고 싶나? 서생이면 열심히 글공부나 해서 출세하는 데 신경을 쓸 일이지, 왜 순진한 우리 아버지를 꼬셔서 생지랄을 하는 거야? 엉? 그렇게 할 짓이 없어? 아니면 우리 성가장이 만만하게 보여?"

"소, 소저…… 그, 그게 아니라……."

뜻밖의 폭언에 놀란 서문영이 허둥대자 소녀의 입에서는 더욱 거친 욕설이 터져 나왔다.

"아니긴 뭐가 아니야! 사내자식이 여자를 이용해 먹으려고? 무인은 검으로 말하는 법! 다른 사람은 몰라도, 너같이 비리비리한 놈들의 말장난에 놀아날 내가 아니야! 알아? 죽고 싶나? 대답해!"

"예?"

"대답하라고!"

"예, 예……."

소녀의 눈에서 쏟아져 나오는 무지막지한 살기에 질린 서문영이 엉겁결에 고개를 끄덕였다.

곱상하게 생긴 얼굴과 달리 소녀의 말투는 극악하기만 했

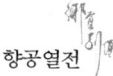

다. 기루의 뒤를 봐주는 하오문의 불량배들도 저 정도는 아니라는 생각이 들었다.

"확! 그냥!"

"어이쿠! 제가 뭘……."

딸이 애써 초빙한 서문영을 핍박하자, 보다 못한 성일권이 만류하고 나섰다.

"유화(幼花)야, 그만해라. 그분은 서문영이라는 향공이시다. 이번 일은 이 애비가 계획한 것이니 그분에게 더 이상 무례를 범하지 말아라."

"……."

향공이라는 말에 성유화는 노기를 가라앉혔다. 향공쯤 되려면 학문의 성취가 대단해야 한다. 그런 사람이라면 치졸한 짓을 꾸미지 않을 것이다.

게다가 향공이나 되는 사람이 별 볼일 없는 성가장을 대상으로 그런 일을 벌일 이유도 없었다.

"하아! 미안해요. 제가 오해를 했군요. 정식으로 인사를 드리겠어요. 성가장의 무남독녀(無男獨女)인 유화입니다."

"……."

성유화는 폭발도 빨랐지만 진정은 더욱 빨랐다. 마치 두 사람의 성유화가 있다는 착각이 들 정도였다.

서문영이 '유화'라고 소개한 소녀의 얼굴을 멍하니 바라보았다. 다소곳한 모습 어디에서도 조금 전의 흉폭함이 느껴지지 않았다.

그제야 빠르게 머리가 돌아가기 시작했다. 성격이 모난 녀석이 하나 있다고 하더니, 성일권이 말한 자식은 아들이 아니라 딸인 모양이다.

'이런! 그래서 성 대협이 나를 찾아온 것이로군.'

성유화는 겉으로 봐서는 멀쩡한 소녀였다. 하지만 조금이라도 수틀리면 무시무시하게 돌변해 버리니 남자를 사귀기 어려운 상황이라 할 수 있었다.

"제가 흥분하면 주체를 못해서요. 후후, 놀라셨지요?"

"아, 아닙니다."

서문영은 일순 머리가 띵해짐을 느꼈다. 미치지 않은 다음에야 어떻게 이토록 완벽하게 두 얼굴의 모습을 보일 수 있단 말인가?

"서 향공이 이해해 주시게. 모두가 그 아이가 익힌 성무십결의 부작용 때문이라네."

"성무십결이요?"

"후! 성무십결의 육단공에 이르면 혈기가 과도하게 치솟아…… 작은 일에도 이성을 잃게 되지. 구단공으로 넘어가야 항상 평상심(平常心)을 유지할 수 있다네. 그런데 저 녀석은 나이도 어린데 벌써 육단공에 접어들었다네. 워낙 무공을 좋아하다 보니…… 나보다도 더한 무공광이라니까……. 전에는 그걸 마냥 좋아했는데…… 지금은 저 녀석의 성취가 원망스럽기

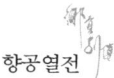

향공열전

만 하니…… 이래서 사람 일은 모른다는 건가…….

"허면 구단공은 언제쯤이나?"

"그건 장담하기 어렵다네."

"예? 그 말씀은?"

"내가 평생을 연공했지만 아직 오단공이라면 이해가 가는가?"

"헉!"

서문영이 대경실색한 눈으로 성일권과 성유화를 바라보았다. 아버지가 평생 동안 오단공에 머물렀는데, 묘령의 소녀가 벌써 육단공을 넘어섰다니?

'기재(奇才)다!'

무림인의 무공은 학문과 같아서 일정한 경지를 넘어서기 어렵다고 들었다. 눈앞에 있는 소녀는 어쩌면 자신보다 더한 천재인지도 몰랐다.

"그래도 영애(令愛)의 진도를 보면 대략의 시기를 예측할 수 있지 않겠습니까?"

"모르네."

"끙!"

서문영이 안타까운 눈으로 성유화를 바라보았다.

저런 상태로는 정상적인 교제가 불가능하다. 몰락하고 있는 성가장이나, 성시를 앞두고 있는 자신을 위해서라도 성유화는 구단공으로 넘어가 줘야만 했다.

서문영의 눈길을 받은 성유화가 담담한 어조로 말했다.

"저도 모르겠어요. 하지만 아무리 빨라도 삼 년이 지나야 칠단공으로 넘어갈 수 있다고 했으니…… 대충 구단공까지를 계산해 보면……."

"어헉! 칠단공까지가 삼 년이요?"

"네…… 성무십결에는 그렇게 기록되어 있어요. 물론 그저 상징적인 숫자에 불과하다고 생각하고 있지만……."

"딸아이의 말대로 숫자는 그저 상징에 불과하다네. 예컨대 성무십결의 각 단계는 삼 년간의 연공을 필요로 하지만…… 나는 오십 년 동안 오단공에 머무르고 있으니 말일세."

"그 말씀은 빠르면 앞으로 구 년 안에 구단공을 터득할 수도 있지만…… 훨씬 길어질 수도 있다는?"

"과연 자네는 이해가 빠르군."

"……."

구 년도 늦다. 그런데 그보다 더 길어질 수도 있다니? 결국 평상심을 유지한다는 구단공은 꿈도 꾸지 말라는 뜻이다. 성시는 고작 넉 달 앞으로 다가와 있었다.

'결국 다혈질의 상태에서 무천관의 소가주와 맺어져야 한다는 말인데…….'

그건 거의 불가능에 가까웠다.

절망에 사로잡혀 있는 서문영의 귓가로 성일권의 담담한 음성이 들려왔다.

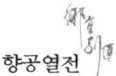
향공열전

"나는 서 향공의 신기(神技)라면······ 가능하게 해줄 거라고 믿고 있네."

"······."

넋이 나간 서문영은 가타부타 말하지 않았다.

성일권의 전폭적인 신뢰에 놀란 것은 성유화다. 자신의 불완전한 심리상태를 알면서도 정략결혼을 생각한 부친이다.

평범해 보이는 서생에게 대체 무슨 기술이 있기에?

"아버님······."

성유화가 이해할 수 없다는 얼굴로 성일권을 바라보았다.

"유화야······."

"예······."

"나는 무천관의 관주에게 줄 선물을 구하러 강남에 갔다가······ 서 향공을 알게 되었단다."

"······."

"내가 조사한 바에 의하면······ 서 향공은 남녀관계에 있어서 불가능을 가능하게 해주는 유일한 사람이다. 그래서 강남에서는 서 향공을 가리켜 월하서생이라 부르고 있지."

"후후······."

성유화의 입에서 저도 모르게 실소가 흘러나왔다. 월하서생이니 뭐니 하는 말에 기가 막히고 만 것이다. 그가 아무리 대단한 기술을 가지고 있다 해도, 남녀의 만남은 결국 두 사람만의 문제다. 제삼자에 의해 좌우될 일이 아니지 않은가?

"지금은 믿어지지 않겠지만······ 석 달이 지나면 너도 서 향 공의 진가를 알게 될 것이다."

"석 달이요?"

"그래, 서 향공과 내가 약속한 기간이 석 달이다."

성유화가 슬쩍 서문영을 바라보았다. 대체 뭘 믿고 석 달이 라는 짧은 기간을 제시했는지 알다가도 모를 일이었다. 석 달 은 누군가를 이용해 먹기에 짧지도 길지도 않은 기간이다.

성유화의 입에서 한숨이 흘러나왔다. 어차피 큰 기대는 걸 고 있지 않았다. 하지만 한 사람의 인생이 걸린 일에 술자리에 서나 오르내릴 법한 월하서생이라니, 너무하지 않은가!

'정략결혼이라고? 그런 건 개나 주라고 해! 반드시 성무십 결의 구단공에 도달해서 내 손으로 성가장을 일으키고 말 테 다!'

성유화의 눈에서 파르스름한 안광이 쏟아져 나왔다. 마음을 다잡으니 다시 혈기가 치솟았다.

간담이 서늘해진 서문영은 슬그머니 성유화의 시선을 외면 했다.

"험, 험, 저도 석 달 후에는 성시를 치르기 위해서 장안으로 가야 합니다."

"흥! 좋은 결과가 있어야 할 거예요."

냉기가 풀풀 날리는 성유화의 말에 서문영은 마른침을 꿀꺽 삼키고 말았다. 성격이 파탄 난 소녀인지라 자신에게 무슨 해코지를 할지 알 수 없었다.

　속사정이야 어떻든 성유화가 서문영을 받아들이는 듯하자 성일권은 즉시 식솔(食率)들을 불러모았다. 그리고 성가장의 사람들에게 정식으로 서문영을 소개했다.

　"여러분, 여기 계신 분은 성가장의 제자들에게 시문(詩文)을 가르칠 서문영 향공이시오. 성가장에 머무시는 동안 여를 다해 모셔야 할 것이오."

　"알겠습니다."

　"예."

　성일권이 만족한 미소를 지으며 서문영과 식솔들을 바라보았다. 아무런 대책도 없이 불안에 떠는 것보다는 훨씬 나은 선택이었다.

　"서문영입니다. 잘 부탁드립니다."

　서문영의 성가장 생활은 그렇게 시작되었다.

＊　　　＊　　　＊

　"구효섭(九孝葉), 이십칠 세, 내성적인 색골(色骨)이라……."

　무천관의 후계자에 대한 정보를 읽어 나가던 서문영이 인상을 찡그렸다. 내성적인 색골은 현재 성유화에게 있어서 가장 어려운 조합이라고 할 수 있었다.

내성적이라 함은 작은 일에도 기분이 상할 수 있다는 것이며, 색골이라 함은 닳고 닳아 여자에 대해 훤하다는 것을 의미한다.

"성 소저가 조금이라도 화를 내지 않아야 하는 것도 문제지만…… 순진한 성 소저에게 그 색골이 빠져 들지도 의문이로군. 어떻게 한다……."

단지 사귀는 것이 아니라, 내성적인 색골이 혼인을 결심하게 만들어야 하는 것이다.

한참을 고민하고 있던 서문영의 얼굴에 땀이 주루룩 흘러내렸다.

"그나저나 지나치게 덥군."

방 안에 불을 너무 땐 모양이었다. 아직 초겨울에 불과한데 이 정도 열기라니? 자신에 대한 성일권의 극진함은 도를 넘어서 있었다. 성유화가 처한 상태를 제대로 설명해 주지 않고 데리고 온 것에 대한 미안함 때문이리라.

"서 향공 계시오?"

"헉!"

서문영이 깜짝 놀란 얼굴로 자리에서 일어섰다. 성일권이 또 찾아왔던 것이다. 하루에도 몇 번씩 찾아와 어떻게 되어 가냐고 묻는 통에 서문영은 성일권의 음성만 들어도 가슴이 덜컹 내려앉았다.

"어서 오십시오."

향공열전

대답과 동시에 방문이 열렸다. 성일권이 멋쩍게 웃으며 방으로 들어왔다.

"허허, 서 향공을 못 믿어서가 아니라, 자식의 일이다 보니 궁금해서……."

"예……."

서문영이 억지로 웃어 보였다. 성일권의 마음을 이해하고 있기에 뭐라고 할 생각은 없었다. 물론 뭐라고 할 수도 없는 입장이지만 말이다.

"그래, 오늘이 사흘째인데, 좋은 방법이 있소?"

"지금으로서는 너무 막연해서…… 일단 성 소저와 구 소협을 만나게 한 뒤에 계획을 세울까 합니다."

"흠, 알겠소이다. 마침 내일이 무천관의 개관 기념일이니…… 내일 무천관에 가는 것이 좋을 것 같구려. 서 향공께서도 함께 가시겠지요?"

"예, 제가 가서 구 소협의 사람됨을 좀 살펴봐야 일이 수월해질 것 같습니다."

"그래야겠지요. 그런데 노부가 따로 준비해야 할 일은 없소?"

"없습니다. 성 대협께서는 모른 척 하시는 게 돕는 일입니다. 이런 일은 본래 아는 사람이 적을수록 좋은 것이니까요."

"오! 그렇지. 나이가 들면 주책이라니까. 그럼 노부는 서 향공만 믿고 있겠소이다."

"기대에 어긋남이 없도록 하겠습니다."

성일권이 돌아가자 서문영은 급히 밖으로 나갔다. 성유화를 찾아가는 것이다. 내일이 역사적인 첫 대면이 될 터이니 그전에 그녀에게 기초적인 언행(言行)에 대해 지도해 줄 생각이었다.

성유화는 무공광답게 연무장에서 땀을 흘리고 있었다.

육전육갑(六轉六甲)—!

맑고 낭랑한 음성과 함께 소녀의 몸이 움직였다.
소녀는 여섯 걸음 전진하는가 싶더니 이내 흐릿한 그림자를 남기고 사라지는 것처럼 보였다.

둔신구검(遁身究劍)—!

다음 순간 서문영의 정면으로 날카로운 검 끝이 파고들었다.
쉬이익—
"어헉!"
대경실색한 서문영은 뒷걸음질 치다가 땅바닥을 구르고 말았다.

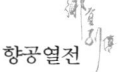
향공열전

휘릭—

그제야 독사처럼 이빨을 세우고 달려들던 성유화의 검이 홀연히 사라졌다.

겨우 몸을 일으키고 있는 서문영의 귓가로 날카로운 호통이 들려왔다.

"하아, 하아, 당신 뭐야! 죽고 싶어 환장했어?"

"으어어! 저는 단지 소저에게 내일의 일을 알려 드리기 위해……."

"다른 문파의 무공을 훔쳐보면 목이 날아가도 할 말이 없다는 것을 모르나! 앙! 대답해!"

"성 소저, 저는 무공을 모르기 때문에…… 봐도 모릅니다."

성유화가 겁을 주듯 검을 좌우로 흔들며 다가왔다.

"흥! 당신은 지금 성무십결의 육단공을 기억하지 못한다고 변명하는 건가?"

"그런 셈입니다."

"……."

성유화가 눈을 가늘게 뜨고 서문영의 눈동자를 노려보았다. 한참을 노려봤지만 서문영이 거짓말을 하는 것 같지는 않다.

마침내 성유화가 냉소를 흘리며 휙 돌아섰다.

"흥! 한 번은 실수지만 두 번은 고의야. 그때는 제사상을 받게 될 줄 알아."

"휴우……."

서문영은 안도의 숨을 내쉬다가 뒤늦게 자신이 성유화를 찾아온 목적을 생각해 냈다.

　"성 소저, 잠시만요."

　"네, 무슨 일이지요?"

　돌아서서 다가오는 성유화의 안색은 살기등등하던 조금 전과 달리 평온했다. 그 짧은 순간 다시 혈기를 가라앉힌 것이다.

　"내일 무천관을 방문하기로 했습니다."

　"그런데요?"

　"그게 그러니까……, 구 소협을 만날 때를 대비해서 몇 가지 조언을 드리려고요."

　"필요 없어요."

　"네?"

　서문영이 눈을 끔뻑이며 바라보자 성유화가 피식 웃으며 말했다.

　"죄송하지만 저는 서 향공과 아버지의 놀음에 그다지 끼고 싶지 않아요. 성무십결을 연성하면 비도문이 아니라 무천관이라고 해도 두렵지 않아요."

　"하지만 저는……."

　서문영이 말끝을 흐렸다. 자신이 성일권을 따라 이 먼 곳까지 온 것은 정략결혼을 성사시키기 위해서다. 석 달이라는 기한 안에 그 부분에 대한 결과가 없다면 성일권이 자신을 가만

두지 않을 것이었다.

지금까지 자신을 위해 사용한 경비만도 은자 이십 냥이 넘었기 때문이다. 현재 성가장의 재정 상태에서 은자 이십 냥은 거의 두 달 치 운영비에 가까웠다.

'그 정도의 돈을 들이고 아무 소득이 없으면…… 나를 아주 먼 곳으로 팔아 버릴지도 몰라…….'

성시를 코앞에 두고 이게 무슨 해괴한 짓거리인가 후회도 되지만 그게 당면한 현실이었다.

망설이고 있는 서문영에게 성유화가 말했다.

"후후, 늦어도 구 년 안에는 십단공을 완성할 수 있어요. 설마 그 안에 무슨 일이 생기겠어요?"

"성 소저의 결심이 그러시다면 아버님을 설득해서……."

"아버지는 아버지대로 하고 싶은 일을 하시라고 해요. 아버지의 뜻이 먹힐지 제 성취가 빠른지 내기라도 할까요? 호호호!"

"……."

서문영의 얼굴이 일그러졌다. 적어도 구 년 안에는 혼인할 뜻이 없다는 소리로 들렸던 것이다.

"성 소저, 저도 내년 봄에는 성시를 치러야 합니다. 드와주십쇼."

"서 향공의 성시를 돕기 위해 제가 마음에도 없는 혼인을 해야 하나요? 그런 억지가 어디 있죠?"

"그, 그건 그렇지만…… 제 입장도……."

서문영이 갈팡질팡하자 성유화가 정색을 하고 물었다.

"서 향공님, 성시를 목표로 하는 서생은 글공부로 승부를 봐야 하겠죠?"

"그렇습니다."

"마찬가지예요. 무림에서 승부를 봐야 하는 우리 같은 무림인들은 무공으로 승부를 봐야 해요. 정략결혼이니 뭐니 하는 눈속임으로는 잠시 목숨을 연명할 수 있을 뿐……. 결국에는 잡아먹히고 말죠. 서생이 한 자루 붓으로 자기 인생을 개척해 나간다면, 우리 무림인들은 날선 검으로 쟁취해야 한답니다. 무인으로 사는 한 다른 길은 없어요."

"……."

성유화의 말에 서문영은 아무 말도 하지 못했다. 자신보다 어려 보이는 소녀가 더 정확하게 본질을 꿰뚫어 보고 있었다.

갑자기 얼굴이 확 달아올랐다. 향공이니, 월하서생이니 하는 말에 도취되어 여기까지 흘러들어왔다는 것을 새삼 깨닫게 된 것이다.

"오늘 성 소저에게 많은 것을 배웠습니다. 더 이상 강요하지 않겠습니다. 그리고 빠른 시일에 십단공을 성취하시기 바랍니다."

그것은 진심이었다. 서문영은 이 순간 성유화가 정략결혼이 아닌 십단공으로 성가장을 다시 일으켜 주기를 바랐다. 작정

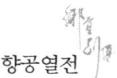

향공열전

하고 남녀문제에 뛰어든 이래 처음으로 다른 사람에게 설득을
당한 셈이다.

"고마워요."

"……."

성유화가 다시 연무장의 가운데로 걸어갔다.

서문영은 그런 성유화의 뒷모습을 잠시 바라보다가 터덜터
덜 자기 숙소로 돌아갔다.

텅 빈 방안에 탁자 하나가 덩그러니 놓여 있다. 습관처럼 탁
자 위에 늘어놓은 십여 권의 책이 보였다. 모두 성시를 대비한
필독서들이다.

"후후, 한방 맞았군."

서문영의 입에서 메마른 웃음이 흘러나왔다. 확실히 지금의
자신은 성시를 볼 자세가 되어 있지 않았다.

문득 '지금까지 무슨 생각으로 살았지?' 하는 생각이 뇌리
를 스치고 지나갔다. 자신은 성유화만큼 진지하게 인생을 생
각하지 않았다.

그저 철이 들기 이전부터 습관적으로 글공부를 했다. 그리
고 향시를 치르고, 성시를 치르고, 관리가 되는 것을 당연하게
여기며 살아왔다.

"이런 제길, 나는 서문영이다. 나에게는 나의 길이 있다."

짝. 짝.

서문영이 두 손으로 자신의 뺨을 세차게 때렸다.

하지만 아무리 결의를 새롭게 다져도 공허한 마음은 쉽게
바뀌지 않았다.
　　서문영은 탁자에 앉아 자신이 가지고 다니던 책을 꺼내 읽
기 시작했다. 정략결혼이 흐지부지 된다 해도, 성시까지 그렇
게 만들 수는 없기 때문이다.

향공열전

제3장
산은 바람을 부르지 않는다

성가장에서 무천관의 개관 기념일을 축하하러 간 사람은 모두 다섯 명이었다. 가주인 성일권과 무남독녀 성유화, 총관 석장원(石壯元), 집사, 그리고 글 선생 서문영이 그들이다. 무천관은 강소성에서 잘 나간다는 무관답게 입구에서부터 수백 명의 손님으로 바글거렸다.

"휴우! 정말 사람이 많군요."

서문영이 눈을 휘둥그렇게 뜨고 사방을 두리번거렸다. 도검(刀劍)은 물론 온갖 종류의 기병(奇兵)을 휴대한 무림인들이 대문 앞에 구름처럼 몰려들고 있었다.

"강소성을 좌우하고 있는 삼강(三强) 중에 하나니까…… 이
정도는 당연한 것이라네."

"삼강이요?"

"그렇다네. 무천관과 현천문(玄天門), 사두방(四頭幇)을 삼강
이라고 하지."

"아!"

서문영이 고개를 끄덕이며 알았다는 표시를 하자 송 집사가
귀띔을 했다.

"무천관은 정파, 현천문은 중도, 사두방은 사파라고 할 수
있습니다."

"아! 그런데 중도는 뭔가요?"

"그건 한마디로 '이해관계에 따라 이쪽저쪽을 왔다갔다 한
다'는 뜻입니다."

"그래도 괜찮은가요?"

서문영이 눈을 휘둥그렇게 뜨며 묻자 석장원이 웃으며 답했
다.

"힘이 있으니 아무도 그런 현천문에 대해 왈가왈부 하지 못
한답니다. 그래서 강소성 제일 문파는 현천문이라는 말도 있
지요. 무천관이나 사두방에서 들으면 상당히 기분 나쁜 소리
지만요."

"아하!"

서문영은 총관의 말을 완전히 이해했다. 한마디로 힘이 강

향공열전

한 현천문은 내키는 대로 행동을 하고, 그 다음이 무천관과 사두방이라는 말이었다.

같은 삼대문파라고 해도 힘의 강약에 따라 그런 차이가 존재하고 있었던 것이다.

그러는 동안 성가장 사람들도 입구에 이르게 되었다.

중년인 하나가 성가장 사람들에게 손짓을 했다. 그의 앞에는 방명록이 펼쳐져 있었다.

총관 석장원이 잰걸음으로 다가가 일행을 대신해서 이름을 적어 나갔다.

석장원이 글을 적는 동안 중년인이 성일권에게 아는 체를 했다.

"하하! 성 대협, 이렇게 방문해 주셔서 감사드립니다. 그렇지 않아도 관주님께서 기다리고 계시니 속히 안으로 들어가 보십시오."

"허허, 저를요?"

"예, 성 대협이 오시면 따로 안으로 기별을 넣으라고까지 말씀하셨습니다."

"허허, 알겠소이다."

길조라고 생각한 성일권의 얼굴에 미소가 번져나갔다. 구자겸(九自謙)이 자신을 찾는다고 하니 괜히 기대가 됐다. 평소 왕래가 없던 구자겸이다. 그런 그가 하필 오늘같이 좋은 날 자신을 따로 찾을 이유가 없지 않은가?

'혹시 혼인 때문이 아닐까?'

만약 그렇다면 강남에서 서문영을 데리고 올 필요조차 없었다.

생각에 잠겨 있는 성일권의 손을 성유화가 잡아끌었다.

성가장 일행이 안으로 들어가자 중년인이 젊은 제자 하나를 어디론가 급히 보냈다.

*　　　　　*　　　　　*

"아니, 성 대협 아니십니까! 어서 오십시오!"

앞마당으로 들어서자 무천관의 부관주 구문도(九聞道)가 과장된 몸짓으로 성일권을 반겼다.

갑작스런 환대에 성일권의 입이 헤벌쭉 해졌다.

"구 대협, 반갑소이다. 역시 무천관답게 손님들이 많구려. 축하드리오."

"어이쿠! 별말씀을요. 성가장에 비하면 멀었지요. 속히 안으로 드십시오. 관주님께서 아까부터 기다리고 계십니다."

"저를요?"

성일권이 어리둥절한 표정으로 구문도를 바라보았다. 관심을 가져주니 고맙기는 한데 그 이유가 궁금했다. 무천관의 관주와는 오래전 공식 석상에서 한 차례 인사를 나누었을 뿐이다. 따로 안부를 전하는 사이도 아닌데 기다리고 있다니?

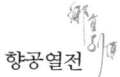

향공열전

"하하, 가 보시면 압니다. 따라 오시지요."

성가장의 사람들이 희희낙락한 표정으로 성일권의 뒤를 따를 때다.

구문도가 멈춰 서서는 다른 사람들을 향해 말했다.

"안에는 무가의 대표들만 계시니 다른 분들은 마당어서 여흥을 즐기시기 바랍니다."

"아!"

눈치 빠른 총관이 성가장 사람들을 인솔해서 근처의 자리로 이동했다.

성일권은 식솔들을 향해 손을 흔들어 보이고는 다시 쿠관주의 뒤를 따라갔다.

부관주가 안내한 곳은 성일권이 한 번도 와본 적이 없는 무천관의 안채였다.

"관주님, 성 대협을 모시고 왔습니다."

"오! 그래 안으로 모시게."

부관주는 성일권에게 안으로 들어가라고 손짓을 하고는 왔던 길로 다시 나갔다.

잠시 망설이던 성일권이 안채의 문을 열고 들어섰다.

"성 대협, 어서 오십시오!"

"반갑소이다."

"늦었구려."

갑작스럽게 쏟아지는 인사에 성일권은 일순 정신을 차리지 못했다. 그러고 보니 따로 초대를 받은 사람은 자신만이 아닌 모양이다.

'그럼 그렇지……'

성일권이 다소 허탈한 표정으로 주변을 둘러보았다.

방 안에는 먼저 온 손님들이 자리를 잡고 있었는데, 술이 몇 순배 돌았는지 조금씩 흐트러진 모습이었다.

"허허, 구 관주님, 제가 늦은 건 아니겠지요?"

"늦다니요. 아주 좋은 시간에 오셨습니다."

무천관의 관주이자 오늘 연회의 주인인 구자겸이 웃으며 한쪽을 가리켰다.

"늦었지만, 무천관의 개관을 축하드립니다."

성일권이 정중하게 인사를 하고는 빈자리로 다가갔다.

막 자리에 앉으려던 성일권의 얼굴이 어색하게 굳었다. 자신의 옆자리에 비도문의 문주 정대봉(鄭大峰)이 앉아 있었던 것이다.

정대봉이 막 앉으려는 성일권을 향해 고개를 까딱였다.

나름대로 인사라고 하는 모양인데 그 태도가 성일권에게는 상당히 불쾌하기만 했다. 그렇다고 감히 비도문의 문주에게 뭐라고 할 담력은 없었다. 세력은 물론 무공도 정대봉에 비해 한참 부족했기 때문이다.

성일권이 끓어오르는 마음을 애써 가라앉혔을 때다.

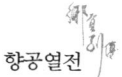
향공열전

"여러 동도들께서 모이셨으니 그간 드리고 싶었던 말씀을 해야겠소이다. 이미 다들 알고 계시겠지만, 모르시는 분들을 위해 정리하는 마음으로 경청해 주시기 바랍니다."

여덟 명의 대표들이 무천관의 관주인 구자겸에게 시선을 집중했다.

"평로(平盧) 절도사 이정기(李正己)가 세운 제국(濟國)이 우리의 코앞에 있소이다. 지금까지 조정에서 몇 번이나 밀사를 보내 제나라 요인들의 수급을 요구했으나…… 무림인은 관에 관여하지 않는다는 이유로 정중히 거절하였소."

구자겸이 잠시 말을 멈추고 장내를 둘러보았다. 알고 있는 사람들은 다소 심드렁한 표정이었지만, 처음 듣는 사람들은 침중한 눈빛으로 촉각을 곤두세우고 있었다. 성가장의 성일권처럼 말이다. 사람들의 표정을 살피던 구자겸이 말을 이어나갔다.

"그러나…… 나랏일이라고 마냥 모른 척 하고 있을 수만은 없게 되었소. 아시는 분도 계시겠지만…… 현천문이 제나라와 내통하고 있다는 정보가 있소이다."

"으음……."

"현천문이…… 왜……."

몇 사람의 입에서 탄성이 흘러나왔다. 현천문의 문주 손만호(孫滿瑚)는 정사지간(正邪之間)의 인물로 알려져 있지만 호방한 성품에 폭넓은 대인관계를 유지하고 있었던 것이다.

"손만호가 거란족 사람이라, 스스로 고구려 유민임을 자처하는 이정기와 붙어먹지는 않으리라고 예상했지만…… 그것은 우리의 착각이었소."

구자겸의 말에 다들 묵묵히 고개를 끄덕였다. 거란족과 말갈족은 조정의 골칫거리였다.

틈만 나면 반역을 일삼았기 때문이다. 반역이라는 공통점이 있었지만 거란족과 말갈족은 사이가 그다지 좋지 않았다. 거란족이 반란을 일으키면 조정에서는 말갈족을 내세워 진압하곤 했다.

그런 상황에서 거란족인 손만호가 고구려 유민이 세운 제나라와 모종의 관계를 유지하고 있다는 것은 충격이었다. 발해의 대조영이 말갈족과 동맹을 맺은 뒤로 말갈족은 은연중에 고구려의 일부로 여겨지고 있었다.

그러니 손만호가 제나라와 관계한다는 것은 한 다리 건너 말갈족과도 손을 잡았다는 뜻인 것이다.

"조정에서는 우리들이 직접 대역무도한 현천문을 없애 주기를 바라고 있소. 그것은 현천문이 무림의 세력이기 때문이오."

"현천문의 손 문주가 이정기와 내통한다는 정보는 사실인 것이오?"

누군가의 물음에 구자겸이 고개를 끄덕였다.

"손만호의 집에서 제나라의 밀서가 유출되었소. 그 바람에

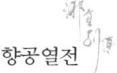
향공열전

현천문이 제나라의 전초기지라는 사실이 밝혀진 셈이오."

"그렇게 중요한 밀서가 외부로 유출이 되다니…… 거참, 믿기도 그렇고 믿지 않기도 그렇고……."

쉽게 믿어지지 않는다는 듯 진가장(眞家莊)의 장주 진충식(眞忠植)이 중얼거렸다.

구자겸이 반신반의(半信半疑) 하고 있는 진충식에게 냉소를 날렸다.

"흥! 허면 그 밀서를 내가 만들어서 돌렸다는 거요?"

"헛! 그런 뜻이 아니외다. 다만 신중을 기하자는 의미에서 드린 말씀이외다."

"허허, 그 말씀은 설마 진 장주만 신중하고, 나를 비롯한 조정의 대신들은 신중하지 못하다는 소리요?"

"아니외다. 아니외다. 어찌 노부가 그런 생각을 할 수가 있겠소. 구 관주와 조정의 대신들이 그렇게 결론을 내렸다면 믿고 따라야겠지요."

진충식이 슬그머니 꼬리를 내렸다. 무천관에서 관주인 구자겸의 비위를 건드리고 무사할 자신이 없었던 것이다. 게다가 말하는 것을 보니 이미 조정의 대신들과도 의견 조율이 끝난 모양이다. 잘못하다가는 대역무도한 죄인들과 한패라고 몰릴 수도 있었다.

"험, 험, 그래서…… 이 기회에 현천문을 없애기로 합의를 하였소이다. 물론 그에 따른 경비는 모두 조정에서 대주기로 했소이다."

"오오!"

"대체 얼마나?"

가주들의 물음에 구자겸이 희미하게 웃으며 답했다.

"조정에서는 출정하는 인원수에 비례하여 경비를 지원하기로 하였소이다. 조정에서 지원해 주는 일인데 공평하지 않으면 안 되지 않겠소이까?"

"옳으신 말씀이시오."

가주들이 이구동성으로 화답하자 구자겸이 계속해서 말했다.

"토벌의 기간은 한 달을 예상하고 있으며, 일인당 매달 은자 다섯 냥씩 지급될 것이외다."

"오오! 다섯 냥씩이나!"

"참가인원의 제한은 없소이까?"

한순간에 분위기가 달아올랐다. 그렇지 않아도 무림인은 싸울 자리를 찾아다닌다. 명성을 얻기 위해서 싸움보다 확실한 것은 없기 때문이다.

그런 의미에서 현천문과의 전쟁은 필요악(必要惡)인 셈이다. 게다가 은자 다섯 냥이면 한 달 수업료의 다섯 배다. 제자들에게 명성을 쌓을 기회도 주고 수입도 다섯 배로 올리는 일이니 마다할 이유가 없는 것이다.

"그 부분에 대해 양해를 구해야 할 일이 있소이다."

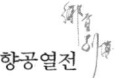

향공열전

구자겸의 말에 장내는 조용해졌다. 참가인원을 어떻게 정하느냐는 곧 얼마의 수입이 생긴다는 말과 같았으니, 다들 예민한 반응을 보이고 있는 것이다.

"현천문이 강소성 최강의 문파라는 데는 다들 이견(異見)이 없으실 것이외다. 그 현천문을 상대하러 가는데 어중이떠중이들을 다 데리고 갈 수는 없는 노릇이오. 희생을 최소화 시켜야 승리를 얻더라도 그 후유증이 적지 않겠소이까?"

"……"

가주들이 힐끔거리며 서로의 안색을 살폈다. 구자겸과 의견을 조율했던 가주들은 담담한 표정인 반면, 아무런 이'야기도 듣지 못한 가주들은 이리저리 둘러보기에 바빴다. 무가마다 인원을 조정할 모양인데, 구자겸이 생각하는 기준을 알 수가 없었던 것이다.

"이 자리에 모이신 분들은 강소성에서 명망이 높으신 열 분의 가주들이시오. 하지만 모두의 형편이 다 좋은 것은 아니지요. 그래서 우리는 임시로 상위 다섯 개 문파와 하위 다섯 개 문파를 나누었소이다. 그리고 상위 다섯 개 문파에서는 30명의 제자들을, 하위 다섯 개 문파에서는 10명의 제자들을 선발하는 것으로 정리했소. 그 외의 문파에서 참가를 원할 경우에는 문파 당 세 명까지만 받을 계획이외다."

"……"

구자겸의 말에 아무도 토를 달지 못했다. 현천문의 제자가 대략 백여 명이니, 열 개 문파에서 추려낸 이백 명의 정예라면 충분히 상대할 수 있다.

문제는 대체 누가 상위고 누가 하위냐는 것이다. 여기서 그것이 정해지면 수입의 격차는 물론, 적어도 십 년 이상 그 서열이 굳어져 버릴 것이었다. 어쩌면 하위에 속하는 다섯 개 문파는 영원히 상위 문파와의 간격을 좁히지 못할 지도 모른다.

"험, 험, 말씀 중에 죄송하오만…… 상위와 하위 문파를 알려 주셔야 제자들을 선발하지 않겠소이까?"

누군가의 지적에 구자겸이 어색하게 웃으며 답했다.

"상위와 하위 문파는 단지 제자들의 숫자와 활동영역을 기준으로 정했음을 알려 드리는 바이오. 그러니 오해가 없으시길 바라외다. 상위의 문파는 무천관, 비도문, 십도문(十道門), 청방(靑幇), 사두방이며…… 하위 오개 문파는 이 자리에 계시지만 호명하지 않은 문파외다."

"……"

성일권의 입에서 가느다란 한숨이 흘러나왔다. 그래도 하위 문파로 초대받은 걸 기뻐해야 하는지 기분 나빠해야 하는지 갈피를 잡을 수가 없었다.

한참 만에 진가장의 장주가 조심스럽게 운을 뗐다.

"그런데…… 청방과 사두방은 사파가 아니외까? 그들이 수적 출신이라는 것은 널리 알려진 사실인데…… 우리가 그들과 손을 잡아야 하는 것이오?"

"그건 우리의 피해를 최대한 줄이기 위한 어쩔 수 없는 선택이외다. 현천문은 강소성 최강의 문파요. 그런 현천문을 우리의 힘만으로 상대하려 했다가는 자칫 양패구상(兩敗俱傷)을 면치 못할 수도 있소이다. 그런 일이 일어난다면 청방과 사두방이 어부지리(漁父之利)를 얻을 터인데……. 그러느니 차라리 합류시켜서 확실한 승기를 잡는 편이 낫겠다고 생각한 거외다."

"……."

진충식은 달리 반박할 말을 찾지 못했다. 구자겸의 말은 일리가 있었다. 현천문을 상대하는데 정파의 문파로는 아쉬운 감이 없지 않았다.

청방과 사두방까지 합류한다면, 현천문의 멸문은 불을 보듯 뻔한 일이었다. 아무리 현천문이 대단하다고 해도 정사양도의 합공을 견뎌낼 재간은 없을 것이다.

더 이상 이견이 없자 구자겸은 이야기를 마무리지었다.

그 뒤로는 시시껄렁한 이야기만 오갔다.

성일권은 비도문의 옆에 앉아 있다는 죄로 정대봉의 자랑을 고스란히 들어 줘야만 했다.

"허허, 노부가 무당파와 화산파의 고인들을 초빙한 것은 바로 오늘과 같은 때를 대비한 것이외다. 청방과 사두방 앞에서 우리가 약한 모습을 보여 줄 수는 없는 노릇이 아니오? 오히려 이 기회를 빌어 사파 놈들의 콧대를 꺾어 놓아야 할 것이외다. 그렇지 않소이까? 성 대협?"

"아, 예……."

"성 대협께서 이번에 강남에 다녀오셨다는데 우리 비도문처럼 고수라도 초빙해 오셨소이까?"

"아, 아니외다. 저는 그저 제자들의 글 선생을 한 분 모시고 왔을 뿐이외다. 물론 현천문을 상대로 싸움을 계획하고 있다는 것을 알았다면……."

"오오, 제자가 이제 스무 명 남짓이라고 들었는데…… 강남의 고수들을 초빙해 오실 정도의 여력이 아직 남아 있으신가 봅니다?"

"……."

성일권의 얼굴이 일그러졌다. 다른 사람이면 몰라도 비도문의 문주에게 저런 소리를 듣고 싶지는 않았다. 제자들을 열 명이나 빼가고 뻔뻔하게 저런 말을 하다니! 울컥해진 성일권이 저도 모르게 버럭 소리를 지르고 말았다.

"그런 건 당신이 알 바 아니지 않소!"

"허허, 성 대협. 뭐 그런 소소한 일로 언성을 높이시오? 누가 보면 성 대협의 무공이 입신(入神)의 경지에 든 줄로 알겠소이다. 그렇지 않소?"

정대봉의 마지막 말은 나직했지만 살기가 충천해 있는지라 성일권은 정신이 번쩍 들었다.

다행히 정대봉은 비릿한 미소를 지어 보일 뿐, 더 이상 아무런 말도 하지 않았다.

"……."

성일권이 속으로 안도의 숨을 내쉬고 있을 때다. 정대봉의 스산한 음성이 들려왔다.

"비도문은 은원을 분명히 하는 문파요. 이대로 끝날 거라고 생각하지 마시오."

"……."

성일권은 애써 정대봉의 위협을 무시했다. 이미 엎질러진 물이다. 게다가 지금 당장은 별 어려움이 없을 것이었다.

정대봉이 살기 어린 눈으로 성일권을 노려보고는 자리에서 일어났다.

성일권도 더 이상 음식이 넘어가지 않자 슬그머니 자리를 떴다.

안마당으로 걸어가던 성일권은 정대봉의 위협을 떠올리며 몸서리를 쳤다. 같은 정파라 내심 안심하고 있었는데 정대봉의 눈에서 흘러나온 것은 살기였다.

"허! 거참."

그 자리에는 구파의 가주들이 자리를 함께하고 있었다. 그러나 어느 한 사람도 나서서 만류하거나 중재하려고 하지 않았다.

안채의 분위기를 생각하자 성일권의 가슴은 답답해졌다. 새삼 현실의 냉엄함을 깨닫게 된 셈이다. 힘이 없는 게 죄였다.

'혼인을 서둘러야겠어……'

무천관과 혈연으로 뭉친다면 비도문도 더 이상 수작을 부리지 못할 것이다.

멀리 성유화의 화사한 모습이 보였다. 자신의 딸이지만 유난히 눈에 띄는 용모였다. 수많은 사람들이 성유화의 주변을 얼쩡거리고 있었다. 그중에는 무천관의 사람들도 적지 않았다. 성일권의 굳어 있던 얼굴이 조금씩 풀어졌다.

"그래, 무천관을 직접 보니 어떠냐? 마음에 드느냐?"

성유화에게 다가간 성일권이 은근한 음성으로 물었다. 정략결혼에 대해서 언질을 주었던 터라 성유화도 남다른 눈으로 무천관을 살펴보았을 것이다.

"네, 생각했던 것보다 규모가 크네요. 제자들도 많고……."

"모르긴 해도 우리 성가장의 열 배 이상은 될게다."

"그런가요."

단지 그뿐, 성유화의 입에서 다른 말은 나오지 않았다.

성일권은 서문영에게 눈짓을 보냈다. 이제부터 월하서생의 진가를 보이라는 뜻이다.

하지만 서문영은 그런 성일권의 신호를 보지 못한 듯 딴청을 부렸다. 당사자인 성유화가 무공으로 끝장을 보겠다고 한 이상 어쩔 수 없는 노릇이었다.

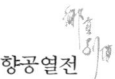

향공열전

그토록 많은 무림인들이 운집해 있었음에도 누구 하나 성일권에게 먼저 인사를 청해 오지 않았다. 자존심이 강한 성일권 역시 다른 이에게 아는 체를 하지 않았다.

결국 성가장 사람들은 마당에 쪼그리고 앉아 차려진 음식을 먹다가 돌아가야만 했다.

                    *   *   *

다음날 성가장은 무천관에서 보낸 손님을 맞아야 했다. 뜻밖에도 무천관에서 찾아온 사람은 성일권이 그토록 만나고 싶어 했던 구자겸의 장자인 구효섭이었다.

"부친께서 다른 사람을 보내겠다고 하는 걸 자원하여 왔습니다."

"허허! 구 소협, 잘 오셨소이다."

구효섭의 인사에 성일권의 입이 헤벌쭉 벌어졌다. 어제 성유화를 데리고 가기를 잘했다는 생각이 든다. 구효섭을 성가장으로 불러들인 것은 성유화가 분명할 것이다.

아니나 다를까? 구효섭은 마당을 지나면서도 연신 누군가를 찾듯이 고개를 이리저리 돌리고 있었다.

"혹여, 성가장에 아는 분이라도 계시오?"

"아하하, 전혀 없습니다. 성가장의 분들은 어제 먼발치에서

뵌 분들이 전부입니다."

"아! 어제……."

성일권이 모르는 척 받아넘겼다.

'분명 유화를 보고 혹해서 찾아온 것이리라.'

주책맞게 가슴이 두근거렸다. 이대로라면 월하서생의 도움이 없이도 소원을 풀 수 있지 않을까?

"허허, 와보시니 어떻소? 무관에 비하면 초라하지요?"

성일권이 슬쩍 말을 돌렸다. 상대의 속셈을 알아차린 이상 급하게 나갈 필요가 없다고 생각한 것이다.

"아닙니다. 성가장 역시 좋은 터에 훌륭한 기세를 갖추고 있다는 느낌입니다."

"오오! 그런 것까지도 보실 줄 아시오? 젊은 나이에 참으로 대단하오."

"잡기(雜技)에 불과한걸요."

성일권의 얼굴에 흡족한 미소가 떠올랐다. 방탕하다는 소문이 있지만 무천관의 세력을 생각해 보면 그 정도의 생활은 당연한 것인지도 모른다.

성일권은 대청(大廳)이 아니라 아예 자신의 내실(內室)로 구효섭을 끌고 들어갔다. 그만큼 거리를 좁히고 싶었던 것이다. 그리고 사양하는 구효섭을 어르고 달래 간단한 술상까지 차려 버렸다. 내실에 술상을 벌였으니 이제는 성유화만 불러내면 된다.

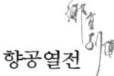

향공열전

성일권이 막 집사를 부르려고 할 때다. 구효섭이 급히 말했다.

"성 대협께서 이렇게 환대를 해주시니 몸 둘 바를 모르겠습니다. 아무래도 술이 들어가기 전에 말씀을 드려야 할 것 같습니다."

"허허, 말씀해 보시구려."

갑자기 구효섭의 음성이 낮게 가라앉았다.

"거사를 위한 집결일과 집결지를 알려 드리는 것이 오늘 방문의 목적입니다."

"아!"

성일권이 가볍게 긴장한 눈으로 구효섭을 바라보았다. 지금은 정략결혼보다 현천문을 치는 것이 더 급했다. 생사(生死)가 엇갈리는 문제인지라 들떠 있던 기분이 한순간 가라앉았다.

"성 대협께서도 아시겠지만, 현천문이 자리한 곳은 강소성의 최북단인 운태산(云台山)입니다. 하지만 그곳에서 모일 수는 없지 않겠습니까? 그래서 오대문파 가주들께서는 그 아래에 있는 화과산(花果山)을 집결지로 정하셨습니다."

"아, 분명 화과산이라고 하셨소?"

"예."

"흠, 잘 알았소이다. 그런데 그토록 중요한 일을 이렇게 말로만 전한다는 것이 좀 불안하구려. 그래도 명색이 열 개 이상의 무가(武家)가 참전하는 싸움일 터인데……."

"모두가 성 안에서 벌어지는 일이기에 비밀을 유지하기 위해서 구두로 통보한다고 하셨습니다. 행여 서찰이 현천문도의 수중에 들어가기라도 한다면, 화과산에서 기습을 당할 수도 있기 때문이지요."

"아하! 알겠소이다."

성일권이 고개를 끄덕였다. 마음 한편으로는 조금 주먹구구식으로 운영되고 있다는 느낌도 없지 않아 있었다. 솔직히 구효섭이 직접 오지 않았다면 진위 여부를 확인하기 위해 따로 사람을 보냈을 지도 모르는 중대사가 아닌가 말이다.

"집결 날짜는 십이월 보름 정오(正午; 낮 12시)입니다."

"아직 날짜가…… 많이 남았구려."

지금이 십일월 하순이니 보름이나 남은 셈이다. 남경에서 화과산까지는 빠르게 가면 사흘이면 당도할 거다. 결국 열흘 이상 준비태세로 지내야 한다는 말이다.

"제자들을 선발하고 장거리 여행을 준비하다 보면 그리 짧은 기간도 아닐 것입니다."

"알겠소이다. 십이월 보름, 정오, 화과산. 내 틀림없이 전해 들었소이다. 그 시간에 맞춰 갈 것이라고 전해 주시구려."

"그리고 아시겠지만…… 성가장의 현재 인원수에 비해 동원할 제자가 다소 상향된 것은 이유가 있습니다."

"……."

성일권이 멋쩍은 미소를 지어 보였다. 확실히 성가장은 다

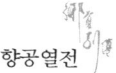
향공열전

른 하위에 속한 무가들보다 못한 처지였다. 하위의 무가들이라고 해도 제자들의 수는 오십 명 이상이었다. 그에 비해 성가장의 제자는 이십 명 안팎이다. 하위에 이름이 든 것만으로도 감지덕지해야 할 판인 것이다.

"부친께서는 이번 거사로 성가장이 과거의 성세를 회복했으면 하는 바람을 가지고 계십니다."

"구 대협께서요?"

"예, 사실…… 아버님께서는 성가장에서 비도문을 견제해주기를 바라고 계십니다. 비도문에서 지나치게 외부 세력을 끌어들이고 있어서…… 조금 불안한 눈으로 바라보고 계시다고나 할까요……"

"아! 그런 깊은 뜻이 계신 줄은 정말 몰랐소이다."

성일권은 속으로 뛸 듯이 기뻤지만 내색하지 않았다. 현천문이 사라지고 나면 무천관이 강소성 최대의 문파가 될 것이다. 그런 무천관에서 성가장의 편에 서겠다는 뜻을 우회적으로 표시하고 있는 것이다.

'허기사, 요즘 비도문에서 너무 설쳤지……'

무당파와 화산파의 고수를 끌어들인 것이 무천관을 자극한 것이 틀림없었다.

'구 관주가 우리에게 호감을 표시하고 있으니…… 본인들만 좋다면 혼인도 어려운 일은 아닐 것이다.'

성일권이 담담한 표정으로 말했다.

"허허, 그건 그렇고 이렇게 뜻깊은 날 구 소협에게 정식으로 소개하고 싶은 사람이 있소이다."

"누구를……?"

구효섭의 눈이 반짝 빛났다.

"내 여식과 성가장의 글 선생이라오. 두 사람 모두 젊으니 구 소협과 잘 맞을 것이외다. 구 소협도 나 같은 늙은이와 대작(對酌)하는 것보다 또래들과 어울리는 것이 편하지 않겠소?"

"하하, 그러려고 온 것은 아니지만, 젊은 인재들을 사귈 수 있는 기회를 사양하고 싶지도 않군요."

구효섭이 승낙하자 성일권은 송 집사를 불러 두 사람을 데리고 오게 했다.

＊　　　＊　　　＊

"소생은 서문영이라고 합니다."

"유화예요."

"무천관의 구효섭입니다."

구효섭의 시선은 시종일관 성유화의 얼굴에서 떠나지 않았다. 주변에 적지 않은 여자들이 있었지만 눈앞의 소녀처럼 기이한 매력을 발산하는 여자는 없었다. 성유화는 청순한 소녀와 요염한 여자의 경계에 서 있어서, 움켜쥐고 싶은 욕망과 보호해 주고 싶은 마음이 오락가락하게 했다.

구효섭의 태도는 동석하고 있는 다른 사람들에게 큰 실례라고 할 수도 있었지만, 아무도 개의치 않았다.

아니 오히려 성일권과 서문영은 그런 구효섭의 태도를 환영하는 입장이었다.

당연히 성일권은 끈적이는 눈빛을 모른 척 외면했고, 서문영은 그런 성일권에게 찰싹 붙어 속닥거렸다. 넷이 앉았지만 두 명씩 대화의 상대가 정해져 버린 셈이다.

"어제는…… 미처 인사를 드리지 못했습니다."

구효섭이 어렵게 운을 뗐다. 성일권과 대화할 때와는 다르게 음성이 가늘게 떨리고 있었다.

혹자는 그걸 두고 내성적이라 긴장해서 떤다고 하겠지만 서문영은 진실을 간파해 내고 말았다.

'진정한 색골이야. 먹이를 앞에 두고 긴장하고 있군.'

굶주린 호랑이는 토끼 한 마리를 잡을 때도 최선을 다하는 법이다. 서문영은 칙칙한 눈빛으로 떨고 있는 구효섭에게서 고수의 풍모를 느꼈다.

"예, 손님이 많이 와서 우리 성가장의 사람들은 보이지도 않았을 거예요."

"아니외다. 성가장의 손님들은 확실하게 보았소이다. 다만 이리저리 불려 다니느라……."

"아!"

성유화의 입에서 탄성이 흘러나왔다. 무천관의 장자라는 자리에 대해 다시 한 번 생각하게 된 것이다.

"……."

그 뒤로 구효섭은 입을 다물었다.

하지만 성유화를 바라보는 눈이 더욱 깊게 가라앉았다. 구효섭은 앞에 다소곳이 앉은 성유화의 전신을 감상하느라 정신이 없었다. 지금까지 대부분의 여자들은 손짓만 하면 스스로 안겨왔다.

무천관의 장자라는 자리가 그렇게 만들어 준 것이다. 당연히 별다른 대화의 기술이 필요하지 않았다. 집요한 감상 후에는 언제나 짧은 정복의 절차만 남아 있을 뿐이다.

구효섭에게 있어 성가장의 성유화는 기녀와 다를 바가 없었다. 성가장이 이대에 걸친 무가라고 해도 손짓 한번이면 무너뜨릴 수 있기 때문이다.

아니 어떤 면에서는 무가의 여자가 기녀보다 쉬웠다. 기녀에게는 돈을 주어야 했지만 무가의 여식들은 조건 없이 몸을 바쳐왔기 때문이다.

외견상 성일권과 대화를 나누면서도 서문영은 그런 구효섭의 심리를 꿰뚫어 보고 있었다.

'놀랍군. 저자는 결코 내성적인 게 아니다. 그저 필요하지 않아서 입을 다물고 있을 뿐…….'

향공열전

그 증거로 자신이 해야 할 말을 분명하게 내뱉고 있었다. 구효섭의 말속에는 내성적인 사람들 특유의 사족(蛇足)이 달려 있지 않았다.

묵묵히 술잔을 기울이던 구효섭이 뜬금없이 말했다.

"소저, 좀 더운 듯한데…… 잠시 나갈까요?"

"예."

희고 고운 손으로 얼굴에 바람을 일으키던 성유화가 고개를 끄덕였다. 그렇지 않아도 답답한 느낌이 들 정도로 더웠던 것이다.

구효섭과 성유화가 자리에서 일어났다.

성일권이 구효섭을 향해 손을 흔들어 보였다.

"허허, 나는 늙어서 찬바람이 싫으니 여기서 더 마시겠네."

"저도 몸 상태가 시원치 않으니…… 남아서 성 대협의 상대가 되어 드리겠습니다."

서문영은 묻기도 전에 재빨리 남아 있겠다고 선언했다.

구효섭이 야릇한 표정으로 서문영을 힐끔 바라본 후에 밖으로 걸어 나갔다.

잠시 머뭇거리던 성유화의 입술에서 나지막한 한숨이 흘러나왔다. 남겠다고 한 두 남자의 속마음을 짐작한 까닭이다.

더워서 나가겠다고 한 것이 이상한 방향으로 흘렀지만 도로 주저앉을 수는 없었다. 결국 성유화는 밖으로 나가고 말았다.

성일권이 서문영의 잔에 술을 따르며 물었다.

"전문가가 보기에 두 사람이 잘 될 것 같은가?"

"잘 되었으면 좋겠습니다."

"그래, 저 녀석이 눈치가 좀 없긴 해도 솔직한 녀석이니까…… . 대화를 좀 나누다 보면 누구라도 실망시키지는 않을 게야."

"……."

서문영은 말없이 술잔을 기울였다. 지금은 차라리 성유화가 닳고 닳은 여자였다면 하는 아쉬움이 든다. 구효섭과 성유화 사이에 무슨 일이 벌어질지 예측할 수가 없었기 때문이다.

서문영과 성일권이 술 두 병을 완전히 비웠을 때다. 함께 나갔던 성유화가 홀로 돌아왔다.

"그래, 구 소협은 어디에 두고 혼자 왔느냐?"

"그는 갔어요."

"흠…… ."

성일권이 아쉽다는 눈으로 성유화를 바라보았다. 딸을 위해 자리를 마련해 준다는 게 구효섭에게 인사도 받지 못하는 결과를 가져왔기 때문이다.

"그래, 무슨 이야기를 그리 오래 나누었느냐?"

"아무 말도 하지 않던걸요?"

"그럼 그냥 말없이 갔단 말이냐?"

향공열전

"네."

"허, 설마……."

"정말이에요."

"다른 말은 전혀 없고?"

"그게…… '산은 바람을 부르지 않는다'고 하고는 가버렸어요."

"엉? 무슨 선문답인가……."

기가 막힌 성일권이 멍한 눈으로 성유화를 바라보았다.

듣고 있던 서문영의 입에서 피식하고 실소가 흘러나왔다.

성일권이 그런 서문영을 향해 물었다.

"서 향공, 그가 남긴 말이 무엇을 뜻하는지 아시겠소?"

"예."

"그렇다면 우리가 알기 쉽게 해석을 해주시구려."

"그 전에 소저에게 몇 가지 확인할 것이 있습니다. 다까는 구 소협과 어디를 가신 겁니까?"

"그냥 목적 없이 집을 한 바퀴 돌았을 뿐이에요."

"물론 외곽으로 돌았겠지요?"

"네. 안 보시고도 잘 아시네요?"

"물론 그러는 동안 소저는 입도 뻥긋 하지 않으셨고요?"

"네, 별로 할 얘기가 없어서요."

"그렇다면 구 소협이 한 말은 이런 뜻입니다. 내가 마음에 든다면 나에게 오라는 뜻이지요."

"예?"

"보통은 남자가 여자에게 접근을 합니다. 하지만 구 소협은 여자가 자신에게 적극적으로 덤벼들기를 바라고 있는 것 같습니다."

"오호! 그런 심오한 뜻이!"

"흥! 미친놈!"

성일권과 성유화가 거의 동시에 소리쳤다. 성일권의 얼굴에는 희색이 만연했고, 성유화는 냉기를 풀풀 날렸지만 말이다.

"아마 소저가 함께 따라 나간 것을…… 절반쯤 마음을 허락한 것으로 받아들인 듯합니다. 대부분의 남자가 그런 상황에서는 그렇게 생각을 하지요. 알아서 안겨라 정도로 생각하면……."

"개자식! 사람을 어떻게 보고!"

꽝!

흥분한 성유화가 술상을 내리쳤다.

다음 순간 서문영은 미친 듯이 바닥에 엎드려야 했다. 성유화가 깨진 술병을 집어 던졌던 것이다.

"으헉!"

"죽여 버리겠다!"

성유화가 달려들어 무자비하게 주먹을 날렸다.

퍼퍼퍽—

"커헉!"

그제야 서문영은 성유화가 욕을 한 상대가 바로 자신임을 깨달았다. "미친놈!", "사람을 어떻게 보고!"라는 욕설의 대상은 구효섭이 아니었던 것이다.

"소, 소저…… 저는 그저 그의 말뜻을 해석한 것…… 크헉!"

서문영은 성유화의 발에 머리를 맞고 외마디 비명과 함께 그대로 정신을 잃고 말았다.

서문영이 기절을 한 뒤에도 성유화는 발길질을 멈추지 않았다.

제4장
목이 마른 뒤에야
우물을 판다 (臨渴掘井)

　서문영이 정신을 차린 것은 다음날 점심 무렵이었다.

　머리가 깨질 듯한 통증에 신음과 함께 눈을 뜬 서문영은 자신이 성일권의 내실에 누워 있다는 것을 알게 되었다.

　왠지 이질적인 느낌에 머리를 더듬으니 두툼한 헝겊이 만져진다. 그제야 서문영은 자신의 머리통이 터졌음을 깨달았다.

　"으으…… 이게 대체…… 무슨……."

　허망한 음성으로 중얼거리고 있는데 방문이 스르륵 열렸다. 겸연쩍은 표정으로 들어오고 있는 사람은 가주인 성일권이었다.

　"성 대협…… 왜……."

서문영의 피 끓는 한 마디 말 속에는 "왜 내가 맞아야 하느냐?"는 절규와 "왜 말리지 않았느냐?"는 원망이 담겨 있었다.

"미안하게 됐네……."

"으윽…… 너무 하십니다……."

"이해해 주시게. 말하지 않았나. 나는 오단공에 머무르고 있고, 그 녀석은 육단공에 접어들었다고…… 나로서는 그 녀석을 제어할 힘이 없다네.

"아무리 그래도……."

자신에게 무슨 죄가 있다고 이렇게까지 맞아야 한단 말인가!

서문영의 눈에서 굵은 눈물이 주루룩 흘러내렸다. 여자에게 맞아 머리가 터졌다고 생각하니 '왜 사나?' 하는 마음까지 든다.

"그 녀석이 그래도 자네의 간호를 하느라 지난밤 꼬박 새웠다네."

"대협, 병 주고 약을 주는 것은 인간의 도리가 아닙니다……."

"그래도 어쩌겠는가? 따지고 보면 자네에게도 잘못은 있네……. 자네가 어제 그 녀석을 자극하지만 않았어도…… 그렇게 미쳐 날뛰지는 않았을 게 아닌가?"

"하지만…… 그 뜻을 물은 건 대협이셨습니다……."

"그래, 그래도 사람이 말을 할 때는 항상 주변을 살펴가며

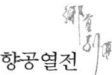
향공열전

했어야지…… 더구나 그렇게 민감한 문제를…… 자네도 쉽게 말을 한 건 인정해야 하네……. 물론 그렇다고 내가 지금 그 녀석을 편드는 것은 아니네. 누가 뭐라고 해도 그 녀석이 분명히 잘못을 한 거야."

"하지만…… 지금 성 소저의 편을 들고 계시지 않습니까……. 저에게 정말 머리통이 깨질 만큼의 잘못이 있었습니까? 대답해 보세요."

"그러니까 나도 말하지 않는가. 그 녀석이 백번 잘못했다고……. 하지만 자네에게도 그 녀석을 도발한 약간의 책임은 있다네."

"크흑! 말을 돌리지 마시고요. 지금 그렇게 말씀하시면 안 되지요. 대협께서 무슨 뜻이냐고 물어서 가르쳐 준 것일 뿐인데, 저는 머리통이 깨졌다고요."

"그래, 그래, 다 내 잘못이네. 그만 화 풀고 일어나시게."

"저는 이만 돌아가렵니다."

"돌아가다니?"

"봄이 되면 성시가 열립니다. 머리에 한 글자라도 더 담아야 하는데…… 이렇게 깨졌으니 어떻게 합니까? 다시 주워 담아야지요. 설마 이곳에서 계속 성시를 준비하라는 것은 아니겠지요?"

"자네는 나와의 약조를 어길 셈인가?"

"약조라니요?"

"허어! 이 사람, 머리에 충격을 받더니 다 잊은 건가? 자네는 유화와 구 소협을 맺어 주기로 하고 여기에 온 것 아닌가? 그러니 어느 정도 답이 보일 때까지 자네는 성가장을 떠날 수 없네. 자네의 머리가 깨진 것은 안 된 일이네만, 지금까지 자네에게 들인 돈이 얼마인지 자네도 알지 않는가."

"대협, 이러다가는 그 전에 제가 죽겠다고요. 게다가 성 소저는 무공에 뜻을 둔 터라 혼인 자체를 거부하고 있지 않습니까?"

"어허! 자네의 별호가 월하서생이 아닌가? 자네에게 그 정도의 능력은 있다고 믿고 있네."

"제발 보내 주십시오."

"어허! 사내가 그만한 일로 사정까지……. 자네가 정히 돌아가고 싶다면 위약금으로 내가 쓴 돈을 모두 변제하게. 그럼 보내 주겠네."

"으으…… 얼마입니까?"

"은자 삼십 냥일세."

"……."

서문영은 고개를 떨구었다. 과거를 준비 중인 서생이 갑자기 은자 삼십 냥을 어디서 마련한단 말인가?

그런 서문영을 측은한 눈으로 내려다보던 성일권이 혀를 차며 말했다.

"쯧! 그럼 이렇게 하세. 자네도 몸이 상할 정도로 성가장을

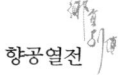
향공열전

돕고 있으니…… 성가장에서 석 달 동안만 월하서생의 솜씨를 발휘해 주시게. 그 뒤의 일은 하늘에 맡기고……. 결과에 관계없이 자네를 보내 주겠네. 나의 제안을 받아들이겠는가?"

"……."

서문영이 고개를 끄덕였다. 결국 석 달 동안 성가장에서 성유화의 뒤를 봐달라는 소리다.

딸의 성격이 파탄 나 있음을 아는 만큼 자신과 같은 사람의 조언을 필요로 하는 것이리라.

성일권이 입에 발린 말로 위로를 하고는 나갔다.

서문영은 성일권이 나가자마자 자리에서 일어났다. 성일권의 침상을 자신이 사용할 수는 없다고 생각한 것이다.

휘청거리는 몸을 이끌고 숙소로 돌아오니 어느덧 하루해가 다 저물어 가고 있었다.

창가에 멍하니 앉아 자신의 신세를 생각하고 있자니 갑자기 울컥하고 뭔가 치밀어 오른다.

자신이 한심하게 느껴진 것이다.

'나이 어린 여자에게 맞아 온몸에 골병이 들다니! 이 무슨 개망신이란 말인가!'

그것도 잠깐, 곧이어 무림인들에 대한 적의가 불타오른다.

'패악무도(悖惡無道)한 무림인들 같으니! 주먹이면 다냐!'

막연하던 적의는 곧 성유화라는 구체적인 얼굴로 바뀐다.

'아아! 이 피맺힌 원한을 무슨 수로 갚는단 말인가!'

성일권의 뻔뻔한 얼굴을 떠올리면 복수의 범위는 넓어진다.

'성시에 합격하면 강소성으로 발령을 내달라고 하자. 그리고 성가장을 갈아먹어 버리는 거다!'

하지만 역시 복수의 대미는 성유화의 처참한 몰락이다.

'못된 년! 구효섭에게 몸만 빼앗기고, 혼인은 깨져 버려라!'

그렇게 원한을 안으로 삭이고 있는데, 방문이 조용히 열렸다.

"서 향공, 몸은 괜찮으세요?"

성유화가 문 뒤에 숨어서 눈만 내놓은 채로 묻고 있었다.

그 모습을 보고 있자니 허탈한 웃음만 나왔다.

"후후, 아직 살아 있습니다."

"너무 죄송해요. 서 향공에게 화가 난 건 아니었는데…… 어제는 저도 서 향공에게 왜 그랬는지 모르겠어요. 제가 화가 난 건 구 소협이었는데 말이죠……."

"후우! 다 이해합니다. 구단공에 들어가시면 괜찮아 지실 겁니다."

"이해해 주시니 고마워요……."

서문영이 그다지 화를 내지 않자 성유화가 한 걸음 안으로 더 들어왔다.

성유화가 다가오자 근육이 경련을 일으키며 갑자기 통증이

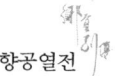
향공열전

밀려왔다.

서문영이 벌렁거리는 가슴을 애써 진정시킨 후에 인상을 찡그렸다. 아무래도 성유화의 표정을 보니 단지 병문안을 온 사람 같지는 않았다.

"무슨 일이라도?"

"그게……."

쭈뼛거리며 한참을 망설이던 성유화가 어렵게 말문을 열었다.

"서 향공께서 남자와 여자의 마음을 잘 아신다고 해서요. 정말이세요?"

"마음을 잘 안다기보다는 그저 남들보다 심리분석을 잘할 뿐입니다."

"아아! 그렇군요. 심리분석……."

"……."

서문영이 성유화를 향해 인상을 찡그렸다. 피곤하니 하고 싶은 이야기가 있으면 얼른 하라는 뜻이다.

"이번에 성가장의 사활을 걸고 큰 싸움을 하러 가게 됐거든요."

"예."

"그런데 거기 가면 다시 무천관의 구 소협을 만나게 될 것 같아서요."

"예."

"구 소협이 정말 저에게 마음이 있는 건지 알고 싶어서요."

"……."

건성으로 대답하던 서문영의 얼굴에 허허로운 미소가 떠올랐다. 두 사람을 그렇게 맺어주려고 할 때는 죽일 듯이 패더니, 이제 다 잊고 좀 쉬려고 하니 관심을 보인다.

"허허, 구 소협이 마음에 드십니까?"

"마음에 든다기보다는…… 저에게 관심을 보인 남자니까…… 저도 한 번쯤 생각해 보는 거죠."

성유화의 얼굴이 발그스름하게 물들어갔다.

'쌍, 귀여운 척 하지 마라.'

서문영이 지끈거리는 머리통을 두 손으로 감싸 안았다. 서문영에게 있어 성유화는 나찰과도 같았다. 말 한마디만 잘못해도 지옥 문턱을 드나들게 생겼으니 당연한 일인지도 모른다.

"일단 구 소협이 성 소저에게 호감을 가지고 있는 것은 분명합니다. 남자는 싫어하는 여자와는 단둘이 있으려고 하지 않으니까요."

"……."

"그러니 성 소저에게 밖으로 나가자고 권유를 한 것만으로도 알 수 있습니다. 문제는……."

"문제는?"

서문영이 잠시 망설였다. 아무래도 구효섭이 원하는 것은

향공열전

성유화의 몸뚱이 같은데, 그걸 사실대로 말했다가는 목뼈가 부러질지도 몰랐다.

"문제는 구 소협의 호감이 어떤 식으로 표현 되느냐 하는 점이지요."

"무슨 소리에요?"

"그러니까…… 쉽게 말해서 성 소저가 미처 생각하지 못한 방법으로…… 자신의 마음속에서 일어나는 그 미지의 감정을…… 그 감정은 물론 성 소저가 느끼는 것과 질적으로 약간의 차이가 있을 수 있는 것인데…… 하여튼 그 정제되지 못한 감정을 외부로 끌어낼 수도 있다는 그런 뜻이지요."

"좀 쉽게 말씀해 주세요."

'아, 미치겠네.'

'색골로 알려진 구효섭이 당신의 몸을 원할지도 모릅니다'라고 말하면 간단하다. 하지만 그렇게 말했다가는 한 줌 재가 되어 바다에 뿌려질 게 뻔했다.

"그러니까 구 소협의 행동에는 복잡한 인간의 태고적 감정들이 뒤엉켜 있어서…… 성 소저가 감당하기에 약간의 어려움이 있을지도 모른다는 그런 뜻입니다."

"그만큼 그가 저를 좋아한다는 소리인가요?"

'구 소협이 미칠 것처럼 소저의 몸을 탐하겠지만 그걸 좋아한다고 말하기는 어렵지 않겠소?'

분명 서문영은 그렇게 말해 주고 싶었다. 하지만 죽다가 살아난 뒤로는 생각과 말이 따로 놀기 시작했다.

"좋아한다는 것은 상당히 복잡한 것이어서…… 음, 넓은 의미로 보면 개가 똥을 좋아하는 것이나…… 혹은 사람이 향기나는 꽃을 좋아하는 것이나…… 다 같이 좋아한다는 말을 쓰지만…… 그 본질적인 내용은 사뭇 다르다고나 할까요?"

"휴우, 오늘 서 향공님의 말씀은 너무 어려워서 알듯 말듯하네요. 하여튼 조언해 주셔서 감사해요."

"도움이 되었다니 다행입니다."

"그럼 편히 쉬세요."

"예."

성유화가 나가자 서문영은 눌려 있던 온몸의 뼈마디가 다시 살아나는 것을 느꼈다. 그만큼 성유화는 서문영에게 공포의 대상이었던 것이다.

*   *   *

성일권을 비롯한 성가장의 식솔들은 뭐가 그리 바쁜지 코빼기도 비치지 않았다. 그 덕에 모처럼 서문영은 길고 편안한 휴식을 맛볼 수 있었다.

서문영은 성가장 사람들이 바쁘게 뛰어다닌 이유를 나중에야 알게 되었다. 열흘쯤 지난 심야에 성일권이 은밀히 찾아왔던 것이다.

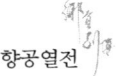

향공열전

"자네도 어렴풋이 알고 있겠지만…… 우리는 당분간 성가장을 떠나 있게 될 걸세."

"우리라고 하시면?"

"허허, 자네를 제외한 성가장의 식솔들이지."

"아! 성가장의 사활이 걸린 싸움이 있다고 하던데…… 그 일 때문에 가시는 건가요?"

"그렇다네. 그런데 자네는 그 이야기를 누구에게 들었는가?"

"일전에 성 소저께서 말씀해 주시더군요."

"흠……."

잠시 생각하던 성일권이 뭔가를 결심한 듯 말했다.

"자네는 비록 성가장의 식솔은 아니지만…… 왠지 정이 가는구먼. 이것도 인연이니 자네에게 솔직히 말해 주겠네."

성일권은 무천관에 가서 있었던 이야기를 다 털어놓았다. 그리고 열흘 전에 구효섭이 방문했던 목적까지도 말해 주었다. 성일권으로서는 그간 마땅히 의논할 상대가 없어 끙끙 앓던 참이라, 일단 말문을 여니 봇물이 터진 듯 온갖 이야기들이 술술 쏟아져 나왔다.

한참 만에야 자신이 너무 많은 비밀을 털어놓았다고 생각했지만, 이미 엎질러진 물이었다.

"오늘의 말은 여러 사람의 생명이 걸린 일이니…… 경망되게 입 밖에 내서는 안 될 것이네. 무림인의 은원은 끝이 없어서…… 한 번 얽히게 되면 영원히 벗어나지 못한다네."

"예……."

은근히 경고를 준 성일권은 그제야 마음이 진정됨을 느꼈다. 그렇게 다 털어놓고 나니 이번에는 향공인 서문영의 의견이 듣고 싶어졌다.

"이번 현천문의 척살에 대한 자네의 생각은 어떤가? 과연 우리 성가장이 이번 일을 통해 도약할 수 있을 것 같은가?"

"……."

서문영은 즉답을 피했다. 사사로운 남녀의 애정 문제와 달리 여러 사람의 생명이 걸린 일이기 때문이다.

한참 만에 서문영이 조심스럽게 운을 떼었다.

"저는 무림인이 아니지만 이번 일은 왠지 미심쩍은 부분이 많다는 생각이 듭니다."

"어떤 점이 그런가?"

"첫째는 거란족인 현천문주가 제나라와 내통하고 있다는 것이 믿어지지 않습니다. 앙숙인 거란족과 말갈족의 관계로 볼때, 거란족인 손만호가 제나라와 손을 잡기란 쉬운 일이 아니지요. 말갈족이 발해와 손을 잡은 뒤로 고구려인과 관계가 좋은데…… 고구려 유민이 세운 제나라에 거란족인 손만호가 우호적일 리가 없지 않습니까? 가능성이 희박한 일에, 더구나 증거도 없이 현천문을 치러 간다니…… 관(官)에서 흘러나온 정보라고 하지만, 조정의 뜻과는 무관한 일일 수도 있습니

향공열전

다."

"그것 역시 막연한 추측이 아닌가?"

"게다가 비밀을 유지하기 위해 문서조차 돌리지 않으면서, 출정까지 최소 열흘이라는 긴 기간을 둔 것도 이상합니다. 그런 일은 보통 속전속결(速戰速決)이 기본일 터인데…… 싸움도 한 달이나 예상하고 있다고 하고……. 무림인이 아니라서 잘은 모르겠지만, 아무튼 이해가 되지 않는 것 투성입니다."

"흠!"

"어쩌면 누군가 군웅들을 선동해 현천문을 제거하려는 것인지도 모르지요. 조정의 관리가 관여 되었다면…… 그 역시 매수당했을 가능성이 높습니다. 돈이면 귀신도 부린다는데……. 게다가 변방의 문파 하나를 없애는 일에 관리들이 죄책감을 가질 이유도 없고요."

"설마……."

"그러지 않기를 바라야지요. 만약 이번 대규모 출정이 현천문을 제거하려고 꾸민 일이라면…… 앞으로도 더 많은 문파들이 제거되거나 통폐합 될 것입니다. 강소성 최고의 문파인 현천문을 제거하려고 할 때는 반드시 그에 걸맞은 목적이 있을 테니까요."

"그럴 리가……."

"뭐, 시간이 지나면 알게 되겠지요."

"……."

성일권의 표정이 어두워졌다. 현재 강소성에서 그런 일을 꾸밀 수 있는 곳이라면 무천관이나 사두방 정도다. 무천관과의 정략결혼을 추진하는 입장에서는 상당히 곤혹스러운 일이 아닐 수 없는 것이다.

　"하하! 너무 심려하지 마십시오. 제가 무림에 대해 뭘 알겠습니까? 그냥 아무것도 모르는 사람이 주절거린 거라고 생각하십시오."

　"허허, 자네가 그렇게 이야기 해주니 한결 마음이 편해지는구먼. 그런 끔찍한 일은 꿈속에서라도 일어나지 말아야지."

　"그렇습니다."

　성일권의 부담을 덜어주기 위해 서문영이 환하게 웃어 보였다.

　그런 서문영을 물끄러미 바라보던 성일권이 중얼거렸다.

　"나는 요즘 자네가 무림인이었으면 좋겠다는 생각을 해본다네."

　"왜요? 맞고 다니는 것을 보니 안 돼 보이십니까?"

　"아니, 그냥…… 자네 같은 무인이 있어도 재미있겠다는 생각을 해본 것뿐이네."

　"하하, 천하제일의 월하서생이요?"

　"허허허! 그건 아닐세. 사실 자네처럼 잘 참아 주는 그런 사람이 이 바닥에는 드물거든."

　"저도 무공을 익히면 누구처럼 쉽게 눈알이 뒤집어 질 겁니

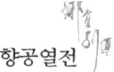

향공열전

다. 알았어? 대답해! 죽고 싶어?"

"푸헐! 사람 민망하게 만드는구먼. 내 장담하지. 그 녀석이 구단공에 접어들면 자네도 그 녀석을 다시 보게 될 걸세."

"하하, 그때까지 제가 살아 있으면요."

"자네는 오래 살 걸세."

"성가장을 떠나면 오래 살겠지요."

"허허, 자네가 그간 마음고생을 많이 했다는 것을 잘 알고 있네. 내가 자네를 위해 특별히 한 가지 조치를 취해 두겠네. 아마 마음에 들게야."

"뭔데요?"

"내가 성가장을 떠나 있는 동안 성가장을 마음대로 사용해도 된다는 걸세. 자네를 위해 특별히 송 집사를 남겨 두고 갈 생각이네. 그러니 내가 없는 동안 송 집사와 함께 성가장을 잘 관리해 보게."

"예? 관리요? 성가장에서 일을 하라고요?"

"그럼, 그때까지 빈둥빈둥 놀고먹을 생각이었는가?"

"저의 어디를 믿고 그런 중책을 맡기시려고 하십니까? 성가장을 말아 먹으면 어쩌시려고요?

"허허, 송 집사의 별호(別號)가 뭔지 안다면 그런 소리를 하지 않았을 걸세."

"헐! 송 집사님도 무공을 익히셨습니까?"

"귀영마살(鬼影魔殺) 송안석이라면…… 한때 강소성에서 잘

웃던 아이도 경기(驚氣)를 일으킬 만큼 공포스러운 이름이었지."

"그런 분이 어째서……."

"내 처남(妻男)일세."

"말이 좋아 공동 관리지…… 저를 감시하라고 붙여 주시는 것 같습니다."

"좋은 쪽으로 생각하게. 성가장만 벗어나지 않는다면 무엇을 해도 자네 자유니까 말일세."

"끙!"

서문영의 입에서 앓는 소리가 흘러나왔다. 결국 자신을 감시하기 위해 귀영마살을 남겨 두겠다는 소리였다. 하지만 더이상 왈가왈부(曰可曰否) 하지 않았다.

자신에게 너무 많은 비밀을 털어놓았기 때문에 그렇게라도 해야 마음이 편할 것이었다.

'쳇! 오늘 밤에 무림의 비밀들을 듣지 않았다면 성일권은 나를 보내 줬을지도 모르는데…….'

하지만 그 바람에 성일권과 마음을 터놓고 이야기 할 수 있었으니 나쁜 일만은 아니었다. 성가장이 자신을 해치지 않을거라는 확신이 든 것이다.

"쩝, 알겠습니다. 대공(大功)을 이루시고 돌아오기만 손꼽아 기다리겠습니다."

"고맙네. 돌아오는 대로 자네를 돌려보내 주지. 내 약속함

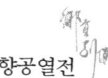
향공열전

세."

"그 약속 제가 분명히 접수했습니다."

서문영이 성일권을 향해 빙그레 웃어 보였다. 처음어는 반강제로 끌려오다시피 했는데, 지내다 보니 괜찮은 사람들이라는 생각이 든다.

오가는데 한 달 이상 걸린다니 성가장 사람들이 돌아올 때까지 과거를 준비하면 될 것이다.

'객점보다는 조용한 성가장이 나을 수도 있지.'

식솔들 대부분이 동원된 일이니 당분간 성가장은 절간처럼 고요할 것이다.

다음날 새벽, 성일권과 성유화를 비롯한 성가장의 정예 고수 열 명이 은밀히 성가장을 떠났다.

이십 명도 채 안 되는 제자들 가운데 고른 사람들인지라, 거의 성가장의 전부라고 해도 과언이 아니었다.

떠나가는 열 명의 무사들을 보고 있던 서문영의 표정은 그다지 밝지 않았다.

다른 문파들은 어느 정도 피해를 입어도 즉시 복구가 가능하다. 세가 약한 하위 문파라고 해도 오십 명 중에서 열 명을 추려서 갔기 때문이다.

하지만 성가장은 예비인력이 거의 남아 있지 않았다. 만약 현천문과의 싸움에서 성가장이 피해를 입게 된다면, 그 뒤의 일은 뻔했다.

'만약 누군가 성가장을 노리고 있다면…… 이보다 완벽한 기회는 없을 텐데…….'

모른 척 사지(死地)로 슬쩍 밀어넣기만 하면 된다. 그럼 성가장은 회복 불능의 타격을 입게 될 거고, 강호에서 도태되고 말 것이다.

'그런 일이 없기를 바라야지…….'

*　　　*　　　*

성가장의 무사들이 화과산으로 떠난 지 사흘쯤 지났다. 웃던 애도 경기를 일으킨다던 송 집사는 있는 듯 없는 듯 서문영의 주위를 맴돌아서, 무공을 모르는 서문영으로서는 아무런 불편도 느낄 수 없었다.

숙소에 있던 책을 모두 독파(讀破)한 서문영은 읽을 만한 것을 찾아 안채로 들어갔다.

성일권의 서재가 안채에 있었던 것이다.

안채라고 하지만 서문영은 망설임 없이 들어갔다. 성일권의 처가 늦은 나이에 성유화를 낳다가 죽은 뒤로 안채에 남겨진 여자는 없었던 것이다.

"오!"

향공열전

서문영의 입에서 탄성이 흘러나왔다. 제법 넓은 방 한쪽 벽이 책으로 가득했다. 책만 있는 게 아니다. 드문드문 돌돌 말린 죽간(竹簡)들도 꽂혀 있어 얼마나 수집에 공을 들였는지 알 수 있었다.

호기심으로 몇 개의 죽간을 뽑아 보았다. 그러나 이내 실망한 표정으로 죽간을 내려놓았다. 죽간에 적힌 것은 대부분 진한(秦漢)시대의 율(律)에 관한 기록이었다.

그것들은 이미 책으로도 나온 것들이라 새삼스레 읽어 볼 마음이 들지 않았다.

죽간을 모두 살펴보았지만 아니나 다를까, 하나를 빼고는 전부 율에 관해 기록한 것뿐이다. 그 하나는 지금 막 서문영에 의해 구석으로 패대기쳐지고 있었다.

"아니 웬 죄수의 기록까지 여기에 꽂혀 있는 거야?"

죽간에 적힌 것은 "호남성의 이모(李某)라는 사람이 노역형 도중에 죽었다"는 내용이었다.

어쩌면 성일권의 부친은 문맹(文盲)인지도 모른다는 생각이 뇌리를 스치고 지나갔다. 문맹이라면 글자가 적힌 것이라면 뭐든 귀한 것으로 생각하거나, 쓰레기로 여긴다.

서가를 가득 채운 책과 곳곳에 양념처럼 끼어 있는 쓰레기급의 죽간을 보면 분명 전자다. 문자로 된 것을 보물처럼 생각하는 사람인 것이다.

서문영은 뭔가 있어 보이는 죽간에 관한 호기심을 버리고 책들을 훑어보았다.

　책들 역시 죽간과 다를 바 없었다. 그 하나하나의 가치는 둘째 치고 시문과 불경, 도교 경전, 소설 등이 뒤죽박죽으로 섞여 있어 한 번 둘러보고도 뭐가 어디에 있는지 기억하지 못할 지경이다.

　머리를 설레설레 흔들던 서문영의 눈에 정성스럽게 묶인 책 한 권이 들어왔다.

　"유마경(維摩經)?"

　유마경이 불가의 경전이라는 것쯤은 알고 있다. 서문영의 관심을 잡아 끈 것은 그것이 불경이라서가 아니다.

　"대단한 필법(筆法)이다."

　유마경의 표지를 쓴 사람이 누군지는 몰라도 서문영은 진심으로 그의 서체에 감탄했다.

　물이 흐르듯 부드러우면서도 산맥처럼 웅장한 느낌은 글쓴이의 기상을 잘 나타내 주고 있었다. 글씨를 잘 쓰는 사람은 자기보다 더 잘 쓰는 서체를 보면 배우고 싶어지는 게 인지상정(人之常情)이다.

　서문영은 보면 볼수록 유마경의 서체가 마음에 들었다.

　물론 필사하는 사람들 치고 글씨 못 쓰는 사람은 없다. 하지만 이처럼 뭔가 가슴 저미는 감동을 주는 글씨도 드물다.

　그것은 그가 단지 필사를 업으로 하는 사람이 아니라는 것을 의미한다. 아마도 과거의 대선사가 후진들을 위해 필사를 한 것임이 틀림없으리라.

유마경의 글씨가 너무 마음에 든 서문영은 경전을 옆구리에 끼고 숙소로 돌아갔다.

일단 유마경이라는 책을 읽어볼 생각을 한 것이다. 그토록 대단한 사람이 필사를 할 정도의 내용이란 실로 범상한 것이 아니리라.

게다가 가까이 두고 접하다 보면 그의 서체도 좀 배울 수 있을 것이었다.

서문영은 탁자에 앉아 뭔가를 골똘히 생각하고 있었다. 성일권의 서재에서 유마경을 가지고 나온 지도 벌써 열흘이다. 처음에는 다 읽으면 다른 책을 읽으려고 했다.

하지만 읽으면 읽을수록 뭔가 이상했다. 딱 꼬집어 말할 수 없는 뭔가가 있다는 느낌이 들었다.

"분명히 불경은 불경인데……."

문득 유마힐소설경(維摩詰所說經)이라고 적힌 속표지가 눈에 들어왔다.

지금까지 세 차례나 읽어본 유마경은 한 권의 소설이었다. 재가거사 유마힐(維摩詰)이 주인공으로 등장하여 불교의 심원한 철리(哲理)를 풀어 주는 소설.

"유마힐…… 부처의 제자들보다 깊은 불법(佛法)의 경지를 체득한 재속(在俗)의 성자(聖者)……."

중얼거리던 서문영이 책장을 다시 펼쳤다.

나는 이와 같이 들었다. 어느 때 부처님께서는 비야리 (淡耶離) 성의 암라수원(庵羅樹園)에서 덕이 높은 제자 팔천 과 삼만 이천의 보살들과 함께 계셨다……

내용은 아무리 봐도 불경이다. 그 글귀 아래로 선사의 것인 지 아니면 저자의 것인지 모를 주해(註解)가 길게 달려 있었 다. 그런데 뭔가 꺼림칙한 것이 느껴진다.

서문영은 눈을 지그시 감았다. 그리고 경지에 도달한 고승 (高僧)이 필사를 하는 장면을 떠올려 보았다.

다시 눈을 떴다. 역시 뭔가 불편했다.

"내용의 문제가 아니다. 이건 뭔가 다른 게 있는 것 같은 데……."

인간의 심리에 대해 연구하기를 즐겨 하는 서문영이다. 유 마경에서 뭔가 이상한 것이 느껴지자 문득 필사를 한 사람에 대해 알고 싶어졌다.

하지만 유마경의 어디를 보아도 누가 옮겨 썼다는 이야기는 없었다.

"아니야, 분명히 그는 뭔가를 말하고 싶어 했어."

유마경에는 부처나 유마힐 이외에 한 사람의 의지가 더 깃 들어 있었다. 그렇지 않다면 자신이 이런 기이한 느낌을 갖

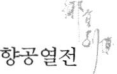
향공열전

지 않았을 것이다.

정말 글자의 뜻 이외에 다른 것이 없다면, 그냥 한 권의 불경으로 받아들여졌어야 한다. 하지만 지금 자신의 마음에 던져진 것은 의혹이었다. 그것은 필사를 한 이가 그런 마음을 갖게 만들었다는 것이다.

"두뇌싸움을 해보자는 건가?"

심리전을 즐기는 서문영에게 과거의 고승이 남긴 유마경은 보물이나 다름없었다.

"좋아. 우선은 다 외워 주마."

상대가 자신을 드러낸 것은 단지 유마경 한 권. 서문영은 유마경을 통째로 외워 버릴 작정이었다.

그냥 외워서는 의미가 없다. 유마경의 필사자는 자신의 의지를 글자 한 자 한 자에 담았을 것이었다. 그러니 만일의 경우를 대비해 서체까지 외워 버리면 된다.

그날부터 서문영은 유마경을 필사한 사람의 서체까지 외워 나갔다.

서체를 외운다는 건 그걸 흉내를 내서 쓴다는 말이다. 솔직히 서문영은 뛰어난 서체를 배우면서 그 안에 담긴 필사자의 의도까지 파고들 생각이었다. 그게 가능하다면 말이다.

　서문영이 유마경을 붙잡고 씨름을 시작한 지 한 달이 지났
다. 그때까지도 성가장의 사람들은 돌아오지 않았다.

　성가장의 사람들이 돌아온 것은 집을 떠난 지 한 달 하고도
열흘이 지나서였다. 예상했던 것보다 칠 일이나 더 소요된 것
이다.

　예상하지 못했던 것은 날짜만이 아니었다. 열 명 중에 살아
서 집으로 돌아온 사람은 고작 세 명에 불과했던 것이다.

　살아서 돌아온 사람은 성유화와 총관 석장원, 성유화의 사
촌오빠 성무달(成武達)이 전부였다.

　성유화는 돌아오자마자 부친인 성일권과 사망한 다른 식솔
들의 합동장례를 치러야 했다. 장례식 동안에 성가장을 방문
한 사람은 아무도 없었다.

　그도 그럴 것이 근처의 무가들도 그 기간에 사망한 제자들
의 합동장례를 치르고 있었기 때문이다.

　장례가 끝나자 성유화가 성가장의 가주가 되었다. 성일권의
일점혈육이라는 것도 작용했지만, 결정적으로 물려받을 직계
가 남아 있지 않았던 것이다.

　가주가 되고 난 뒤에 성유화가 처음으로 한 일은 성가장에
서 소유하고 있던 객점을 비도문에 판 일이다. 객점을 처분하
고 생긴 돈은 모두 성가장의 미망인들에게 나누어 주었다. 돈

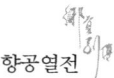

향공열전

을 받은 가족들은 분가를 했다. 성가장의 수입이 끊어진 상태인지라 나가는 게 도와주는 일이었던 것이다.

대여섯 남아 있던 제자들은 장례식이 끝난 뒤로 자연히 발길을 끊었다. 소문에 의하면 그들 모두 비도문의 제자가 되었다고 했다. 그리고 보름이 지났을 무렵, 성가장에 남아 있는 사람은 일꾼을 제외하고 총관과 집사, 성무달 그리고 서문영이 전부였다.

다른 사람들과 달리 서문영이 남아 있었던 것은 순전히 시기를 맞추지 못했기 때문이다. 서문영은 전대 가주인 성일권에 대한 인간적인 정리로라도 신임 장주인 성유화에게 인사를 하고 가려고 했다.

하지만 좀처럼 그녀를 만날 수가 없었다. 장례와 사업정리, 분가 등으로 인해 성유화가 눈코 뜰 새 없이 바빴던 것이다.

눈이 펑펑 쏟아지던 이월 초하루 아침, 그렇게 만나기 어려웠던 성유화가 서문영을 불렀다.

마주하고 앉았지만 두 사람 다 먼저 입을 열지 않았다.

두 사람 앞에 놓인 찻잔이 차갑게 식어갔다.

눈보라에 창문이 덜컹, 흔들렸다. 멍하니 앉아 있던 성유화가 입을 연 건 그때였다.

"들어서 아시겠지만…… 첫 번째 원정은 실패로 끝이 났어요."

첫 번째 원정이라는 말에 서문영이 놀란 눈으로 성유화를 바라보았다. 원정이 실패했다는 말은 들었지만 그게 첫 번째라는 건 뜻밖이었다. 그게 처음이라면 앞으로도 싸움이 계속될 거라는 말이 아닌가?

"우리 쪽에서 동원된 무인들은 모두 이백 칠십 명이었어요. 십대문파 이외에도 칠십 명의 무인들이 와주었죠. 화과산에 모였을 때만 해도 우리가 실패하리라고는 아무도 상상하지 않았어요. 하지만…… 우리는 현천문을 완전히 없애지 못했어요."

무천관과 사두방이 중심이 된 원정대는 화과산에서 한 차례 기습을 당했다. 현천문에서 궁수들을 동원해 하산길의 무림인들을 공격했던 것이다. 운태산에는 가 보지도 못하고 화과산에서만 백 명의 사상자가 발생했다.

그렇게 화과산에서 시작된 싸움은 한 달 만에 흐지부지 끝이 났다. 뒤늦게 강소성의 절도사가 무림인들의 싸움을 금지시켰기 때문이다. 그 바람에 현천문의 본산인 운태산에는 발도 디뎌보지 못하고 철수해야 했다.

"아니, 조정에서 경비까지 지원을 한 싸움인데 왜 절도사가 막았답니까?"

"조정에서 그 일을 두고 파가 갈렸다고 해요. 그러다가 싸움이 한 달 가까이 지속되자…… '강소성에서 무장봉기(武裝蜂起)가 일어나지 않을까?' 하는 두려움 때문에 서둘러 해산을

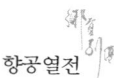

향공열전

시킨 거라고 하더군요. 우리가 조금만 더 빨리 밀어붙였어도 그자들을 없애 버릴 수 있었을 텐데…….."

"양측의 희생은 얼마나…….."

"현천문에서 최하 칠십 명 이상의 사상자를 냈다고 알고 있어요. 우리 쪽은 백오십 명의 사상자를 냈지요."

"두 배 이상의 피해를 보았군요."

"기습도 그렇지만…… 현천문의 무공은 너무 강했어요."

"성 대협이 사망하실 정도였다면…… 다른 가주님들은?"

"허(虛)가장과 이(李)가장의 가주님이 돌아가셨어요. 십대문파 외에 자원해서 오신 다른 분들도 대부분 돌아가시고…….."

"그래도 상위 오대문파의 가주들은 무사했나 보군요?"

"예……, 그분들은 제자들이 많으니 아무래도 서로 지켜 주기가 수월했죠."

"…….."

그 말을 끝으로 성유화는 다시 침묵했다.

서문영은 그만 자리에서 일어나고 싶었지만 참았다. 성유화가 자신을 부른 용건을 말하지 않았기 때문이다.

서문영이 차갑게 식은 차를 홀짝거리며 기다리고 있을 때다.

성유화가 뜬금없이 말했다.

"서 향공님, 저를 도와주세요."

"…….."

당연히 어려움에 처한 성가장을 도울 생각이었다. 하지만 무림인도 아닌 자신이 뭘 도울 수 있을까? 그래서 서문영이 선뜻 대답하지 못하고 있을 때다.

"아버지는 돌아가실 때도 눈을 감지 못하셨어요."

"아아……."

"사실 성무십결은 할아버지가 아버지를 위해 만든 무공이라고 할 수 있어요. 성가장은 성무십결의 기반 위에 세워져 있지요."

"예……."

그 정도는 이미 들어서 알고 있다. 성일권의 부친이 거액을 들여 무림인들을 초빙하고, 그들에게 부탁해서 무공서를 제작한 것이 성무십결이었다.

"성무십결은 성가장의 근원이자…… 할아버지와 아버지의 숨결이 담긴 무공이에요."

"성 소저, 제가 무엇을 도와 드리면 되겠습니까?"

성시가 열리기까지는 아직 약간의 여유가 있었다.

"저는 성무십결과 성가장을 지키고 싶어요."

"……."

어떻게 지킨다는 것인지, 그리고 그것을 위해 자신이 도울 수 있는 일이 뭔지 잠시 생각하고 있을 때다. 성유화의 결연한 음성이 들려왔다.

"저를 무천관의 구 소협과 맺어주세요."

향공열전

"예?"

"할아버지와 아버지의 꿈을…… 꼭 이루어 드리고 싶어요."

"성가장을 다시 일으키실 생각이시군요."

"그날…… 죽어서도 눈을 감지 못한 아버지의 눈을 보며 맹세했어요. 아버지의 소원은 내가 들어 드리겠다고…… 성가장을 내 손으로 일으켜 놓겠다고…… 이대로라면 성가장은 문을 닫아야 해요. 하지만 제가 구 소협과 혼인을 하면 성가장도 망하지 않을 거예요."

"그러기 위해서는 구 소협이 데릴사위가 되어야 하는데……무천관에서 그렇게까지 해주겠습니까?"

"그래서 서 향공님의 도움이 필요하다고 말씀드리는 거예요. 구 소협이 물불 안 가리고 제 곁에 남아 있게 도와주세요."

"……."

서문영의 입에서 한숨이 흘러나왔다. 성유화는 불가능한 일을 꿈꾸고 있었다.

구 소협과의 혼인도 이루어지기 힘든 마당에 데릴사위라니? 무천관의 관주가 그렇게 내버려 둘 리가 없지 않은가? 아니 그런 건 차치하고, 내성적인 그 색골이 성유화에게 빠진다는 보장도 없었다.

"제 생각에는 성 소저께서 성문십결을 완성하는 게 더 현실성 있는 일이라고 생각됩니다."

"그 전에 성가장이 망하니까 그러는 거죠. 제가 성문십결을 완성할 때까지만 구 소협이 제 곁에 있어주면 되요."

한참을 망설이던 서문영이 어렵게 말문을 열었다.

"혹시 화과산에서 구 소협과 말씀은 나누어 보셨습니까?"

"아니요……."

"그럼 따로 만나기는 하셨고요?"

"그냥 스쳐가며 눈인사를 몇 번 한 게 전부에요."

"흠, 그렇다면 아주 불가능한 것은 아닙니다. 다만…… 구 소협을 데릴사위로 하는 것은 힘들고…… 구 소협이 성가장을 자주 드나들면서 소저를 돕게 할 수는 있을지도 모릅니다."

"네, 그렇게라도 된다면 좋아요. 구 소협이 성가장을 드나든다면…… 비도문도 우리를 건드리지 못할 거예요."

"하지만…… 그러기 위해서는……."

서문영이 말끝을 흐렸다. 구효섭이 성가장을 드나들게 만들기 위해서는 성유화의 희생이 필요했다. 여자를 밝히는 구효섭이 원하는 것은 성유화의 몸이다. 전에 맞아 죽을 뻔한 일이 아니더라도, 정숙한 여자에게 그런 말을 하기란 쉬운 일이 아니었다.

"네, 알아요. 저도 어린애가 아니랍니다. 그가 원한다면 저는…… 뭐라도 할 준비가 되어 있어요."

'제길, 당신이 아는 뭐라도와 내가 아는 뭐라도는 너무 다르다고…….'

향공열전

서문영이 입술을 질근질근 깨물었다.

"하아! 성 소저, 괴롭겠지만 차라리 봉문을 하고…… 다른 곳에서 무공을 연성하는 편이……."

"후후, 성가장이 이곳에 무림세가로 뿌리를 내린 이상…… 여기에서 승부를 보아야 한답니다. 다른 곳은 아무런 의미가 없지요. 그것이 무가의 자존심이에요. 그럴 정도의 긍오가 없다면…… 강호에 발을 내딛어도 안 되지요."

"내 쪽의 힘이 약할 때 적의 예봉(銳鋒)을 피해 몸을 감추는 것은 수치가 아닙니다."

"떠났다가 다시 와서 문을 연다고 누가 우리를 따라 주겠어요? 또다시 어렵고 강한 상대가 나타나면 문을 닫고 숨어 버릴 텐데……. 그래서 우리 같은 무인은…… 죽을 때도 서서 죽는 법이랍니다."

"……."

"제가 좀 더 일찍 철이 들었더라면…… 어쩌면 아버지는 살았을지도 몰라요. 따지고 보면 제자들이 없어서 돌아가신 거니까……. 데릴사위든 뭐든 성가장의 힘이 될 사람을 잡았어야 하는데……. 그랬다면 상위 오대문파에 들어 삼십 명의 제자들과 함께 갔을 거고…… 아버지도 살아 돌아오셨을 텐데……. 그러지 못한 게 한스러울 뿐이에요."

서문영의 입에서 한숨이 흘러나왔다. 그게 어디 성유화의 잘못이란 말인가! 그저 힘이 없어서, 세력이 약해서, 남들보다 위험에 더 노출되었을 뿐이다.

하지만 서문영은 아무런 말도 해줄 수 없었다.

창밖으로 눈이 펑펑 쏟아졌다.

성유화의 볼 위로 굵은 눈물이 흘러내렸다.

서문영은 차갑게 식은 찻잔을 하릴없이 매만질 뿐이었다.

제5장

구름은 가득한데
비가 내리지 않는다 (密雲不雨)

이월의 막바지에 접어들자 서문영이 바쁘게 움직였다. 늦어
도 삼월에는 성가장을 떠나야 했다. 그 전까지 어떻게든 구효
섭과 성유화의 관계를 진전시켜 놓아야 했다.

　그건 강소성이 처음인 서문영에게 쉬운 일이 아니었다. 이
전에는 성일권이 사람들을 시켜서 무천관과 구효섭의 동향을
조사했지만 지금은 자신이 직접 발로 뛰어야 했던 것이다.

　그래도 서문영은 최선을 다했다. 강남에서 하던 것과는 비
교가 되지 않을 만큼 직접 뛰어다니며 구효섭에 관한 정보를
캤다.

　그 과정에서 구효섭에 관해 알려지지 않은 새로운 사실들을

알아낼 수 있었다. 그리고 지금 너무도 엄청난 이야기까지 들어 버렸다.

"막 노형(漠老兄), 그러니까 구자겸과 정대봉이 진짜 그런 얘기를 했다는 말입니까?"

서문영이 앞에 앉아 있는 중년인을 뚫어져라 바라보았다. 너무도 엄청난 이야기라서 다시 묻지 않을 수 없었던 것이다.

중년인은 춘야루(春夜屢)에서 기녀들의 뒤를 봐주며 먹고사는 사람으로 막삼야(漠三爺)라 불리고 있었다. 지난 며칠 동안 그와 친해지기 위해 들인 돈이 은자 닷 냥.

성유화가 원정을 나가서 벌어온 돈을 선뜻 내주지 않았다면 막삼야와 호형호제할 기회도 없었을 것이다. 하지만 지금 이 순간 서문영은 은자 닷 냥이 아깝지 않았다.

"그렇다니까. 작년 여름에…… 두 사람이 여기에서 형님! 아우님! 하면서 얼마나 친한 척을 했는데……. 아우님은 비도문이 혼자 큰 줄 알아? 비도문이 성가장 바로 옆에 터를 잡았지만 지역사회에서 아무 말 없었던 건 무천관 때문이었다고. 새삼스러운 이야기도 아닌데 뭘."

"그럼 비도문의 뒤를 무천관이 봐주고 있었다는 말인가요?"

"모르지. 내가 본 건 그게 다니까."

"그럼, 무천관이 비도문을 견제할 일은 없을까요?"

"쩝, 그걸 우리 같은 사람이 어찌 아누? 우리 같은 삼류인생

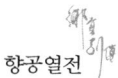

이 무천관과 비도문의 속사정을 안다면 그게 거짓말이지."

"그런가요……."

서문영이 다소 맥 빠진 음성으로 중얼거렸다. 막삼야는 스스로를 하오문의 사람이라고 했다.

같은 무림인이라고 해도 무천관이나 비도문의 사정에 대해 모르기는 마찬가지라는 사실에 놀라지 않을 수 없었다. 무림의 세계는 중앙정부 만큼이나 복잡할 뿐 아니라 계층의 구별이 명확했던 것이다.

"그런데 아우님은 왜 그렇게 무천관에 관심이 많은 거?"

"형님만 알고 계셔야 합니다."

"엉, 뭔데 그래?"

"실은 무천관의 구 소협이 성가장의 가주님을 연모하고 있다는 소문이 돌아서요. 제가 뒷조사를 하고 다니는 중입니다."

"헐! 그 색마(色魔)가 성가장의 아가씨까지 찍어 놓았구먼."

"엥? 또 누가 있나요?"

"누가 있긴, 구효섭이 건드린 여자가 한둘이 아니니까 하는 말이지. 그러고 보니 최근에는 좀 잠잠하던데…… 성가장의 아가씨 때문이었나 보군."

"하하, 영웅은 호색(好色)이라고 하지 않습니까. 무천관의 차기 관주라면 열 명도 부족하죠."

"흐흐! 머릿속에 먹물만 든 줄 알았더니 역시 화통한 아우님이구먼. 그래도 성가장의 아가씨에게 조심하라고 해. 괜히 구효섭과 얽혔다가는 혼삿길 막힌다고."

"이번에는 구 소협이 혼인까지 생각하고 있다고 하던걸요?"

"그래? 그 인간 철들었네. 가만, 두 사람이 혼인을 하면 성가장은 완전히 문 닫는 건가? 이래저래 비도문만 살맛 났구먼 그래."

"혹시 모르죠. 무천관에서 본격적으로 성가장을 밀어줄 지도요."

"성가장에 누가 있다고?"

"다른 사람은 몰라도 아직 성무달 소협이 남아 있지 않습니까? 직계는 아니지만 그래도 정 사람이 없으면 성 소협이 물려받을 수도 있지요. 지금 성가장이야 어차피 모 아니면 도인 상황이 아닙니까?"

"그러고 보니 성 소협이 남아 있었군. 결국 무천관에서 어디를 밀어 주느냐에 따라 달려 있겠구먼"

"그렇죠."

"그건 그렇고, 아우님은 언제쯤 떠날 생각인가? 늦어도 삼월에는 떠나야 성시에 차질이 없을 텐데."

"곧 떠나야죠."

"성시에 합격하거든 꼭 한번 찾아 주게. 내가 거나하게 한턱 쏘겠네. 내가 아는 사람들 중에 그래도 자네가 제일 출세를 했거든. 푸하핫!"

"그렇게 하겠습니다."

두 사람은 시답잖은 이야기를 더 나누다가 헤어졌다.

서문영은 그 뒤로도 몇 사람을 더 만나 비슷한 이야기를 나눈 뒤에 성가장으로 돌아갔다.

숙소로 들어간 서문영은 바로 침상에 누워 버렸다. 하루 종일 사람들을 만나 수다를 떨다 돌아오니 온몸이 축 늘어졌다.

'이제 남은 건 구효섭과 성 소저의 만남뿐인가…….'

곧 성 소저와 구효섭의 소문이 돌 테니 비도문에서도 성가장을 쉽게 넘보지 못할 것이다. 그렇게만 된다면 구효섭과 성유화가 혼인을 하지 못하게 된다고 해도, 어느 정도 시간을 벌 수 있다.

자신이 해줄 수 있는 부분은 여기까지였다. 얼마만큼의 시간을 벌게 될지, 혹은 성유화와 구효섭이 맺어질지는 전적으로 하늘에 달린 일이다.

'그러고 보니 성시도 얼마 남지 않았군.'

일단 성가장을 떠나게 되면 다시 올 일이 없을 것이다. 무림인과 보통 사람의 삶은 그렇게나 다른 것이었다.

게다가 자신이 목표로 하는 것은 관인. 더더욱 성가장이나 무천관, 비도문 등과 얽힐 일이 없다. 성 소저의 앞날을 생각하면 좀 미안한 마음도 들지만, 그야말로 그 부분은 운명에 해당하는 것이었다. 동정심에도 한계가 있는 법이다.

"에라, 모르겠다."

서문영은 침상에 벌렁 누워 습관적으로 유마경을 펼쳤다.

하지만 몇 장 넘기지 못하고 그대로 잠이 들고 말았다. 활짝 펼쳐진 유마경에 얼굴을 묻고서 말이다.

꿈속에서 서문영은 무림 고수가 되어 있었다.

멀리 이야기 속에서 듣던 화과산과 운태산이 보였다.

서문영은 구름을 타고 화과산 위로 날아갔다.

발 아래에서 성일권을 비롯한 무림인들과 현천문으로 보이는 무림인들이 피터지게 싸우고 있었다.

"이보시오! 왜들 싸우는 겁니까!"

서문영이 묻자 성일권이 대답했다.

"서 향공! 이들이 바로 제나라와 내통한 현천문의 역도(逆徒)라네!"

서문영이 이번에는 현천문의 사람들에게 물었다.

"당신들이 정말 제나라와 내통을 했소?"

누군가 대답했다.

"그렇다면 어쩔 테냐!"

서문영의 입에서 냉소가 흘러나왔다.

"그렇다면 어쩌긴, 대역무도(大逆無道)한 짓을 했으니 국법에 따라 죽어줘야지!"

말과 함께 발을 힘껏 굴렀다. 우르릉 소리와 함께 땅이 갈라

향공열전

졌다. 현천문 사람들이 비명을 지르며 갈라진 땅속으로 떨어져 내렸다.

"우하하핫!"

호탕하게 웃고 있는 서문영의 귓가로 은은한 음성이 들려왔다.

"서 향공님 고마워요. 덕분에 우리가 모두 살았어요."

"원 별말씀을……."

여자의 얼굴을 보았지만 웬일인지 흐릿했다.

'누구지?'

고민하고 있는데 여자가 와락 안겨왔다. 여자의 머리카락에서 익숙한 향기가 났다.

그것은 종이와 먹의 냄새였다.

"끙!"

선잠에서 깬 서문영이 힘들게 눈을 떴다. 유마경을 베고 잠이 들었던 모양이다. 오래된 종이의 냄새가 코를 찔렀다.

유마경을 한쪽에 밀어놓고 자리에서 일어나 앉았다.

정신을 차리고 보니 유마경은 땀과 침으로 촉촉이 젖어 있었다.

"꿈이었군……."

구름을 뚫고 화과산 위로 날던 기억이 생생했다.

"유치하게시리……."

서문영은 어이가 없다는 듯 피식 웃으며 유마경을 집어 들었다.

　한쪽 면의 종이가 침과 땀에 젖어 뒷장과 붙어 있다.

　피식 웃으며 종이를 떼어내려던 서문영이 이상한 느낌에 고개를 갸웃거렸다.

　겹쳐진 부분에 하필 같은 글자가 쓰여져 있었는데 글자의 모양새가 조금 달랐다. 뒷장에 적혀 있는 글자의 세로로 그은 획이 앞장에 비해 더 삐쳐 나왔던 것이다.

　글자 한 자를 떼어놓고 보면 같은 모양이지만, 막상 두 개가 겹쳐 있으니 미세하나마 그 차이가 발견된 것이다.

　'뭐, 나라도 쓰다보면 글자의 모양이 다를 수 있으니까…….'

　조금 더 삐친 게 무슨 대수랴? 생각은 그렇게 하면서도 서문영은 글자들을 비교하기 시작했다.

　하지만 거의 일다경(一茶頃; 차 한 잔 마실 시간) 가까이 책을 봤지만 모양이 다른 글자는 좀처럼 눈에 띄지 않았다. 앞뒤로 종이를 넘겨가며 비교하다 보니 확인하기 어려웠던 것이다.

　'아 답답해 미치겠네. 이걸 다 풀어서 옆에 펼쳐 놓으면 좀 나으려나…….'

　하지만 유마경은 자신의 물건이 아니었다. 자기 마음대로 묶음을 풀다가 책에 손상이라도 가면 성 소저를 볼 면목이 없게 된다.

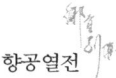

향공열전

한참을 망설이던 서문영은 눈이 아파 유마경을 덮어 버렸다. 확실하지도 않은 일에 자신을 혹사시키고 싶지 않았던 것이다.

*　　　*　　　*

비도문에 대한 성유화의 염려는 곧 현실이 되었다. 성가장 밖으로 나갔던 일꾼들이 돌아오지 않았다. 그들 모두가 비도문의 협박에 못 이겨 다른 곳으로 일자리를 옮겼다.

얼마 지나지 않아 성가장의 일꾼은 다섯만 남게 되었다. 그들 다섯은 밥을 짓거나 불을 관리하기 위한 최소한의 인원이기도 했다.

결국 성유화는 집 밖으로 나갈 일이 생길 때마다 총관과 성무달을 대신 보냈다.

하지만 시련은 그것으로 끝나지 않았다. 비도문의 부문주 정문천과 무천관의 부관주 구문도가 불시에 방문을 한 것이다. 자세한 내막은 알 수 없었지만, 비도문의 정문천이 무천관의 구문도를 안내하고 있는 것 같았다.

"성가장이 어려움에 처해 있다는 것을 알기에…… 이렇게까지 하려고 하지는 않았소만……. 아무래도 이번 문제만큼은 제대로 짚고 넘어가야 하기에 방문을 했소이다."

성유화가 나오자마자 무천관의 구문도가 먼저 운을 뗐다.

구문도가 하는 말을 알아듣지 못한 성유화가 잠시 당황한 얼굴로 서 있을 때다.

비도문의 정문천이 피식 웃으며 말했다.

"성 소저, 모르시는 것인지 알고도 모르는 척 하는 것인지는 모르겠지만……. 일단 성가장에 있다는 글 선생을 좀 불러 주시구려. 그 사람이 나오면 다 알게 될 일이니 말이외다."

성가장의 글 선생이라면 서문영이다. 하지만 성유화는 여전히 무천관과 비도문의 사람들이 한꺼번에 서문영을 찾는 이유를 알 수가 없었다.

"무슨 일로 그러시는지 여쭤 봐도 되겠습니까?"

비도문의 부문주가 자신을 그저 성 소저라고 부른 것도 기분이 나빴지만 지금은 그게 문제가 아니다.

일꾼들을 몰아낸 비도문이 왜 서문영을 찾는지 알아내는 게 먼저였다. 자신에게 서문영은 비장의 무기이자 마지막 희망이기도 했던 것이다.

그 대답은 무천관의 부관주가 했다.

"그자를 끌어내면 알게 될 일이외다. 행여나 성 가주께서 관여되지 않은 일이라면, 죄가 더 커지기 전에 속히 그자를 내놓는 것이 좋을 겝니다."

"죄라니요?"

성유화가 어이없다는 표정으로 구문도를 바라보았다. 비도

향공열전

문이면 몰라도 무천관까지 왜 이렇게 나오는지 알 수가 없었던 것이다. 더구나 무림인도 아닌 서문영이 무천관에 무슨 죄를 지었다고?

"성 소저, 구 대협께서 그놈을 끌어내면 알게 될 거라고 하지 않습니까? 정히 궁금하시면 그놈을 숨겨두지 마시고 불러내시구려. 뭐, 숨기려고 작정을 하셨다면 할 수 없는 노릇이지만…… 날개가 달리지 않은 이상 그놈이 강소성에서 사라질 수는 없다는 것을 알아 두셔야 할 게요."

성유화의 얼굴이 딱딱하게 굳었다. 아무래도 서문영이 무슨 잘못을 저지른 모양인데, 그가 잘못한 일이라면 반드시 자신과도 관계가 있을 것이었다.

성격장애를 안고 있는 성유화가 발작을 하지 않고 있는 것도 따지고 보면 그런 죄책감 때문이었다. 비도문의 무례에 대한 분노보다도 뭔지 모를 불안이 더 컸던 것이다.

"일단 안으로 드시지요. 그러시는 동안 사람을 보내 서 향공을 모시고 오도록 하겠습니다."

"흥! 그런 놈을 뭘……."

성유화의 권유에 비도문의 정문천이 입술을 실룩거렸다. 안으로 들어가고 뭐고 할 것 없이 마당에서 끝장을 보고 싶었기 때문이다.

하지만 그보다 한 걸음 앞서 무천관의 구문도가 움직였다. 구문도는 비도문의 정문천과 달리 성유화를 성가장의 장주로 확실히 대접해 주고 있었다.

그것은 화과산의 싸움에서 성가장의 전대 가주가 목숨을 잃은 것에 대한 보상차원이었다. 어쨌든 무천관에서 주도한 싸움에서 희생당했기 때문이다.

방구석에서 유마경과 씨름을 하고 있던 서문영은 총관의 부름에 밖으로 나와야 했다.

"무슨 일로 부르셨는지요?"

"서 향공, 혹시 밖에서 무슨 몹쓸 짓을 하고 다니셨소?"

"아니요? 왜 그러시는데요?"

총관 석장원이 우울한 표정으로 안채에서 일어나고 있는 일을 설명했다.

이야기를 듣고 있던 서문영의 얼굴에 긴장이 스치고 지나갔다.

'설마…… 그 소문을 듣고 뒤를 캐낸 것은 아니겠지?'

보통 소문은 그냥 소문으로 끝나기 마련이다. 소문의 진위를 가리는 일도 그렇지만, 소문의 진원지를 찾아내는 일은 어려운 법이다.

'이런 류의 이야기는 한 달 이상 떠돌다가 흐지부지 돼야 정상인데…….'

단지 바람기 많은 남자와 순진한 여자에 관한 소문일 뿐이다. 더구나 그 말을 전한 것은 단지 세 명, 그것도 겨우 사흘

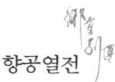
향공열전

전의 일이다.

'아니겠지…….'

서문영은 애써 스스로를 위로하며 안채로 걸음을 옮겼다. 석장원이 그런 서문영의 뒤를 근심스러운 표정으로 말없이 따라붙었다.

안채의 앞마당에 석장원과 서문영이 도착했을 때다.

문이 벌컥 열리는가 싶더니 비도문의 부문주인 정문천이 비호(飛虎)처럼 마당으로 날아 내렸다.

"너 이놈! 네놈이 바로 서문영이라는 잡배(雜輩)렸다!"

"헛! 그 무슨 막말을……."

기가 막힌 서문영이 눈을 끔뻑이며 정문천을 바라보았다. 욕도 그렇지만, 잡배라는 수치스러운 이름으로 불리기도 처음인지라 한순간 멍해진 것이다.

"서생이라는 놈이 하라는 글공부는 하지 않고 온갖 사특한 짓을 하고 다니니 잡배라고 할밖에!"

"대협, 제가 무슨 짓을 했다고……."

하지만 서문영의 음성은 기어들어가고 있었다. 안에서 성유화와 무천관의 부관주인 구문도가 나오는 순간 자신의 짓이 들통났다는 것을 깨달았던 것이다.

구문도가 한심하다는 눈으로 서문영을 내려다보며 물었다.

"그대가 향공 서문영인가?"

"그렇습니다."

"내가 이 자리에 왜 왔는지 그대는 알 텐데. 설마 모른다고 시치미를 뗄 셈인가?"

"소생이 어찌 사람의 생각을 다 알 수 있겠습니까?"

순간 정문천이 와락 달려들어 손으로 서문영의 거골혈(巨骨穴; 어깨뼈와 팔이 만나는 지점의 혈)을 찍고, 발끝으로 위중혈(委中穴; 무릎뼈 뒤쪽의 혈)을 걸어찼다.

"으윽!"

서문영이 땅바닥에 무릎을 꿇는 자세로 무너져 내렸다.

뒤에서 성무달과 함께 지켜보고 있던 송 집사의 눈에서 살기가 치솟았다.

그러나 송 집사는 정문천을 노려볼 뿐 나서지 않았다. 가주가 앞에 있기도 했지만, 비도문과 무천관에서 왜 이렇게 나오는지 아직 알 수 없었기 때문이다.

"건방진 놈! 지금까지 네놈이 어떻게 살아 왔는지는 모르겠지만, 강소성에서도 통할 거라고 생각하지는 말아라."

정문천이 성유화를 올려다보며 히죽 웃었다.

"성 소저, 이놈이 무슨 짓을 하고 다녔는지 아시오? 차마 내입으로 말하기 부끄럽지만, 시치미를 떼시니 말해드리리다."

"누가 시치미를……."

정문천은 성유화의 반박에 아랑곳하지 않고 소리쳤다.

"이놈이 하오문의 잡배들과 어울려 다니며 퍼트린 소문이

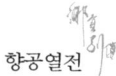
향공열전

있소이다. 이놈은 무천관의 소가주이신 구 소협과 성 소저가 혼인을 앞두고 있다고 했소이다. 고결하신 성 소저가 여자관계 복잡하기로 소문난 구 소협과 혼인을 결심하게 된 것은…… 구 소협이 성 소저를 범했기 때문이라는구려."

"……."

성유화는 아무런 말도 하지 못했다. 서문영이 뭔가 일을 꾸미고 있다는 것은 알고 있었지만, 그게 저런 소문인 줄은 몰랐던 것이다.

"추잡한 소문이 더 퍼지기 전에 비도문과 무천관의 제자들이 근원지를 찾아냈기에 망정이지…… 그렇지 않았다면 어찌될 뻔 하셨소?"

비도문의 정문천은 '성가장의 흥망이 달린 일'이라고 생각했는지 당사자인 무천관의 구문도보다 더 날뛰고 있었다.

사실 정문천은 무천관을 위하는 척 하면서 이 기회어 성가장을 매장하려고 만반의 준비를 끝낸 상태였다.

잠시 망설이던 성유화가 조용히 말했다.

"그것이 서 향공의 짓이라는 게 믿어지지 않는군요. 저희가 알기로 서 향공께서는 과거준비에 여념이 없으셨는데……."

"성 소저, 혹시 우리 비도문에서 저놈에게 누명을 씌우는 거라고 우길 생각은 아니시겠지요?"

"저는 비도문에서 꾸민 일이라고 말하지 않았습니다. 다만 이런 경우 확실한 증인이 필요하다는 말씀을 드리고 싶군요."

정문천이 크게 웃으며 구문도를 향해 말했다.

"푸하핫! 구 대협, 그렇게 제가 그놈들도 끌고 가야 한다고 말씀드리지 않았습니까?"

당황한 성유화가 구문도와 정문천을 번갈아 바라보았다. 정문천이 자신 있게 말하는 그놈들은 또 누구란 말인가?

구문도가 한숨을 길게 내쉬며 말했다.

"성 가주, 정 대협과 나는 이곳으로 오기 전에 하오문 놈들을 만나 직접 확인하였소이다. 막삼야와 이사(李四), 곡삼(谷三)이라는 놈이 다 털어놓았소. 그놈들이 말하기를 사흘 전에 성가장의 글 선생인 서문영에게 들은 이야기라고 하더이다."

"그럴 수가…… 그들은 지금 어디에 있지요?"

"그놈들은 모두 우리 비도문에 구금되어 있소이다. 처음에는 조금 버티더니 손가락을 두어 개씩 잘라내니 성가장의 글 선생에게 들은 이야기라고 털어놓습디다."

"……."

성유화가 서문영에게 시선을 돌렸다.

그제야 정문천이 서문영을 거칠게 걷어찼다.

정문천에게 차이고서야 겨우 혈도가 풀린 서문영이 눈을 질끈 감고 말했다.

"모두 제 잘못입니다. 구 소협이 성가장에 들락거리는 것을 보고는…… 술자리에서 재미삼아 이야기를 지어냈는데…… 그것이 큰 문제가 될 줄 몰랐습니다."

향공열전

서문영은 이 순간 무림인들의 잔혹함에 질려 있었다. 그까짓 소문 하나 확인하자고 멀쩡한 사람들의 손가락까지 잘라내다니?

　하지만 정문천은 그런 서문영의 대답에 만족하지 않았다. 정문천은 어떻게든 이 기회에 서문영과 성가장을 엮으려고 했던 것이다.

　"푸하하! 네놈이 그런 소문을 퍼트려 봤자 생기는 것도 없는데…… 우리더러 그 말을 믿으라는 거냐? 진실을 말하지 않는다면……, 아무리 네놈이 향공이라고 해도 무사히 넘어가지 못할 것이다."

　"대협, 무슨 진실을 더 말하라는 겁니까?"

　"흥! 그걸 꼭 내 입으로 말해 줘야겠느냐? 성가장의 사주를 받지 않았다면 네놈이 그런 짓을 하고 다닐 이유가 없지 않느냐?"

　"아닙니다. 성가장과는 관계가 없습니다. 순전히 내 실수로 술자리에서 입방정을 떤 것이란 말입니다. 술이 몇 잔 들어가면 괜히 거짓말과 허풍을 치곤 하지 않습니까? 저도 그랬을 뿐입니다. 그 일로 무천관과 성가장에 심려를 끼쳐드렸으니…… 용서를 바랄 뿐입니다."

　"미친놈! 그런 헛소리를 믿으란 말이냐? 글줄이나 읽었다고 말은 번지르르 하구나. 하지만 여전히 네놈의 말에는 진실성이 없다는 것을 알아라!"

정문천이 서문영의 전신혈도를 찍어갔다.

"우리 비도문에서 산도적들을 심문할 때 애용하는 분근착골(分根搾骨)이라는 수법이다. 네놈이 얼마나 버틸 수 있는지 보겠다."

"끄으윽……."

서문영의 몸이 땅바닥에 길게 늘어졌다. 눈을 까뒤집고 경련을 일으키는 것이 곧 숨이 넘어가는 사람처럼 보였다.

"끄으으, 아니오……. 내 잘못이오…… 끄아아……."

비명소리는 서문영의 입안에서만 맴돌았다. 그럼에도 불구하고 서문영은 끝까지 아니라고만 했다.

정문천이 다시 한 번 서문영의 귀에 대고 소리쳤다.

"솔직하게 털어놓으면 풀어주겠다."

"모두…… 내…… 잘…… 못…… 끄으으……."

입에서 거품이 흘러나오고, 코에서도 피가 쏟아져 나왔다.

분근착골이 계속되자 오줌과 똥까지 쏟아져 나와 마당은 금세 피와 오물로 얼룩져갔다.

하지만 정문천은 눈 하나 깜짝하지 않았다.

이미 서문영이 혼자 한 짓이든, 성가장의 부탁을 받고 한 짓이든 상관없었다. 분근착골은 말 그대로 근육을 나누고 뼈에서 골수를 짜내는 고문법이다.

서문영이라는 놈은 서생이니 저런 식의 고통에 익숙하지 않을 것이다. 그리고 서문영이 고통에 무너지는 순간, 성가장도

향공열전

문을 닫게 될 것이다.

"끄르륵……."

서문영의 눈이 뒤집어졌다.

하지만 서문영은 좀처럼 무너지지 않았다.

그제야 정문천은 자신이 서생의 자존심을 너무 가볍게 봤다는 것을 깨달았다.

산적들이라면 자신이 저지르지도 않은 죄까지도 털어놓을 시간이다. 그러나 땅바닥에 던져진 물고기처럼 입만 뻐끔거리고 있는 서문영은, 아직도 "내 잘못"이라고 말하고 있었다.

묵묵히 지켜보고 있던 송 집사가 성유화에게 말했다.

"가주, 서 향공은 성시를 앞두고 있는 생도입니다. 우리는 그의 집안 내력이 어떤지 잘 모르고 있지 않습니까? 하지만 향공을 배출한 집안이니 관직과 닿아 있는 것은 틀림이 없을 터……. 만에 하나라도 불상사가 일어난다면…… 성가장은 물론 비도문과 무천관도 그 책임을 면하기 어려울 것입니다. 따지고 보면 그의 죄라고 해봐야 술자리에서 하오문의 사람들과 시답잖은 소리를 주고받은 정도가 아닙니까? 게다가 무림인도 아닌 서 향공을 무림인의 규칙대로 처리할 수는 없습니다."

"……."

성유화가 무심한 눈으로 구문도를 바라보았다.

구문도 역시 난처한 표정을 지어 보였다. 생각해 보면 일반인, 그것도 향공에게 분근착골이라는 수법을 쓴 것은 확실히 과도한 면이 있었다.

서문영이 다른 죄를 털어놓았다면야 변명의 여지라도 있겠지만, 지금 상황으로 볼 때 그럴 일은 없을 것 같았다. 아무리 봐도 서문영이라는 서생은 혼자서 저러다가 그냥 죽을 그런 자세였다.

구문도가 마지못해 고개를 끄덕였다.

그러자 기다렸다는 듯 송 집사가 서문영의 혈도를 찍었다.

경련을 일으키던 서문영이 잠잠해졌다.

송 집사가 서문영의 곁에 호위하듯 바싹 붙어 섰다. 누구라도 더 이상 손을 쓰게 하지 않겠다는 무언의 표시였다.

"험, 험, 명색이 향공이라고 하니 이쯤에서 덮어 두겠지만…… 우리 비도문은 성가장의 행사에서 눈을 떼지 않을 것이오."

정문천이 한걸음 물러섰다. 서문영에게 더 손을 쓰기도 어려웠지만, 송 집사가 내뿜는 살기를 감당할 자신이 없었던 것이다.

어느 정도 상황이 일단락 지어지자 성유화가 나지막한 목소리로 말했다.

"서 향공도…… 술기운 때문이라고는 하지만 입에 담지 못할 거짓말을 떠벌렸으니……. 이 일을 두고 앙심을 품지는 못할 것입니다."

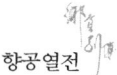
향공열전

"우리 무천관도 이번 일에 성가장이 관여되었다고 생각하지는 않았소이다. 다만 서로를 위해 확인 차원에서 방문했던 것뿐이니…… 섭섭하게 생각하지 말아 주시구려."

"……"

마당으로 내려선 구문도가 서문영을 힐끔 바라본 후 장내를 떠나갔다.

그 뒤를 정문천이 재빨리 따라붙었다.

"서 향공을 안으로 모셔주세요."

"그러마……."

송 집사가 서문영을 안고 안채로 들어갔다.

한참을 우두커니 서 있던 성유화가 천천히 마당으로 내려갔다. 그리고 서문영이 뒹굴던 자리를 말없이 내려다보았다.

문득 한숨이 흘러나왔다.

서문영에게 화도 났지만 한편으로는 미안하기도 했다.

'이젠 그를 보내야겠다.'

성시가 코앞에 닥친 것도 있지만, 성가장에 계속 머무르다가는 무슨 일을 당할지 몰랐다. 오늘만 해도 송 집사가 끼어들지만 않았다면 목숨을 잃거나 병신이 되었을 것이다.

'오늘 강호의 쓴맛을 보았으니 떠나겠다고 하겠지…….'

그렇게 한 사람씩 떠나보내다 보면 결국 성가장에는 자신만 남게 될 것이다. 어쩌면 조잡한 성무십결 따위로 무림세가를 꿈꾸는 것 자체가 웃기는 일인지도 모른다.

"후후……."

성유화의 건조한 웃음이 피와 오물로 얼룩진 마당 위를 맴돌았다.

*   *   *

"안 갑니다."

병문안을 온 성유화가 "이제는 가도 된다"고 하자 서문영이 한 말이다.

"가야 해요. 늦어도 삼월에는 출발해야 성시를 치를 수 있어요. 봄에 성시를 치러야 한다고 했잖아요? 기억하고 있죠?"

성유화가 아이를 달래듯 조심스럽게 말했다. 서문영이 분근착골로 충격을 받아 정신이 오락가락 한다고 생각한 것이다.

"저는 안 갑니다."

"서 향공님, 성시가 얼마 남지 않았잖아요."

"성시는 나중에라도 치를 수 있습니다."

"도대체 성가장에 남아서 무얼 하려고 그러세요?"

"일단은 의뢰받은 일을 끝내지 못했으니까요."

"의뢰받은 일이라뇨? 설마 아직도 그 일을 생각하고 계세요?"

"예, 사나이의 자존심이 걸린 문제입니다. 분근착골을 당해 머릿속이 하얗게 비어질 때…… 저는 반드시 이 혼사를 성사시키겠다고 스스로에게 맹세했습니다."

"저는 다 잊었어요. 그러니 서 향공님도 그만 잊어주세요."

"아닙니다. 저는 작고한 성 대협과 성 소저 두 분에게 분명 그 의뢰를 받았습니다. 그 일을 해내지 못하고 쫓겨 가듯이 성 가장을 떠난다면, 영원히 후회하게 될 겁니다."

"말씀은 고맙지만 그건 사람의 힘으로 해결될 일이 아니에 요."

"저는 아직 제가 할 수 있는 일들을 다 하지 않았습니다. 그 러니 하늘을 핑계 대며 손을 털고 싶지는 않습니다."

"하지만…… 괜히 더 일을 벌였다가는 정말…… 목숨을 잃 게 될지도 몰라요. 비도문이 얼마나 무서운지 겪어 보셨잖아 요."

"그들이 두렵다고 피하는 것이 저에게는 더 큰 수치입니 다."

"하아! 저는 더 이상 드릴 말씀이 없네요. 일단 몸을 추스르 시고…… 다시 이야기를 나눠 보도록 해요."

"……"

"그럼, 몸조리 잘 하세요."

"예……."

말을 마친 성유화가 막 나가다 말고 멈춰 섰다. 그리고 뒤도 돌아보지 않고 짧게 "고마워요"라고 말했다. 정략결혼을 끝까 지 책임지겠다는 말 때문인지, 분근착골에도 의뢰받은 일을 말하지 않은 것에 대한 인사인지 모호하기만 했다.

"크크……."

서문영의 얼굴이 기괴하게 일그러졌다. 웃고 싶은데 웃음이
잘 나오지 않았던 것이다.

성유화가 다녀간 뒤 곧바로 송 집사가 약을 가지고 찾아왔
다.

송 집사는 아무 말 없이 서문영의 몸을 굴려가며 전신에 약
을 발라주었다.

치료가 거의 끝나갈 무렵이다. 서문영이 지나가는 말투로
물었다.

"이리저리 만져보니 어떻습니까? 제 근골이 무공에 적합한
가요?"

"그건 왜 물으십니까?"

"아니 그냥, 다들 무골(武骨)과 문골(文骨)이 따로 있다고들
해서요."

"그럭저럭입니다."

"좋다는 건가요? 나쁘다는 건가요?"

"보통이라는 말입니다."

"휴우!"

서문영의 입에서 한숨이 길게 흘러나오자 송 집사가 의아한
눈으로 바라보았다.

향공열전

"서 향공, 무공이라도 익혀 보시려고요?"

"가능할까요?"

"흠! 뒤늦게 배우는 무공이라…… 제가 대단한 고수는 아니라서 잘 모르겠지만…… 가능성은 반반이라고 생각합니다."

"반반이요?"

"어릴 때부터 익히는 것은 분명히 큰 장점이 있지요. 근골이 굳기 전에 무공을 익히면…… 커가면서 그 무공에 맞게 성장을 하니까요."

"그렇군요……."

"하지만 어른이 되어서 익히는 것에도 나름대로 장점은 있습니다."

"예? 어떤 장점이?"

"예컨대 너무 어릴 때는 초식을 배워도 그 초식의 이면에 담긴 의미를 알 수가 없습니다. 나이가 들어감에 따라 초식의 의미를 더 깊이 깨달아 진정한 고수로 성장하게 되지요. 하지만 어른은 초식의 의미를 알고 시작할 수 있습니다. 당연히 깨달음도 더 빠르고요. 그러니 구결이나 초식의 의미를 알고 큰 깨달음을 얻는다는 측면에서는 어른이 유리하지요."

"오오! 그런!"

서문영의 얼굴이 밝아졌다.

"하지만 그러기 위해서는 그야말로 그에 적합한 무공을 배워야 하는 겁니다. 깊은 뜻을 가지고 있으면서도 부담이 없는 몸짓으로 구현하게 만들어 주는…… 극상승의 무공 말입니다."

"아아!"

서문영의 입에서 연신 탄성이 흘러나왔다. 송 집사는 확실이 무림의 고수답게 자신이 미처 알지 못하던 이야기들을 잘 풀어주고 있었다.

"보통의 무공들은 아무리 핵심만 배운다고 해도 초식의 양이 엄청나게 많고 복잡합니다. 그래서 이해력이 부족한 사람들은 고수가 되기 어렵지요. 일단 기초가 부실해 지니까요. 그런 복잡한 과정을 거친 사람이 고수가 될 수 있는데…… 고수가 될수록 동작의 의미는 복잡해지는 대신 동작 자체는 간단해 집니다. 강호에 널리 알려진 흔한 초식으로 상대를 제압할 수 있는 원리가 거기에 있습니다."

"그렇군요."

"극상승의 무공은…… 그런 과정을 거쳐 만들어진 단순한 동작들을 의미합니다."

"그런 무공은 대체 어디서 배울 수가 있습니까?"

"그게 바로 문제인 거죠. 세상 어디에서도 그런 무공을 가르쳐 주지는 않습니다. 차곡차곡 배운 뒤에 스스로 깨달음을 통해 간결화 시켜야 합니다."

"그 함축된 동작을 왜 가르쳐 주지 않는 겁니까?"

"사실 그 함축된 동작들이 바로 우리 앞에 놓인 복잡한 초

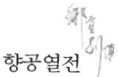

향공열전

식들입니다."

"하아!"

서문영의 입에서 한숨이 흘러나왔다. 다시 원점으로 돌아온 것이다.

"고수들은 그 함축된 의미의 초식을 자신만의 방법으로 다시 줄여 나갑니다. 그래서 몸짓 하나로 상대를 제압해 버리는 겁니다."

"……."

송 집사의 계속된 설명에 서문영의 얼굴이 일그러졌다. 결국 어릴 때부터 많이 배우고, 그 의미를 깨달아 헛동작을 줄여 나가는 것이 무공의 왕도(王道)라는 소리였다.

"하지만 극상승의 무공이 전혀 없는 것은 아닙니다."

"예? 있기는 있나요?"

"저는 어딘가에 있을 것이라고 믿습니다. 그리고…… 무공을 꼭 어릴 때부터 익혀야 대성할 수 있다고 생각하는 것도 우스운 일입니다. 따지고 보면 무공은…… 어린아이가 아니라 어른을 위해 만들어진 것이니까요."

"예, 그러니까 일찍 배우는 것이 유리하기는 하겠지만 절대적인 것은 아니다, 그 말씀이지요?"

"맞습니다. 어른이 익히기에 적합한 무공을 찾아 익힌다면…… 늦게 배우는 것은 전혀 문제가 될 것이 없습니다."

"좋은 말씀 감사드립니다."

"하하, 별말씀을요. 그런데…… 혹시 무공에 뜻이 있으신가요?"

"예?"

"성시를 치르지 않겠다는 말씀을 하셨다고 들어서……."

"솔직히 말씀드려서…… 기회가 닿는다면 배워볼 생각입니다."

"그렇군요."

의외로 송 집사는 선선히 고개를 끄덕였다. 나이가 많다느니 적다느니 따위의 말은 하지도 않았다.

"제가 배워도 늦은 것은 아니겠지요?"

"늦었지만, 역시 어떤 무공을 배우느냐에 따라 빠르고 늦음과 관계가 없을 수도 있습니다."

"험, 험, 그런데 성가장의 무공은 어떤가요?"

"무슨 말씀이신지?"

"어른이 배우기에 적합하냐 이 말입니다."

"하하! 저는 성가장의 무공을 배우지는 않았습니다. 하지만 성가장의 무공은 어른이 익히기에 적당한 무공이라고 알고 있습니다. 성무십결 자체가 난해하기 이를 데 없기도 하지만, 그 무공 자체가 어른이 익히기에 부담이 없는 동작들이 많습니다. 그래서 성가장의 제자들 중에는 늦게 무공에 입문한 사람들도 많았지요."

"그럼 저도 성가장의 무공을 배우면 되겠군요."

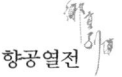

향공열전

"굳이 무공을 배워야 한다면 성가장의 무공도 괜찮을 겁니다. 그런데 역시 무공보다는 성시에 집중하시는 것이 낫지 않겠습니까?"

"끙! 당분간 성시는 잊으렵니다."

송 집사는 왜 무공을 익히려고 하느냐고 묻지 않았다. 자신이라고 해도 복수를 꿈꿀 것이기 때문이다.

서문영은 타인에 의해 무릎이 꿇리고, 그것으로도 부족해 분근착골의 고통을 맛보았다. 그 정도면 무공을 배워야 하는 이유로 충분하지 않은가!

"어른이 되면 좋은 점이 하나 있지요."

뜬금없는 송 집사의 말에 서문영이 고개를 갸웃거렸다.

송 집사가 담담한 음성으로 말했다.

"언제라도 자신이 하고 싶은 일을 할 수 있으니 말입니다."

몸을 이리저리 확인하던 송 집사가 주섬주섬 약을 챙겨 들었다. 그리고 의미심장한 눈으로 서문영을 바라본 후에 조용히 방에서 나갔다.

제6장
무공 아닌 것이 없다

　거동할 수 있게 된 서문영은 성유화에게 자신을 성가장의
제자로 받아 달라고 간청했다.

　그렇지 않아도 서문영의 처리문제로 골머리를 싸매고 있던
성유화는 "그럴 수 없다"며 정중히 거절했다.

　성가장에 필요한 사람은 무술의 기본이 되어 있는 청년이거
나, 영기 발랄한 소년들이지 서생이 아니다. 게다가 지금 서문
영을 제자로 받아들였다가는 괜한 구설수에 오르내릴 것이었
다.

　"일단 받아 주십시오. 실망시켜드리지 않겠습니다."

　서문영도 고집을 꺾지 않았다. 무천관과 성가장의 전략결혼

을 성사시키기 위해서는 성가장에 남아 있어야 했다.

그리고 어차피 성가장에 남아 있어야 한다면 무공이라도 배워두고 싶었다. 힘이 없는 자의 서러움을 뼈가 저리도록 경험한 까닭이다.

"……."

성유화가 어이가 없다는 표정으로 서문영을 바라보았다. 무공을 배우다니? 어린아이 때부터 배워도 근골이 평범하면 대성하지 못하고 비명횡사(非命橫死)를 하는 게 무림인이다. 그런데 다 큰 서생이 갑자기 무공을 배우겠다니?

"왜 무공을 배우겠다는 거예요?"

"그건 말씀드리고 싶지 않습니다. 저는 무공을 배우기로 작정을 했습니다."

"혹시 비도문에 복수라도 하고 싶어서 그러는 거예요?"

"……."

서문영의 눈썹이 꿈틀거렸다. 물론 복수에 대한 생각이 전혀 없는 것은 아니다.

하지만 단지 복수를 위해 성시를 뒤로 미룬 것은 아니다. 복잡한 문제를 단순무식한 방법으로 해결해 버리는 무림인들의 모습에서 나름대로 깨달은 바가 있었다.

자신이 하오문의 사람들을 선택한 건 그들의 입이 가볍고, 또 전파가 쉽게 되리란 기대 때문이다. 소문이란 그렇듯 늘 진원지가 밝혀지지 않고 흐지부지 되기 마련이다. 설사 한두 명

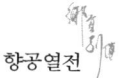
향공열전

잡아 물어 본다고 해도 "모른다"라거나 "어디서 들은 것 같다"라고 하면 역시 오리무중에 빠지고 만다.

적어도 지금까지는 그랬다. 그래서 술자리까지 파고 들어가 이야기를 흘린 것인데, 그들은 단 삼 일 만에 진원지를 찾아냈다.

어디 그뿐이랴! 자신은 분근착골을 당해 죽을 뻔했고, 그들은 손가락까지 잘렸다. 이번 일로 설사 관(官)에 잡혀갔다고 해도 손가락이 잘린다거나, 고문을 당하지는 않았을 것이다. 한마디로 무림인들은 황제에 버금가는 무상의 권력을 가지고 있다.

'절도사라고 해도 그런 식으로 문제를 해결할 수는 없다.'

범인을 잡는데 시간이 걸리고, 자백을 받아내는 데도 시간이 걸리며, 모든 증거를 갖추어도 죄에 맞게 처벌을 내린다는 보장도 없다.

그런데 무림인들은 망설임 없이 손가락을 자르고, 분근착골을 시행했다. 지금까지 자신이 살던 세계가 맞나 싶을 정도로 파격적인 일이었다.

비록 자신이 피해자였지만 그 충격 속에서 나름대로 깨달음도 얻었다. 그걸 구차하게 설명하고 싶지는 않았다.

"짧은 무가(武家)에서의 생활이지만…… 많은 것을 배웠습니다……."

서문영이 말끝을 흐렸다. 성유화를 구효섭과 혼인시키기로 결심한 것은 월하서생으로서의 오기다. 하지만 그보다 중요한 것은 그들에게 복수를 해야 한다는 것이다.

그러기 위해서는 무공을 익혀야 한다. 무공이 아니라면 평생 이 상처를 안고 살아가야 하는데, 그러고 싶지 않았다.

"저도 서 향공의 마음은 알겠어요. 하지만 서 향공께서 하실 수 있는 최선은 역시 관직에 오르는 일이에요. 서 향공이 가장 잘 할 수 있는 일이 그것이기 때문이죠. 게다가 무공을 익히더라도…… 복수는 꿈도 꾸지 말아야 하는데…… 과연 서 향공께서 그러실 수 있나요?"

"예, 솔직히 말씀드려서 복수가 가능하다면 좋겠지만…… 그것과 무관하게 무림이라는 세계에 발을 담가보고 싶습니다."

"서 향공님, 너무 늦었다고 생각하지는 않나요? 게다가 지금 와서 그러기에는 서 향공님께서 공부한 것들이 너무 아깝잖아요."

"성시는 나중에라도 보면 됩니다."

"하아! 무공은…… 욱하는 충동만으로 대성할 수 없어요. 우리 성가장만 하더라도…… 보기에는 무력해 보여도…… 이런 위치에 오기까지 수십 년의 세월이 걸렸어요. 서 향공께서는 그럴 각오가 되어 있으세요? 아니, 오랜 세월 매진해도 여전히 하오문보다 조금 나은……, 그래서 주변의 눈치를 살피지 않으면 안 되는……, 수십 년을 죽도록 노력해도 이것밖에

안 되는……, 그런 평범한 무림인의 생활을 견딜 수 있겠냐고
요?"

"해보지도 않고 된다, 안 된다를 논할 수는 없다고 생각합
니다."

"휴우! 저는 더 이상 드릴 말씀이 없네요. 서 향공께서 굳이
성가장의 무공을 배우시겠다면…… 말리지는 않겠어요. 하지
만 지금과 같은 시기에 서 향공님을 정식 제자로 받아들일 수
는 없어요. 그러니 서 향공께서도 당분간 성가장의 글 선생으
로 계시면서 무공을 익히도록 하세요."

"감사합니다."

성유화의 결정에 서문영의 입이 귀밑까지 찢어졌다. 성가장
에서 나가라고 할까봐 조마조마 했는데 이제는 그럴 걱정이
없어졌다.

게다가 제자가 아니라 글 선생으로 있으면서 무공을 배우라
는 것은 오히려 자신의 처지를 높여준 것이라고 할 수 있었다.

성유화는 서문영의 무공지도를 사촌인 성무달에게 맡겼다.
자신은 육단공을 연공 중이라 다른 사람을 지도할 수 없었다.
조금만 답답하거나 화가 나도 발작을 해버리기 때문에 누군가
를 지도한다는 것은 꿈도 꿀 수 없는 상태였던 것이다.

그날부터 서문영은 성무달에게 성무십결을 배우기 시작했
다.

*　　　*　　　*

평생을 문사(文士)로 지내온 서문영이 무공을 배운다는 것은 매우 고통스러운 일이었다. 그것은 비단 서문영뿐 아니라 서문영을 지도하는 성무달도 마찬가지였다.

성무달은 서문영이 무공에 대한 이해가 전혀 없는 상태라 답답해했고, 서문영은 성무달의 가르침을 좀처럼 이해할 수가 없어서 힘들어 했다.

두 사람을 지켜보던 송 집사가 따로 서문영에게 찾아가 기초적인 지식들을 가르쳐 주었다. 그렇게 며칠이 지나자 송 집사는 서문영을 가르치는 재미에 푹 빠지고 말았다. 똑똑한 것도 있지만 서문영에게는 남다른 열의가 있었던 것이다.

서문영은 낮에는 성무달에게 성무십결의 초식을 배웠고, 밤에는 송 집사에게 인체의 혈도와 각 문파의 무공절기에 대한 명칭, 그리고 그것들의 대략적인 모양새를 배웠다.

두 사람에게 무공을 배우면서도 서문영은 무천관의 구효섭과 성유화를 이어주기 위해 애를 썼다.

구효섭의 하루 일정을 다 외우고 다니는 것은 물론, 구효섭이 자주 다니는 곳의 정보까지 모두 수집했다. 구효섭과 성유화가 자연스럽게 만날 수 있도록 하기 위해서다.

이번에는 지난번과 같은 실수를 반복하지 않기 위해 서문영은 최대한 뜸을 들였다. 비도문과 무천관에서 성유화를 경계

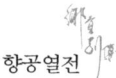
향공열전

하고 있었기에 더더욱 조심해야 했다.

만약 구효섭과 성유화의 일에 자신이 관여되었다는 것을 알게 되는 날이면, 비도문에서 자신을 가만히 내버려 두지 않을 것이었다. 그야말로 목숨이 걸려 있는 일이라고 해도 과언이 아니다.

너무 힘들 때면 가끔씩 '이런 잡스러운 일에 목숨까지 걸어야 하나' 하는 자괴감이 들었지만, 그럴 때면 오히려 비도문의 부문주를 떠올렸다.

그리고 '그놈이 당황하는 모습을 보기 위해서라도 구효섭과 성유화를 꼭 맺어주겠다'고 다짐했다.

그렇게 무공을 익히고 때를 노리는 가운데 봄이 되었다.

성시가 시작되었다는 이야기를 들었지만 서문영은 애써 털어 버렸다.

"내일은 날씨도 좋으니 가주께서는 개선사(開善寺)로 나들이라도 다녀오십시오."

서문영의 말에 연무장에서 검을 손질하고 있던 성유화가 고개를 돌렸다. 겨우내 아무 말도 없다가 불쑥 찾아와 개선사로 가보라고 하니 무슨 일인가 싶은 것이다.

"지금은 칠단공으로 넘어가는 중요한 시기이니…… 연공을 해야 해요."

"개선사를 다녀온 뒤에도 하실 수 있지 않습니까? 내일은 개선사를 다녀오십시오. 물론 그곳에서 누구를 만나더라도 제가 가라고 해서 왔다고 하면 안 됩니다."

그제야 뭔가 꿍꿍이가 있음을 눈치챈 성유화가 되물었다.

"혹시 구 소협이 개선사를 방문하시나요?"

성유화의 물음에 서문영은 뚱딴지같은 대답을 했다.

"중요한 것은 누구에게든 먼저 말을 걸지 말아야 한다는 겁니다. 그냥 기분전환을 하러 왔다고 생각하시고, 아무와도 대화를 나누지 마십시오."

"구 소협이 오는군요?"

"예, 가주님께서는 우연히 그를 만난 것처럼 행동하시면 됩니다. 먼저 말을 걸지 마시고, 오래 말하지도 말고, 얼굴만 비치고 바로 돌아온다고 생각하시면 됩니다."

"가고 싶지 않아요."

"하지만 가셔야 합니다. 비도문의 사람들이 성가장을 팔라고 한다면서요? 가주께서 십단공에 도달하기까지 그들은 기다려 주지 않을 겁니다."

"하지만……."

"일꾼이 한 사람 더 줄어들었습니다. 그 덕분에 송 집사님과 저까지도 나무를 패고 있지요. 알고 계시지요? 이대로는 오래 버티지 못할 겁니다."

"아, 알겠어요……."

성유화가 들릴 듯 말듯 한 음성으로 대답했다. 봄이 되자 비

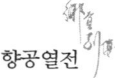

도문은 더 노골적으로 성가장을 넘봤다.

며칠 전 잡일을 하던 일꾼 하나가 비도문의 협박을 견디지 못하고 그만두었다. 찬모(饌母)를 비롯해 남은 일꾼은 이제 네 명. 그들이 다 사라지면 성가장은 싫든 좋든 문을 닫아야 한다.

*　　　*　　　*

무천관의 장자인 구효섭이 개선사를 찾은 것은 점심 무렵이다. 구효섭의 곁에는 보석으로 치장한 귀부인이 동행하고 있었다. 구효섭의 모친이자 무천관주의 처인 화영부인(花影夫人)이다.

오늘 화영부인이 구효섭과 개선사를 방문한 것은 제사 때문이다. 지난겨울 현천문과의 싸움에서 화영부인의 동생이 사망했던 것이다.

제사를 마치고 나오던 화영부인이 문득 걸음을 멈추었다. 자태가 고운 아가씨가 눈에 들어온 것이다.

갓 소녀 티를 벗은 아가씨는 혼자서 절에 왔다가 돌아가는 것 같았다. 개선사는 유명한 사찰이라 사시사철 참배객이 끊이지 않았기에 이상할 건 없다.

화영부인이 걸음을 멈춘 것은 아가씨의 미색(美色)이 고왔던 것도 있지만, 그녀의 허리춤에 걸려 있는 한 자루의 검 때문이다. 저렇게 아름다운 무림인이라니, 저절로 호기심이 일어난 것이다. 그것은 장성한 자식을 둔 어머니의 마음이기도 했다.

화영부인은 혹시나 하는 마음에 구효섭의 옆구리를 툭 쳤다.

"얘, 너 저 아가씨를 아느냐?"

어머니의 눈길을 따라 시선을 돌리던 구효섭이 뜨끔한 표정을 지어 보였다. 자신이 몇 번 껄떡였던 성유화가 분명했다.

"어머니, 그녀는 성가장의 신임 장주인 성유화 소저입니다."

"아! 지난해 현천문과의 싸움에서 사망했다는 성일권 노가주의 늦둥이 딸이 바로 저 아이냐?"

"예."

"그렇군."

화영부인이 고개를 끄덕이고 있을 때다. 마침 길안내를 하고 있던 이십대의 사미승(沙彌僧)이 안됐다는 듯 중얼거렸다.

"오늘이 성 소저 모친의 기일(忌日)입니다. 해마다 이맘때면 꼭 방문하곤 하셨지요. 올해는 부친을 여의어서 그런지 더 우울해 보이는군요."

화영부인과 구효섭의 눈이 다시 성유화에게로 향했다. 그런 소리를 듣고 봐서 그런 걸까? 청초하면서도 뭔가 가슴을 저미게 하는 아름다움이 느껴졌다.

가족을 잃은 화영부인이 동병상련(同病相憐)의 정에 끌려 가

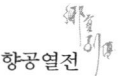
향공열전

볍게 혀를 찼다.

그에 비해 구효섭의 눈은 칙칙하게 가라앉았다. 처음에는 성유화가 자신을 노리고 나타난 줄 알았다.

본래 상대가 매달리면 시큰둥해지는 법. 하지만 소미승의 말을 듣고 보니 그런 것은 아닌 모양이다. 그렇게 생각하자 성유화의 처연한 아름다움이 눌러 두었던 욕망을 부채질하기 시작한다.

구효섭이 곁눈질로 어머니의 눈치를 살폈다. 화영부인은 여전히 성유화에게서 눈을 떼지 못하고 있었다. 아무래도 성유화가 마음에 든 모양이다.

'잘됐군……'

지난번 혼인을 염두에 두고 있다는 소문이 돌고난 뒤로 부친과 집안의 어른들은 성가장의 사람들을 만나지 말라고 했었다. 하지만 어머니가 이처럼 마음에 들어 하는 눈치니 몇 번은 가지고 놀아도 될 것 같다.

나중에 성유화를 만난 것으로 잔소리를 듣게 되면 어머니를 핑계대면 될 것이었다.

그러는 동안 성유화는 빠르게 멀어져갔다. 구효섭의 눈에서 안광이 번득였다. 뒤도 돌아보지 않고 사라져가는 성유화를 보고 있자니 더욱 욕심이 든다.

'저걸 확 자빠트려야 되는데……'

망상에 빠져 있는 구효섭의 귀로 화영부인의 음성이 들려왔다.

"성가장의 아가씨가 누굴까 궁금했는데…… 저 아이라니,
참 아쉽게 됐구나. 그런 소문만 아니었어도 불러서 이야기를
해보는 건데……."

"……."

구효섭은 아무 말도 하지 않았지만, 마음은 벌써 성가장으
로 달려가고 있었다.

그날 밤, 서문영은 사미승을 찾아가 약속한 은자 두 냥을 건
네주었다.

"거듭 말씀드리지만, 우리는 만난 적도 없고 모르는 사이인
겁니다."

"하하, 알고 있습니다. 말씀드리지 않았습니까? 저는 환속
을 할 생각이라고요. 늦은 나이에 사미승 생활을 하려니까 아
주 배알이 뒤틀려서……."

"환속을 하시든, 머리를 한번 더 밀든…… 중요한 건 그게
아닙니다. 무천관의 대부인과 소가주를 상대로 거짓말을 한
것이 알려지면…… 우리 두 사람 모두 무사하지 못할 겁니
다."

"……."

사미승이 반신반의(半信半疑)의 표정으로 서문영을 바라보
았다.

아무래도 안 되겠다 싶은 마음에 서문영이 한 마디 더 했다.

"사실 내가 구 소협과 성 소저를 이어 주려고 하는 건 순전히 개인적인 복수 때문입니다."

서문영은 술자리에서 비롯된 자신의 농담에 막삼야를 비롯한 몇 사람의 손이 잘렸다는 말을 털어놓았다. 자신도 분근착골로 골병이 들었다는 것도 빼놓지 않았다.

그제야 사미승의 얼굴에 긴장이 떠올랐다. 가벼운 거짓말이라고 생각했는데 까딱 잘못하다가는 병신이 될 판이 아닌가!

"환속을 했다고 해도…… 개선사에서 사미승 생활을 했었다고 말하고 다니지 않는 게 좋을 겁니다. 이 일은 무덤까지 가지고 가십시오. 무림인들의 무식한 짓을 못 봐서 그러는데……, 걸리면 당신과 나는 손목 하나 정도로 끝나지 않을 겁니다."

"헛, 예, 예……."

잠시 후 환속(還俗)하고 싶다던 사미승은 어둠 속으로 사라져 갔다.

서문영의 얼굴에 희미한 미소가 번졌다. 누구라도 그를 개선사에서 다시 만나기는 어려울 것이다.

이제 남은 것은 구효섭이 분탕질을 치는 일이다. 혼인이 성사되고 안 되고는 별개의 문제다. 구효섭이 성가장을 드나들기만 해도 절반쯤은 성공한 셈이다.

회심의 미소를 짓던 서문영의 얼굴이 어둡게 가라앉았다.

'그런데 이게 정말 성가장과 성 소저를 위하는 일일까?'

요즘 성가장의 무공을 배우고 있어서 그런지 부쩍 성가장의 일이 남 일 같지 않았다.

성가장과 성 소저 모두가 잘 되는 그런 방법이 있다면 좋겠다는 생각이 든다. 지금은 단지 성 소저의 희생으로 성가장이 시간을 벌려는 것뿐이었으니 말이다.

'힘이…… 약하니까…….'

결국은 힘의 문제로 돌아온다. 성가장과 성 소저의 위기 모두가 '힘의 부재'에서 비롯된 일이었다.

"휴우! 더러운 꼴 당하기 싫으면 고수가 되어야 하는 건가…….."

왜 그렇게 사람들이 연무장에서 피와 땀을 흘리는지 알 것도 같았다. 무공에 목숨을 걸어야 자존심을 지키며 살 수 있는 것이다.

"빌어먹을…… 너무 늦은 건 아닌가 몰라……."

그렇지 않아도 무공입문이 늦었다고 핀잔을 듣고 있는 중이다. 죽어라 노력해도 평생 남의 눈치를 보고 살아야 한다면, 미련 없이 강호를 떠나리라.

하지만 조금 더 생각해 보면 강호를 떠난다고 해결되는 문제는 아니었다. 관직으로 나가도 어차피 상관의 눈치를 살펴야 하기 때문이다.

"제기랄! 사나이 서문영! 대체 어떻게 살라는 말이냐!"

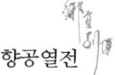
향공열전

달빛을 받으며 산을 내려가던 서문영이 소리를 버럭 내질렀다.

대답이라도 하듯 멀리서 늑대 울음소리가 들려왔다.

우우우—

서문영의 발걸음이 빨라졌다.

*　　　*　　　*

밤늦게 개선사에서 돌아온 서문영은 침상에 벌러덩 드러누워 버렸다. 그리고 이리저리 몸을 뒤척이고 있을 때다.

"서 향공, 주무십니까?"

찾아온 이는 송 집사였다. 서문영은 급히 일어나 문을 열어 주었다. 송 집사는 거의 무공사부와 같은 존재인지라 잘 모셔야 했다.

"늦은 밤에 어쩐 일이십니까?"

"초저녁에 왔지만 계시지 않아서 혹시나 하고 다시 와본 겁니다."

"아, 예. 제가 어딜 좀 다녀오느라고요."

"그랬군요. 비도문에서 노리고 있으니 항상 조심하셔야 합니다."

송 집사가 의미심장한 눈으로 서문영을 바라보았다. 그 눈빛은 모든 걸 다 알고 있는 사람처럼 보였다.

뜨끔해진 서문영이 어색하게 웃어 보였다.

"하하, 충분히 주의하고 있습니다."

"그건 그렇고, 혈도의 위치와 점혈법은 다 외우셨습니까?"

"예."

"혈도라는 것은 계속해서 연마하지 않으면 정확도가 떨어져서 외우나 마나입니다. 그러니 사람을 만날 때도 머릿속으로 혈도의 위치를 그려보시기 바랍니다."

"예."

송 집사가 만족스러운 미소를 지으며 서문영을 바라보았다. 서문영은 인체(人體)에 대한 이해가 빨랐다. 나중에야 문사들이 기본적으로 의술을 공부한다는 것을 알았지만, 그걸 몰랐을 때는 서문영을 대단한 천재로 알았다.

어쨌든, 서문영이 혈도와 점혈법을 터득했으니 이제 남은 것은 권각법과 병장기를 쓰는 법이다. 하지만 그 부분은 성무십결을 익히기로 했으니 자신의 영역이 아니었다.

"서 향공께서 원하신다면 제가 무공을 가르쳐 드릴 수도 있습니다."

송 집사가 슬쩍 운을 떼었다. 서문영이 열성적으로 배우니 그를 계속 가르치고 싶은 마음이 든 까닭이다.

"말씀은 감사합니다만, 우선은 성무십결을 배우고 난 뒤에 생각해 보려고 합니다."

"좋은 생각이십니다. 욕심을 앞세우다가는 아무것도 얻지

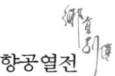

향공열전

못할 수가 있으니까요. 언제라도 저의 무공을 배우고 싶으시면 말씀하십시오."

"예, 그런데…… 송 집사님의 사문은 어떻게 되시는지 여쭤봐도 되겠습니까?"

"……."

잠시 망설이던 송 집사가 천천히 말문을 열었다. 어차피 무공까지 가르쳐 주려고 했던 마당에 숨길 이유가 없다고 생각한 것이다.

"저는 소림사의 무공을 배웠습니다."

"헉! 소림사요?"

"예. 부끄럽게도 소림사의 속가제자입니다."

"……."

송 집사가 부끄럽다고 한 것은 과거 자신의 손속이 거칠었던 점 때문이다. 일단 손을 쓰면 사정을 봐주지 않아 소림사에서 한때 파문을 고려한 적도 있을 정도였다.

소림사의 제자지만 거의 사파인 취급을 받는 송 집사를 끌어안은 사람이 전대 가주인 성일권이었다.

소림사라는 말에 갑자기 몸이 달아오른 서문영이 엉덩이를 들썩거렸다.

무공을 배우고 싶다는 말이 목구멍까지 치밀어 올랐던 것이다. 하지만 서문영은 억지로 마음을 가라앉혔다. 방금 자기 입으로 한 말을 뒤집고 싶지는 않았다. 언제라도 가르쳐 주겠다고 했으니 며칠 후에 슬쩍 운을 뗄 볼 생각이었다.

그런 서문영의 마음을 아는지 송 집사가 웃으며 말했다.

"소림사라는 말에 너무 기대하지는 마십시오. 저의 스승이신 해월선사(海月禪師)께서는 제게 누누이 말씀하시곤 했습니다. '대단한 무공은 없다. 대단한 사람만 있을 뿐이다'라고 말입니다."

"아아!"

서문영은 오히려 더 배우고 싶어졌다. 그 얼마나 심오한 말인가! 그것이야말로 이미 무공의 경지에 이른 사람들만이 할 수 있는 소리였다.

송 집사가 자리에서 일어났다.

순간 서문영은 저도 모르게 벌떡 일어서고 말았다. 요즘 송 집사를 마음속의 스승으로 생각하고 있었지만 지금처럼 행동거지 하나하나가 크게 보인 적도 없다.

송 집사가 읍(揖)을 해보인 후 돌아서 나갔다.

서문영은 송 집사가 사라진 뒤에도 한참이나 문가에 멍한 얼굴로 서 있었다. 전설적인 소림사의 무공이 가까이 있었다는 사실에 충격을 받았던 것이다.

송 집사가 한 말들의 의미를 곱씹던 서문영의 눈에 유마경이 보였다.

며칠간 바쁘다는 핑계로 조사를 게을리 했었다. 송 집사가 소림사 출신이라고 하니 왠지 유마경도 예사로 보이지 않았

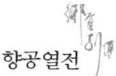
향공열전

다.

"분명히 뭔가 있는데…… 확 뜯어내서 살펴볼까?"

서문영은 탁자에 앉아서 유마경을 만지작거렸다. 한번 불붙은 호기심은 좀처럼 사그라지지 않았다. 과거의 이름 모를 선사는 이 유마경에 무슨 짓을 벌인 걸까? 자신의 과거를 고백했을 수도 있고, 심오한 불가의 깨달음을 남겼을 수도 있다.

"어헉!"

유마경을 들고 이런저런 생각을 하던 서문영의 입에서 비명이 흘러나왔다. 자기도 모르게 유마경의 매듭을 풀고 있었던 것이다.

어쩌면 풀어 보고 싶다는 마음에 그렇게 된 것인지도 모른다. 어쨌든 매듭이 조금 풀렸다. 서문영은 이왕 벌어진 일이라고 생각하고는 열심히 풀어헤쳤다.

결국 유마경은 완전히 분해가 돼서 서문영 앞에 그 모습을 드러냈다.

"이제…… 본 공자님께서 유마힐소설경의 완전한 분석을 해주마."

스스로에게 다짐을 하고 유마경을 넓게 폈다. 그리고 같은 글자를 찾아 비교하기 시작했다. 글자의 삐침이 조금이라도 다르다 싶으면 그 글자에 작은 표시를 남겼다.

동이 터오를 무렵 서문영은 유마경에서 삐침이 다른 글자여든한 개와 아예 비교할 수 없게 단 한번 사용된 글자들을 분리해 낼 수 있었다.

"오오! 여든한 개라……, 이건 또 무슨 조화냐?"

서문영은 유마경을 다시 묶었다. 한 번 풀고, 비교하고 하는 통에 전과 달리 너덜너덜해진 느낌이었지만 개의치 않았다. 어차피 성가장에서 유마경을 읽을 만한 사람은 아무도 없었기 때문이다. 아니 일이 이렇게 된 이상 유마경을 다시 서재에 가져다 놓을 생각도 없었다.

"역시 내가 읽다가…… 처분해야겠지……."

구겨지고 너덜너덜해진 유마경이다. 단지 호기심 때문에 이렇게 만들었다고 하면 이상한 사람 취급을 받을 것이었다.

"어디 보자, 무슨 말을 남긴 걸까……."

서문영은 아예 무명의 노선사가 뭔가를 책 속에 남겼다고 믿어 버렸다. 그래야 마음이 편한 까닭이다. 그런 마음조차 없다면 자신의 이 행위는 실로 지탄을 받아 마땅한 일이었다.

천하에 무공 아닌 것이 없다(一切衆生 悉有武功).

"헐, 이거 무슨 소리야? '만물에 불성이 있다'는 소리는 들었지만, 모든 것이 무공이라는 말은 금시초문이로군."

표시를 한 글자들은 분명히 그렇게 말하고 있었다.

그 다음의 글자는 더욱 괴상했다.

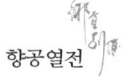

향공열전

한번은 음이 되고 한번은 양이 되는 것이 건곤(乾坤)의 도(道)다(乾坤之道 乾卽坤 坤卽乾).

　'건곤지도'가 그렇다는 것인지, 건곤지도와 뒤의 말이 다른 것인지는 몰라도 글자는 그렇게 이어지고 있었다.

　"미치겠군……."

　그 뒤의 글들은 더욱 기괴해서 서문영의 얼굴이 굳어져갔다.

　"아무래도 내가 실수를 한 모양인데…… 이걸 어쩌나 ……."

　사실 글자란 게 그렇다. 일단 의미를 부여하면 흩어진 글자들도 뭔가 연결된 것 같아 보이고, 그렇지 않다고 생각하면 산만한 글자의 집합에 불과하다.

　서문영은 이순간 자신이 골라놓은 여든한 개의 글자가 선사가 남긴 비문(秘文)인지, 우연인지 구분할 수가 없었다.

　"일단…… 이걸 어떻게 해야겠군."

　서문영은 자신이 표시한 글자들을 외우기 시작했다. 그동안 수고한 것도 있지만 혹시나 하는 마음에서다.

　그리고 글자를 모두 외우자 이번에는 그 글자들 근처에 같은 표시를 찍어 나갔다. 다른 사람에게 자신의 노력을 고스란히 넘기지 않겠다는 생각에서다.

　그러고도 성에 차지 않는지 이번에는 글자들을 손질까지 했다. 이제는 누군가 유마경을 가져다가 비교를 하려고 해도 비교 자체를 불가능하게 만들어 버린 것이다.

"좋아, 좋아. 원래 귀한 것은 함부로 나누는 게 아니라니까."

게다가 만에 하나라도 그 여든한 개의 글자가 노선사의 심득이라면, 그런 것이 세상에 유출되어서는 곤란하다는 생각이 든 것이다.

"왜냐면…… 세상에 널리 알릴 거였으면 이렇게 어려운 방법으로 남겨 놓았겠냐고? 당연히 아무도 알아주지 않기를 바라는 마음으로…… 이런 수고로운 작업을 한 것이지. 그러니까, 선사의 유지(遺旨)를 존중해서 이런 글귀는 함부로 남겨 둬서는 안 되는 거야."

서문영은 혼자서 중얼거리면서 한 번 더 손질을 했다. 물론 여전히 그것이 노선사의 심득인지, 자신의 착각인지는 확신할 수 없었지만 말이다.

한참 만에 서문영이 만족한 미소로 유마경을 바라보았다.

풀어헤쳤다가 다시 묶은 것으로도 모자라 이리저리 점을 찍고, 글자에 먹까지 곁들이고 나니 처음의 단단하고 깔끔하던 느낌과 달리 과거시험을 위한 필수 경전처럼 구질구질해져 있었다. 모르는 사람이 본다면 유마경을 가지고 뭔가 대단한 공부를 한 것처럼 보일 지경이다.

서문영은 여든한 자의 법문을 다시 한 번 외워 보고는 침상에 길게 누워 버렸다.

향공열전

눈을 감자 노선사의 음성이 들려오는 듯했다.

여든한 자의 글자들이 머릿속에서 엎치락뒤치락 하며 엉켜 들었다.

참다못한 서문영이 자리에서 벌떡 일어났다.

"아, 잠 좀 자자고, 갑자기 왜 이러냐고……."

하지만 한번 머릿속에 박힌 여든한 자의 글자들은 스스로 살아 있는 것처럼 쉬지 않고 이리저리 굴러다녔다. 시간이 지날수록 그 정도는 심해져서 나중에는 눈을 떠도 글자가 떠다닐 정도였다.

"내가 미친 건가…… 아니면 유마경을 걸레로 만들어서 벌을 받고 있는 건가……."

어느 쪽이든지 분명한 건 여든한 자의 글자들은 한번 머릿속에 순서대로 각인된 뒤부터 스스로 살아 움직이고 있었다는 점이다.

결국 곱게 잠들기는 틀렸다고 생각한 서문영은 가부좌를 틀고 앉아 글자들을 관조(觀照)하기 시작했다.

어떤 글자들은 혈(血)을 움직였고, 어떤 글자들은 기(氣)를 움직였다.

글자들의 뜻에 따라 내부에 기의 통로가 만들어지는가 싶더니, 그것은 이내 잘 닦인 길처럼 자리를 잡아갔다.

그렇다고 무슨 축기(畜氣)가 되었다는 것이 아니다.

서문영은 자신의 몸속으로 돌아다니는 기운의 이동경로를

외우게 되었던 것이다.

　비록 단전에 아무것도 모인 느낌은 없었지만, 자신이 앞으로 무엇을 해야 한다는 것쯤은 확실히 알 수 있었다.

　'이건 내기의 흐름을 의미하는 건가!'

　서문영은 눈앞에서 변화하며 흘러가는 여든한 자의 글자들을 관조하는 가운데 자신이 한 가지 호흡법을 익혔다는 것을 알았다.

　그 호흡법의 가치는 아직 모르고 있지만 말이다.

　그래도 기운의 방향을 떠올리자 미친년 널뛰듯 하던 글자들이 서서히 안정되어 갔다.

　그리고 얼마 지나지 않아 글자들은 눈앞에서 사라져갔다.

　한참 만에 다시 눈을 뜬 서문영은 다시 글자들 때문에 괴로워하지 않아도 됐다. 다시 일상으로 돌아왔던 것이다.

　　　　　　*　　　　*　　　　*

　밤새 글자에 시달리다 아침에야 잠이 들었던 서문영은 느지막이 일어나 식사를 하고 연무장으로 향했다.

　연무장 한가운데 서 있던 성무달이 혀를 차며 말했다.

　"서 향공, 그렇게 게으름을 피우다가 어느 세월에 성무십결을 다 배우시려고?"

　"하하, 오늘만입니다. 실은 어제 일이 좀 있어서요."

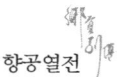
향공열전

"일이 없는 사람이 어디에 있습니까? 모든 일에 무술의 연마가 최우선시 되어야 무인이라고 할 수 있습니다. 특히나 서향공께서는 입문(入門)이 늦으신 관계로 남들보다 배는 더 열심히 해야 한단 말입니다. 아실만 한 분이 늦으시면 안 되지요."

"하아! 그러게 말입니다. 이후로는 늦을 일이 없을 겁니다."

"저도 더 이상 잔소리는 하지 않겠습니다. 강호에 나가면 아시겠지만…… 믿을 건 역시 자기 손에 들린 한 자루 검밖에 없답니다."

"뼈저리게 느끼고 있습니다."

"……."

성무달이 고개를 끄덕였다. 확실히 서문영은 그런 쓴맛을 한번 본 상태였다. 철부지들에게 하듯 잔소리를 늘어놓지 않아도 되는 것이다.

"오늘도 일단공인 일검만천(一劍滿天) 만물무루(萬物無累)를 연습하시기 바랍니다."

말을 마친 성무달이 자신의 검 끝으로 시선을 돌렸다.

잠시 망설이던 서문영이 슬쩍 물었다.

"그런데…… 언제까지 일단공을 익혀야 하는 건가요?"

지난밤에 있었던 깨달음을 염두에 두고 한 질문이었다.

성무달이 자신의 검 끝에 시선을 고정하고 대답했다.

"일검만천의 검풍(劍風)으로 하늘을 울리고, 만물무루의 검명(劍鳴)을 일장(一丈; 약 3미터) 이내의 사람들이 들을 수 있어야…… 비로소 일단공을 완성했다고 할 수 있습니다."

"아하! 알겠습니다."

경쾌하게 답하는 서문영과 달리 성무달의 입에서 한숨이 흘러나왔다. 서문영의 조급함을 모르는 바는 아니다.

그러나 기본기를 갖춘 무인이 시작해도 최소 삼 년은 걸리는 것이 일단공이다. 서문영은 이제 시작했으니 일단공까지 최소 오 년은 걸릴 것이었다.

'배우다가…… 포기나 하지 말아야 하는데……'

아무리 성가장의 무공이 일천(日淺)하다고 해도 서생이 단숨에 익힐만 한 수준은 아니다.

한 사람의 제자라도 아쉬운 터라 서문영이라도 자리를 지켜주었으면 하는 게 솔직한 바람이다. 물론 서문영을 무림인이라고 생각하지는 않지만 말이다.

서문영이 성무달의 곁에서 일단공을 수련하고 있을 때다.

누군가 성가장의 문을 조심스럽게 두드렸다.

성무달이 서문영을 향해 고개를 돌렸다. 근처에 총관도 없고 송 집사도 없다.

그렇다면 두 사람 중에 한 사람이 가야 한다는 소린데, 자신이 가고 싶지는 않았다. 지금이 글공부가 아닌 무공수련의 시간인 까닭이다. 만약 글공부 중에 손님이 왔다면, 소리가 들릴

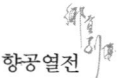

향공열전

리도 없지만, 자신이 달려갔을 것이다.

"……."

성무달의 말 없는 재촉에 서문영이 정문으로 향했다

서문영의 한 손에는 날이 서지 않은 검이 들려 있는 채였다.

"누구십니까?"

"험, 험, 무천관의 구효섭이외다."

"헛! 구 소협이 웬일로……."

서문영이 깜짝 놀랐다는 표정으로 문을 열었다.

안으로 들어서던 구효섭이 서문영의 손에 들린 검을 보더니 피식하고 웃음을 흘렸다. 만학(晚學)이라는 말은 들어 봤어도, 나이가 들어 무공을 수련하는 사람은 본 적이 없기 때문이다.

서문영이 멋쩍은 미소로 손에 들린 검을 뒤편으로 집어던졌다.

챙그렁—

"안으로 드시지요."

서문영이 아무렇지도 않게 검을 버리자 연무장에 있던 성무달이 인상을 찡그렸다. 아무리 대단한 손님이 왔다고 해도 연공 중에 검을 버린다는 것은 상상도 할 수 없는 일이다.

게다가 손님이라는 남자는 행실이 헤프기로 소문난 무천관의 구효섭이 아닌가! 성유화와 서문영의 계획을 모르는 그로서는 이래저래 달갑지 않은 상황이었다.

서문영의 뒤를 따르는 구효섭 역시 서문영의 행동이 마음에 들지 않는다는 듯 인상을 찌그렸다.

　행실이 이러니저러니 해도 구효섭은 무가(武家)의 후손이다. 생명처럼 다뤄져야할 검을 가볍게 다루는 남자에게 좋은 감정이 생길 리가 없는 것이다.

　그런 사람들의 불편한 마음도 모른 채 서문영은 열심히 길 안내를 하고 있었다.

　안채에 도착한 서문영이 목을 가다듬고는 힘껏 소리쳤다.

　"가주님, 무천관의 구 소협께서 찾아오셨습니다!"

　잠시 후 안채의 문이 열리는가 싶더니 성유화가 모습을 드러냈다.

　"아! 구 소협께서 여기까지 어쩐 일로?"

　"오랜만입니다. 그리고…… 성 대협의 일은 안 됐습니다. 언제고 방문을 해야지 했는데…… 많이 늦었습니다."

　"별말씀을요. 바쁘신 가운데 찾아주셔서 감사드립니다. 안으로 드시지요."

　"……."

　성유화가 먼저 안으로 들어가자 구효섭이 잠시 머뭇거렸다. 성유화 혼자 있는 방에 냉큼 따라 들어가기가 멋쩍었던 것이다. 성유화에 대한 집안의 반대가 극심한지라 더욱 망설여지는 중이었다.

　만약 다른 장소에서 단둘이 만났다면 이처럼 부담스럽지는

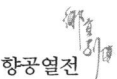
향공열전

않았을 것이다. 아니 오히려 둘만 있는 자리를 만들려고 했었을 지도 모른다.

그런 구효섭을 향해 서문영이 아무렇지도 않다는 듯 말했다.

"두 분 말씀 나누십시오. 저는 주방에 가서 다과상이라도 준비하라 이르겠습니다."

"……"

말과 함께 서문영이 물러갔다.

좌우를 살피던 구효섭이 재빨리 신발을 벗고 방으로 들어갔다. 사실 여기까지 와서 망설인다는 것은 말도 안 되는 짓이었다.

방 안으로 들어간 구효섭은 일단 자리를 잡고 앉았다. 아직은 성유화의 뜻을 정확히 알 수 없었기 때문이다. 성유화가 스스로 몸을 바친다면 모를까, 자신이 먼저 성유화에게 손을 뻗칠 수는 없었다.

집안의 어른들에게 전해져도 스스로를 보호할 수 있는 최대한의 변명거리는 만들어 놔야 했다.

성유화가 먼저 말문을 열었다.

"일전에 하신 말씀의 의미를 오래도록 생각해 보았습니다."

"……"

구효섭은 여전히 모르는 척 시치미를 뗐다. 자신으로서는 그 정도 운을 뗀 것으로도 충분하다고 생각하고 있었다.

"하지만 너무 심오한 말씀이라 잘 이해가 가지 않더군요. 선친께서는 '그건 무슨 선문답이냐?' 고까지 되물으실 정도였습니다."

"……."

구효섭의 얼굴이 가볍게 일그러졌다.

성유화가 남녀 간에 오간 사적인 이야기까지 부모에게 할 줄은 몰랐던 것이다. 하지만 다행스럽게도 성일권은 이미 죽은 사람이었다.

무덤에 가서 넋두리 삼아 한 말이나 같은 상황이라고 할 수 있다. 그렇게 생각하자 어느 정도 마음이 가라앉았다.

"제가 나이가 어리니 오라버니라고 부를게요. 구 오라버니, 그 말씀은 무슨 뜻이었어요? 다른 사람들에게 물어볼 수도 없고, 지금까지 혼자서 끙끙 앓고 있었답니다."

성유화가 초롱초롱한 눈으로 구효섭을 바라보았다. 정말 궁금해서 견딜 수 없다는 표정이 역력했다.

'이런 빌어먹을, 아무리 학문과 담을 쌓은 무가라고 해도 그 정도는 스스로 알아먹었어야지. 글 선생을 지금까지 곁에 두고 있는 이유가 따로 있었군.'

구효섭은 답답했지만 여유 있는 웃음을 지어 보였다.

"하아! 성 누이, 사실 나는 좀 내성적인 사람이야. 상대가 마음에 들어도 내 쪽에서 적극적으로 사귀자고 말도 못해. 지금까지 계속 그렇게 지내왔어. 그래서 나보다 적극적인 여자를 만나야 대화도 되고…… 마음도 편해져……. 그래서 누이에게도 그렇게 돌려서 말했던 거야."

"아! 그런 뜻이었군요? 그럼 제가 적극적으로 나가면 되는 거예요?"

"……."

구효섭은 웃기만 할뿐 뭐라고 대답하지 않았다. 여기서 자신의 마음을 내보이면 그것을 빌미로 나중에 무슨 꼬투리를 잡을지 모른다.

"남자는 여자들이 적극적으로 대하면 싫어한다고 하던데…… 저는 구 오라버니도 그런 줄 알았지 뭐예요."

"사람마다 다르다고나 할까……."

구효섭이 은근한 눈길로 성유화를 바라보았다.

성유화가 그런 구효섭의 눈을 빤히 마주보며 중얼거렸다.

"만약 구 오라버니가 적극적인 걸 좋아한다면……."

꿀꺽.

구효섭의 목울대로 마른침이 넘어갔다. 거의 이야기가 마무리 되어간다고 생각한 것이다.

상대가 스스로 적극적으로 나오겠다고 말하면 그것으로 끝이다. 그 뒤로는 오직 친밀한 몸짓만 남아 있을 뿐이다. 적어도 지금까지 자신이 만난 여자들은 그랬다.

"저와는 친해지기 어려울 지도 몰라요. 저도 그다지 적극적인 성격이 아니라서……."

성유화가 창밖으로 시선을 돌렸다.

갑작스런 성유화의 말과 행동에 놀란 것은 구효섭이다. 멀어져간 시선만큼이나 두 사람 사이의 간격이 벌어진 느낌이 들었다.

"헛, 하지만 눈빛만 보고 알아서 매달려 주는 그런 남자는 없다고……."

"운명의 상대는 알아볼 수 있을 거예요. 저는 알아봤다고 생각했었는데……, 저만의 착각이었나 봐요."

"누굴?"

성유화가 돌연 뜨거운 눈으로 구효섭을 바라보았다.

"사실…… 저는……."

"……."

꿀꺽.

구효섭의 목울대로 마른침이 넘어갔다.

두 사람이 그렇게 뜨거운 시선을 교환할 때다.

덜커덩.

문이 열리며 서문영이 찻상을 받쳐들고 들어왔다.

"어이쿠, 오래 걸렸습니다. 찬모가 가져간다는 걸 제가 들고 뛰어 왔습니다."

"험, 험!"

당황한 구효섭이 헛기침을 터뜨렸다.

향공열전

달아오르던 방안의 공기가 한순간에 식어 버렸다.

찻상을 내려놓자마자 서문영이 다소 호들갑스럽게 말했다.

"하하, 그렇지 않아도 구 소협의 소문은 종종 들었습니다. 화과산에서는 활약이 대단했다고 하죠?"

구효섭이 천천히 말했다.

"서 향공."

"예?"

"화과산의 일은 더 이상 말하지 맙시다."

"아, 예……."

"……."

그 말을 끝으로 구효섭은 입을 다물었다.

가끔씩 못마땅한 표정으로 서문영을 힐끔거렸지만, 나가라고 말하지는 않았다.

분위기를 알 법도 하건만 서문영은 일어나지 않았다.

성유화 역시 서문영에게 나가서 일을 보라고 하지도 않았다.

두 남자와 한 여자가 둥그렇게 마주앉아 하염없이 차만 마셔댔다.

먼저 지친 것은 구효섭이다. 바쁘기도 했지만, 아무런 소득 없이 시간을 보내는 것이 그에게는 고역이었던 것이다.

"약속이 있어서 이만 돌아가 봐야 할 것 같소이다."

물론 서문영을 보며 한 말이다.

구효섭은 성유화에게도 은근한 작별의 인사를 건넸다.

"성 누이, 다음에 다시 좋은 시간을 갖도록 하자꾸나."

"네, 오라버니, 살펴 가세요."

자리에서 일어난 구효섭이 마당을 가로질러 대문으로 향했다.

하지만 성유화는 안채를 벗어나지 않았다. 구효섭을 대문까지 마중한 사람은 아무 관계도 없는 서문영이었다.

뭔가 못마땅한 듯 구효섭의 얼굴이 한껏 찌푸려졌다.

구효섭의 눈치를 살피던 서문영이 재빨리 뛰어가 대문을 열었다.

문득 구효섭이 걸음을 멈추었다.

"서 향공, 이리 가까이 와보시오."

"예?"

서문영이 주춤주춤 다가오자 구효섭이 살벌한 음성으로 말했다.

"지난번 당신이 벌인 이상한 일에 대해서는 뭐라고 하지 않겠소. 하지만 오늘 내가 방문한 일을 두고 또다시 추잡한 말이 나돌면……."

"……."

구효섭이 말을 멈추고 몇 걸음 걸어 나갔다.

놀란 서문영이 멍하니 뒷말을 기다리고 있을 때다.

구효섭이 허리춤에 달려 있던 검을 뽑는가 싶더니 담장 옆

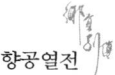

에 서 있는 복숭아나무의 줄기를 베었다.

쉬익—

다음 순간 검면이 잘린 나무줄기를 후려쳤다.

팍!

떨어지던 나무줄기가 암기처럼 서문영의 얼굴로 날아갔다.

검을 뽑아 나무줄기를 베고 후려치기까지 눈 깜짝할 사이에 일어난 일이었다.

이제 무공에 입문한 서문영은 피할 엄두도 내지 못하고 고스란히 얻어맞았다.

철썩!

눈앞에서 뭔가 번쩍 하는가 싶더니 앞이 보이질 않았다.

서문영은 잠시 정신을 잃고 휘청거렸다.

담장을 짚고서야 겨우 자세를 바로 잡은 서문영의 귀로 구효섭의 음성이 들려왔다.

"그때는 내가 벤다."

주루룩— 툭툭!

쌍코피가 흘러내려 땅을 적셨다.

그런 서문영을 남겨두고 구효섭은 훌쩍 떠나갔다.

서문영은 머리를 치켜들어 피를 지혈한 뒤에 문을 닫고 연무장으로 돌아갔다.

성무달이 씩씩거리며 서문영에게 다가갔다. 아까 수련하던 검을 땅바닥에 내던지고 간 일에 대해 야단을 치려는 것이다.

하지만 성무달은 서문영의 얼굴에 흐른 핏자국을 보고는 말 없이 돌아섰다.

성무달과 서문영은 해가 질 때까지 묵묵이 검을 휘둘렀다.

향공열전

제7장
천재(天才)와 범재(凡才)

"멍이 들었군요?"

저녁식사 후에 성유화가 한 말이다.

사람이 몇 남지 않은 관계로 식사를 한자리에 모여서 한 지 제법 됐다. 그 바람에 소소한 일처리는 식탁에서 하는 게 요즘 생긴 새로운 가풍이었다.

"무공수련에 열중하다가 그렇게 됐습니다."

"……."

서문영의 말에 성유화는 더 묻지 않았다. 그럴 수도 있고 누구에게 맞았을 수도 있다. 어느 쪽이든 그건 서문영이 스스로 해결해야 할 문제였다.

만약 가주인 자신에게 정식으로 탄원을 한다면 모를까, 그 전에는 서문영 개인이 감당해야 한다.

물론 탄원한다고 해결될 일도 거의 없는 형편이지만 말이다.

"성무십결은 몸에 맞나요?"

"예."

"다행이네요."

성가장의 무공이 몸에 맞지 않는 것 같다고 하면 서문영의 문제를 다시 생각해 보려고 했다. 정략결혼도 중요하지만 단지 그걸 위해서 서문영을 잡아두고 싶지는 않았던 것이다.

하지만 몸에 맞다고 하니 서로를 위해 잘된 일이라고 할 수 있었다. 앞으로도 성가장은 무공을 제공하고, 서문영은 정략결혼을 위해 수고를 하면 되는 것이다.

그렇게 하루가 지나갔다.

숙소로 돌아간 서문영은 방을 치우고, 탁자에 우두커니 앉아 자신에게 생긴 일들을 돌아보았다.

구효섭을 떠올리자니 다시 얼굴이 얼얼해져 왔다. 손가락으로 얼굴을 더듬었다. 딱지가 만져 지는 것을 보니 상처가 생겼던 모양이다.

"거참, 옹졸한 놈이네……."

그 일을 두고 자신이 분근착골까지 당한 걸 알고 있을 텐데,

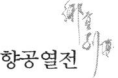
향공열전

이런 상처를 안기다니! 어쩌면 성유화와 자신의 일에 끼어들지 말라는 경고인지도 모른다. 오늘 자신이 끝까지 합석한 바람에 구효섭은 뜻을 이루지 못했기 때문이다.

하지만 구효섭이 앙심을 품는다고 해도 당분간 둘만의 자리를 만들어 줄 생각은 없었다. 성가장에 필요한 것은 구효섭의 적극적인 구애(求愛)였다.

"혼인을 하게 되어도 골치 아프군……."

자신과 구효섭은 이미 감정의 골이 깊어져 있었다. 만약 구효섭이 성유화와 맺어진다면, 자신이 그에 대한 증오를 털어버려야 한다.

하지만 그렇게 '대충 스스로와 타협하는 삶'이 싫어서 성시까지 포기하고 무공을 배우고 있지 않은가!

"나는 원한을 뼈에 새긴다 이놈들아……."

성시까지 포기한 마당에 어영부영 살고 싶지는 않았다. 서문영이 그렇게 타협하지 않겠다며 다짐하고 있을 때다.

서문영의 얼굴에 난 상처가 궁금했는지 송 집사가 찾아왔다. 송 집사는 방으로 들어오자마자 다짜고짜 물었다.

"서 향공, 혹시 구 소협과 가주 사이에 내가 모르는 일이라도 있습니까?"

"일이라니요?"

"구 소협이 갑자기 드나드는 것도 그렇고, 또 구 소협에게서 향공이 맞은 것도 그렇고……. 하나같이 심상치 않은 것들인지라……."

"제, 제가 구 소협에게 맞았다고 누가 그러던가요?"

"오늘 하루 종일 외부인이라고는 구 소협밖에 없었으니 당연한 일이 아닙니까?"

"이 상처는 누구에게 맞아서 생긴 것이 아니라…… 제가 나무 아래로 지나가다가 부러진 가지에 스쳐서…… 이렇게 된 겁니다."

서문영은 남에게 맞았다는 것이 부끄러워서 어떻게든 대충 넘기려고 했다. 다 큰 남자가 맞고 다닌다는 것이 얼마나 수치스러운 일이란 말인가!

하지만 송 집사는 그런 서문영의 거짓말에 넘어가지 않았다.

"예, 저도 잘린 가지는 보았습니다. 매끄러운 것이 보통의 공력이 아니더군요. 그 정도의 공력이라면 후기지수 중에서 단연 발군의 실력입니다."

"……."

"문제는 그가 왜 서 향공에게 손을 썼냐는 것이지요. 말씀해 주십시오."

"기왕 알게 되었으니 말씀드리자면…… 그와 저는 궁합이 맞지 않는 것 같습니다. 그게 아니라면 지난번의 일로 꽁해 있는 것인지도 모르고요."

"……."

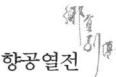

향공열전

송 집사가 복잡한 눈으로 서문영을 바라보았다. 뭔가 숨기고 있는 것 같은데 알 수가 없다. 하지만 그건 자신의 착각일 수도 있다.

"흐음! 알겠습니다. 서 향공께서는 당분간 비도문과 무천관의 사람들 앞에는 나서지 마십시오. 아무래도 그들이 서 향공에게 좋지 않은 감정을 가지고 있는 듯합니다. 무림에서는 사소한 감정 하나로도 칼부림이 일어나는 곳입니다. 스스로 몸을 보호할 만큼의 성취가 있기 전까지는…… 그들의 근처에도 가지 마십시오."

"휴, 저도 그럴 생각입니다."

서문영이 고개를 떨구었다. 무공을 배우는 것은 기죽어 살기 위해서가 아닌데, 어쩌다 보니 계속 그런 인생이 되고 있었다.

"그건 그렇고 성무십결은 어느 정도 익히셨습니까?"

"일단공의 동작과 구결은 다 익혔습니다. 이제 슬슬 이단공으로 넘어가고 싶은데…… 소리가 나야 한다는군요. 꼭 소리가 나야 이단공을 배울 수가 있습니까?"

"하하, 성무십결에서 말하는 검풍과 검명은 일종의 경지를 의미합니다. 초식의 숫자가 중요한 게 아니라 얼마나 깊이 있게 몸에 익혔느냐가 중요하죠. 일정 경지에 이르지 않으면 다음 경지로 나갈 수 없을 뿐 아니라, 나가도 아무 의미가 없습니다. 흉내 내기에 불과한 것이 되고 만 까닭입니다."

"그럼 일단공의 수련을 계속 하면 경지가 깊어지게 되나요?"

"더 깊은 경지로 나가기 위해서는 기초가 튼튼해야 합니다. 서 향공의 경우는 기본적인 무공의 연마가 병행된다면 좋을 것입니다."

"기본적인 것이라면?"

"우선은 성무십결이 보기와 달리 내가기공(內家氣功)을 바탕으로 하고 있으니…… 적합한 호흡법을 함께 익히면 도움이 될 겁니다."

"호흡법이라면 내공심법을 말씀하시는 겁니까?"

"예, 혹시 따로 익힌 호흡법이 있으십니까?"

"없는데요……."

"흠, 제가 익힌 것은 소림사의 독문심법이라 장문인의 허락 없이 외인에게 전수할 수가 없습니다. 그 대신 태을토납법(太乙吐納法)이라고 비교적 널리 알려진 호흡법을 가르쳐 드리겠습니다. 태을토납법은 도가의 호흡법이라고 알려져 있으니…… 성가장의 무공과도 크게 어긋나지 않을 겁니다."

"아아! 감사합니다."

서문영이 자리에서 일어나 연신 머리를 숙였다. 내공심법은 지금의 자신에게 꼭 필요한 것이라고 할 수 있었다.

"그럼 가부좌를 틀고 앉아서 제가 말하는 혈도에 정신을 집중하시기 바랍니다."

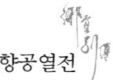

향공열전

"예, 예……."

서문영이 가부좌를 틀고 앉아 눈을 반개(半開)했다.

"오직 단전에 의식을 집중하십시오. 그리고 천천히 숨을 들이 마십니다. 호흡등장(呼吸等長)이라. 들숨과 날숨의 길이는 길지만 같게 합니다. 코앞에 촛불이 하나 켜져 있다고 생각하고, 그 촛불이 흔들리지 않게 최대한 천천히 숨을 쉬시면 됩니다. 그렇게 칠일 간 숨을 길게 쉬다 보면 부지불식간에 단전이 따듯해질 것입니다. 단전이 따듯해지면 내기가 형성되는 것이니…… 그때부터는……."

송 집사가 서문영에게 임맥(任脈)과 독맥(督脈)의 혈도들을 불러주었다.

서문영은 그 혈도들을 단번에 외웠다.

서문영이 숨쉬기에 집중하자 송 집사가 슬며시 자리에서 일어났다.

"그럼, 적당하다고 생각 될 때까지 호흡을 멈추지 마십시오. 저는 이만……."

"……."

송 집사가 기이한 표정으로 서문영을 내려다보았다. 이제 갓 숨쉬기를 배우고 자세를 갖춘 서문영이니 자신의 말을 듣지 못했을 리가 없다.

하지만 작별인사를 했음에도 불구하고 서문영은 면벽에 든 고승마냥 꿈쩍도 하지 않았다.

'잠시 딴 생각을 하고 있는 건가?'

서문영의 얼굴을 들여다보던 송 집사는 조용히 방을 빠져 나갔다.

하지만 그때 서문영은 정신이 하나도 없었다.

태을토납법의 구결대로 숨을 쉬며 의식을 모으려고 하는 순간, 여든한 자의 글자가 다시 튀어나와 떠다녔던 것이다. 여든한 자의 글자들은 태을토납법이 말하는 혈도의 순서를 완전히 무시하고 있었다. 글자 하나가 뛸 때마다 몸속의 혈도가 자극을 받아 펄떡거렸다.

서문영은 다시 글자들을 관조하는 수밖에 없었다. 글자들의 움직임에 따라 양혈(陽穴)인 관원(關元)과 음혈(陰穴)인 기해(氣海)가 열렸다가 닫히기를 수십 번, 얼마 지나지 않아 서문영의 전신에서 누르스름한 땀이 흘러내렸다.

*　　　*　　　*

'아무래도 태을토납법과 나와는 인연이 없는 것 같다.'

아침에 눈을 뜨자마자 서문영은 그렇게 생각했다. 토납법을 하려고만 하면 글자들이 튀어나와 정신을 차릴 수가 없다.

그나마 다행인 것은 몸이 조금씩 개운해지는 느낌이 든다는 점이다. 만약 그런 효과마저 없었다면 당장 송 집사에게 여든한 자의 발작에 대해 털어놨을 것이다.

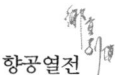
향공열전

서문영은 자신의 머릿속에서 제멋대로 살아 움직이는 여든한 자의 글자에 대해 온갖 추측을 다 해보았다. 하지만 딱히 들어맞는 것이 없었다.

　내공심법이라고 하기에는 음양이혈(陰陽二穴)의 개폐(開閉)가 너무 불규칙하고, 아니라고 하기에는 글자의 출몰과 운기가 너무도 잘 맞는다.

　'이건 대체 뭐냐?'

　과거의 누군가가 장난삼아 만들었다고 하기에는 그 전달 수법이 고명하고, 그렇다고 현실에 써먹으려니 마땅히 적용할 곳이 없다.

　하다못해 가장 기본적이라는 토납법과도 그 내기의 흐름이 맞지 않으니 어디에 이걸 사용한단 말인가?

　"헉! 또 늦었다!"

　이런저런 생각을 하다 보니 시간이 조금 지체되었다. 서문영은 대충 옷을 꿰어 입고 밖으로 달려 나갔다.

　아니나 다를까! 연무장에는 이미 성가장의 사람들이 모두 나와 연공에 열중하고 있었다. 서문영이 겸연쩍은 표정으로 성무달의 뒤쪽에 섰다. 그곳이 자신의 위치였던 것이다.

　가장 앞에서 육단공을 연습하던 성유화의 눈에서 살기가 훅 하고 쏟아져 나왔다. 오늘도 서문영은 늦었다. 무공을 배우겠다고 한 이래 제 시간에 나온 적이 없다.

연공으로 예민해져 있던 성유화는 그런 서문영의 태도가 몹시도 못마땅했다.

성유화가 숨을 헐떡이고 있는 서문영에게 차갑게 소리쳤다.

"이봐! 오늘은 왜 늦었나!"

"그게…… 잠시 명상을 하다가……."

"명상 좋아하시네! 이놈! 성가장의 무공이 그렇게 만만하게 보였더란 말이냐!"

이미 흥분으로 이성을 잃은 성유화였다. 서문영은 그런 성유화의 상태를 알기에 찍소리도 하지 않았다. 또다시 얻어맞아 기절을 하고 싶지 않았던 것이다.

"마지막 경고다! 다시 늦으면 네놈을 결코 용서치 않을 것이다. 알겠느냐! 대답해! 어서! 죽고 싶나!"

"예, 예. 절대 늦지 않을 겁니다."

"으으! 말만 번지르르한 놈 같으니……."

성유화가 치밀어 오르는 분노를 삭이지 못하고 검을 휘둘렀다.

쉬이익—

성유화의 옆에 세워져 있던 나무기둥이 쩍 소리와 함께 두 동강 났다. 성유화는 잘라진 나무기둥의 토막을 힘껏 걷어찼다.

쾅.

공력이 실린 성유화의 발길질에 나무토막은 산산조각이 나

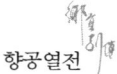

향공열전

고 말았다.

"......"

서문영의 목울대로 마른침이 꼴깍 넘어갔다. 지금은 성유화
와 눈도 마주쳐서는 안 된다.

사촌오빠인 성무달까지도 슬금슬금 성유화의 시야에서 벗
어나려 하고 있었다.

성무십결의 오단공에 들었다던 전대 가주도 막지 못하는 성
유화다. 그런 성유화를 이제 사단공에 든 성무달이 감당할 수
있을 리가 없다.

혼자서 한참을 부들부들 떨던 성유화가 겨우 혈기를 가라앉
히고 말했다.

"하아! 서 향공님, 다시는 늦지 마세요."

"예!"

서문영이 재빨리 큰소리로 대답했다.

분위기가 가라앉자 성무달도 자기 자리로 슬그머니 돌아왔
다.

성유화가 다시 육단공의 연공에 들어갔다.

육전육갑 둔신구검!

낭랑한 외침과 함께 성유화의 몸이 검기에 싸여 흐릿해져
갔다.

서문영이 존경스러운 눈으로 성유화를 훔쳐보았다. 자신이 육단공을 배우려면 십팔 년간 쉬지 않고 연공해야 한다. 하지만 그것도 정해진 건 아니다. 전대 가주처럼 평생을 오단공에서 머무를 수도 있었다.

당장 성무달만 봐도 아직 사단공에 멈춰 있었다. 그런 의미에서 성유화는 무공의 천재였다. 집안이 명문의 무가였다면, 무천관쯤은 눈에 차지도 않았을 것이다.

'불운한 무공의 천재로군. 그나저나 구효섭 징그러운 놈, 어디 처박혀서 뭐하고 있는 거야? 분수에 넘치는 것도 모르는 멍청이 같으니……'

성무달이 넋을 잃고 바라보는 서문영에게 다가가 소곤거렸다.

"육단공이 완성되면 여섯 걸음만에 검신합일(劍身合一)을 이룬다고 합니다. 휴우! 가히 무신(武神)의 경지이지요."

"헉! 검신합일요?"

"그렇습니다. 지금은 가주의 몸이 흐릿하기만 하지요? 완성 단계에 이르면 몸은 사라지고 검만 보인다고 합니다. 물론 이론상으로는요."

"아아!"

이론이면 어떠하랴! 지금의 경지만 해도 가히 따라갈 수 없었다. 성유화의 검이 흔들릴 때마다 사방으로 은색의 검기가 빛살처럼 번져 나갔다.

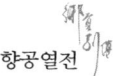
향공열전

저 정도의 수준이면 비도문의 부문주와 구효섭을 상대할 수 있을까? 서문영은 문득 그게 궁금해졌다.

"성 소협, 비도문의 부문주와 구 소협을 가주님과 비교하면 어떻습니까?"

"글쎄요……."

성무달이 뭐라고 말하려는 순간이다.

"하라는 연공은 하지 않고 사내놈들이 웬 귓속말이냐! 정말 죽고 싶으냐! 엉! 대답해!"

"아, 아니다! 연공을 해야지!"

"아니요!"

성무달과 서문영이 거의 동시에 소리치며 떨어졌다.

"둘 다 똑바로 하지 않을 거면 죽어버려!"

노기가 치밀어 오른 성유화가 들고 있던 검으로 바닥을 찍었다.

쩡!

연습용 검이 대리석 바닥에 깊이 박혀 파르르 떨렸다.

그 순간 시간이 정지한 것 같았다.

요즘 들어 새가슴이 된 서문영은 물론, 성무달과 성유화까지 모두 움직임을 멈추었다. 성유화의 폭발적인 한 수는 그만큼 기괴했다.

휘잉—!

바람이 고요한 연무장을 쓸고 지나갔다.

검 끝에 달려 있던 수실이 미친 듯이 몸을 떨었다.

그제야 사람들은 제정신으로 돌아왔다.

가장 먼저 서문영의 얼굴이 하얗게 질려갔다. 성유화가 화를 내면 온몸 구석구석이 저려온다. 일전에 정신을 잃을 때까지 맞은 기억이 몸에 남은 까닭이다.

하지만 성유화는 더 이상 폭력을 휘두르지는 않았다. 다만 그 마지막 순간에 뭔가 영감이라도 받은 듯 두 눈을 지그시 감고 서 있을 뿐이었다.

성무달과 서문영은 성유화를 자극하지 않기 위해 소리 없이 연무장을 떠났다.

그것으로 성가장의 아침 연공은 끝이 났다.

아침 연공 다음은 당연히 공동 식사다. 성가장의 사람이라고 해봐야 일하는 사람들을 빼면 다섯 명. 성가장에는 그 다섯 명을 위해 따로따로 상을 차릴만 한 인력과 돈이 없었다.

게다가 얼마 남지 않은 사람들의 애틋한 동료의식도 한몫했다.

"서 향공, 무공을 익히는 게 어렵지요?"

갑작스런 송 집사의 말에 서문영이 입안의 음식을 삼키고 답했다.

"그럭저럭 괜찮습니다. 다만…… 너무 일찍부터 몸을 쓰는 게 적응이 안 된다고나 할까요."

향공열전

새벽부터 시작되는 연공을 염두에 두고 한 소리다. 요 며칠 계속 늦게 참석한 것에 대한 궁색한 변명이기도 했다.

"하지만 그 새벽에 일어나 휘두른 검 때문에…… 사지(死地)에서 살아 돌아오는 경우가 허다하답니다."

"네……."

서문영이 맥없이 대답했다. 연습의 중요성에 대해서는 다시 강조하지 않아도 안다. 하지만 당장 몸이 따르지 않으니 어쩌란 말인가?

"그런데 서 향공께서는 무림인이 되시기로 작정을 한 겁니까? 요즘은 엄청나게 연습을 하시던데요. 밤마다 송 집사님에게도 뭘 배운다면서요?"

총관 석장원이 궁금하다는 듯 서문영을 바라보았다. 처음에는 비도문과 구효섭에게 당한 것이 분해서 무공을 배우는 줄 알았다.

하지만 단지 그런 이유라고 하기에는 제법 진지한 자세를 보이고 있었다. 모르는 사람은 서문영을 글 선생이 아닌 입문 제자로 볼 수도 있을 정도였다.

"그건…… 솔직히 제게 속물근성이 있어서 그러는 걸 겁니다."

서문영은 무림인들의 단순명쾌한 생활방식이 마음에 들었다. 아무리 복잡하고 난해한 일일지라도 무력 하나면 만사가 해결된다.

심지어 황제의 눈치도 살피지 않는 기이한 백성들이 무림인이다. 역설적이게도 평생 관리가 되고 싶었던 서문영에게 그런 무림인의 생활양식은 경이로운 것이었다.

그래서 복수를 빙자해 무림의 세계로 발을 내딛었다고 해도 과언이 아니다. 하지만 그건 동시에 지금까지 옳다고 믿으며 살아왔던 삶을 부인해야 하는 것이었기에 부끄럽기도 했다.

서문영의 말을 듣고 있던 송 집사가 한 마디 했다.

"그건 속물근성이 아닙니다. 비슷하지만 다르지요. 제가 보기에 서 향공에게는 근성이 있는 것 같습니다. 대충 덮어두지 못 하고, 반드시 끝장을 보고야 마는 그런 근성 말입니다. 그건 문사(文士)나 무림인 모두에게 꼭 필요한 것이라고 할 수 있지요."

"아하하! 좋게 봐주시니 감사합니다."

서문영이 송 집사에게 고개를 숙여 보였다.

송 집사가 손사래를 치며 말했다.

"하하, 감사라니 별말씀을요. 사실을 말한 것뿐인데요. 어제 서 향공의 숙소에 가서 보니 유마경이 벌써 너덜너덜해졌더군요. 무공에 그렇게 열심을 보인다면…… 서 향공은 반드시 대성하실 것입니다."

"……"

속으로 뜨끔해진 서문영이 성유화의 눈치를 살폈다. 어쨌든 자기가 걸레로 만든 유마경은 성가장의 물건이었기 때문이다.

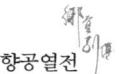
향공열전

그런 서문영의 걱정을 눈치챈 성유화가 아무렇지도 않은 표정으로 말했다.

"서 향공님께서는 우리 성가장의 한 분뿐인 글 선생이시니…… 유마경뿐 아니라 서재의 책 모두를 마음대로 사용하셔도 됩니다. 어차피 우리 성가장에 책과 친한 사람은 없으니까요. 서 향공님이 아니었다면 평생 바깥 구경 못 하고 썩어 갈 책들입니다. 그러니 부담 가지지 마세요."

"예, 예."

서문영의 표정이 한순간에 밝아졌다. 그렇지 않아도 유마경을 못 쓰게 만든 일로 죄책감을 느끼고 있었다. 그러던 차에 성유화의 말은 면죄부(免罪符)나 마찬가지였다.

"저어, 그런데 가주님."

"네."

"유마경은 어디에서 가져온 책인지 아십니까?"

"유마경이라면…… 서가에 있던 불경(佛經)을 말씀하시는 거죠?"

"예."

"다른 건 자세히 몰라도 그 불경이라면…… 할아버지께서 하남성의 대림사에 가셨다가 얻어온 것이라고 알고 있어요."

"대림사요?"

서문영이 고개를 갸웃거렸다. 소림사는 알아도 대림사는 처음 듣는 까닭이다.

송 집사가 웃으며 보충설명을 했다.

"대림사라면 제가 잘 알고 있습니다. 숭산의 뒤편에 있는 작은 사찰이지요."

"아아! 숭산에 소림사 말고 대림사가 있었군요?"

"그렇습니다. 아직도 많은 사람들이 소림사를 흉내 내서 지은 절이 대림사라고 생각하지만…… 대림사의 역사는 소림사보다 훨씬 길답니다."

"오! 대림사도 소림사만큼이나 무공으로 널리 알려졌나요?"

서문영의 눈이 반짝 빛났다. 확실하지는 않지만, 유마경에 담겨 있던 여든한 자의 법문은 무공과 관계된 것이라는 느낌이다. 그렇다면 대림사의 무공은 어느 정도나 될까?

"대림사의 무공은…… 자세히 알려지지 않았습니다. 대림사는 무공보다는 불경의 연구에 더 치중한 사찰이라고 알려져 있으니까요."

"아, 그렇군요."

서문영이 맥 빠진 음성으로 고개를 끄덕였다. 무공보다는 불경이라는 말에 은근히 한숨까지 흘러나왔다. 그렇다면 자신이 얻은 그 여든한 자의 법문도 별 볼일 없는 것이 분명하리라.

송 집사의 말은 어느새 소림사의 자랑으로 넘어가 있었다. 그렇게 송 집사가 소림사 고승들의 무공이 어떠한지를 설명하고 있을 때다.

향공열전

묵묵히 듣고 있던 성유화가 조용히 말했다.

"이제 성가장의 제자를 받을 생각이에요."

"……."

송 집사는 물론 성무달과 서문영까지 성유화에게로 시선을 돌렸다. 성유화가 스스로 제자를 받겠다고 말하기는 이번이 처음이었던 것이다.

가장 먼저 송 집사가 반응을 보였다.

"가주, 경솔한 시작이 빠른 끝을 본다고 했소. 물론 가주가 그렇게 말할 때는 이유가 있는 거겠지만…… 우리를 위해 조금 더 설명을 해주면 좋겠소."

지금까지 성가장이 제자를 받지 않는 것은 무술사범이 부족했기 때문이다. 성가장이 다시 제자를 받으면 반드시 비도문과 주변의 무관에서 싸움을 걸어올 것이다.

그런데 애석하게도 성가장에는 그 싸움을 주도적으로 이끌어 나갈만 한 사람이 없었다. 사실 이제 사단공인 성무달이나 육단공인 성유화에게 비도문은 벅찬 상대였다.

"오늘 아침, 칠단공에 접어들었어요."

"……."

잠시 묘한 침묵이 장내를 휘감았다.

성무십결 육단공의 끝은 검신합일이다. 그러니 성유화는 지금 자신이 검신합일의 경지를 넘어갔다고 말한 것이다. 돈에 팔려온 다수의 무인들이 공동으로 저술했다는 그 성무십결로 말이다.

"장하다!"

"오오! 축하한다!"

"축하드립니다!"

송 집사와 성무달과 총관이 자리에서 벌떡 일어났다.

"저도 축하……."

서문영도 얼떨결에 따라 일어나기는 했지만 영 복잡한 표정
이었다.

이십 세도 안 되어 보이는 성유화가 벌써 검신합일의 경지
에 들었다니, 왠지 자신과 너무 비교되는 느낌이다. 무공이라
는 게 성유화를 보면 쉽게 익히는 것 같은데, 자신이나 다른
사람을 보면 그렇지도 않다. 결국 하늘이 내린 천생무골이 따
로 있다는 뜻이다.

'제길, 축하는 하는데…… 왜 이리 심란하냐…….'

서문영이 한숨을 푹푹 내쉬며 젓가락질을 할 때다. 이야기
에 탄력을 받은 성유화가 자신의 계획을 털어놓기 시작했다.

"제자들을 받되 교육비를 비도문의 반만 받기로 해요."

"끄응! 비도문의 반이면 은자 한 냥? 그럼 비도문에서 가만
히 있지 않을 텐데……."

성무달이 인상을 찡그리자 성유화가 냉소를 치며 말했다.

"흥! 어차피 그들은 우리가 제자를 다시 받기만 해도 난리를
칠 거예요. 어차피 시비가 붙을 거라면 제자나 많이 받아 보자

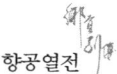

향공열전

고요."

성유화의 말에 송 집사가 흔쾌히 찬성을 했다.

"가주의 말이 옳소. 솔직히 매형(妹兄)은 너무 몸을 사리다가 갔다고 생각하오. 될 일은 천하가 막아도 되고, 안 될 일은 천하가 도와도 안 된다는 게 나의 생각이오. 어차피 성가장은 모 아니면 도가 아니오? 망할 거면 빨리 망하고, 흥할 거면 빨리 흥하라고 합시다."

송 집사의 이야기가 은근히 과격해지자 불안해진 서문영이 조심스럽게 말했다.

"저어, 그래도 이왕이면 무리하지 않는 게……."

"까짓 그럽시다! 망하려면 빨리 망하고, 흥할 거면 빨리 흥하자는 말에 동감입니다!"

성무달의 외침에 서문영의 말은 깨끗하게 묻히고 말았다.

'하아! 왜들 이렇게 단순하냐. 나는 성시까지 깨끗이 접고 남았는데…… 곧 망할 짓을 왜 하려는 거냐고……. 나는 어떻게 하라고…….'

땅이 꺼져라 한숨을 내쉬고 있는 서문영의 귀로 성유화의 음성이 들려 왔다.

"서 향공님께서 멋진 방문(榜文)을 적어 주세요. 누구라도 보면 혹해서 찾아올 정도의 명문(名文)으로 말이에요."

"무술을 하는 자들의 태반이 문맹(文盲)이라는데…… 명문이 무슨 소용이 있겠습니까?"

왠지 퉁명스러운 서문영의 말에 성유화가 답했다.

"비도문과 무천관 사람들도 읽을 텐데…… 처음부터 얕보이면 안 되잖아요."

성무달이 한마디 거들었다.

"서 향공, 이제 밥값 좀 할 때가 됐잖아."

"……"

*　　　　*　　　　*

다음날 아침 연공을 마치자마자, 서문영은 성가장의 대문에 방을 붙였다.

한 자루 검으로 입신양명(立身揚名)하려는 그대.
성가장에서 마음에 품은 뜻을 이루리라.
은자 한 냥이면 성무십결을 배운다.
일단공만 득(得)해도 천하에 적수가 없으리.

"그런데…… 좀 과장된 거 아닙니까?"

성무달이 약간 염려스럽다는 눈빛으로 서문영을 바라보았다. 성무십결을 익히고 있는 자신으로서는 일단공만 득해도 천하에 적수가 없다는 글귀가 마음에 걸린 것이다.

"괜찮습니다. 이건 그냥 상징적인 거니까요."

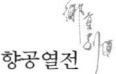
향공열전

"단지 은자 한 냥에 성무십결을 다 배울 수 있다고 착각할 수도 있지 않을까요?"

"흠, 그럴 수도 있겠군요."

성무달의 입장으로서는 각 단계가 명확한 성무십결인지라 그렇게 말할 수밖에 없었다. 그에 비해 아직 서툰 서문영은 성무십결 자체를 대략의 무공명칭으로 받아들여 생긴 일이다.

서문영이 두 글자를 더 추가했다.

매. 달. 은자 한 냥이면 성무십결을 배운다.

그냥저냥 이 정도면 되겠다 싶어서 들어가려는 서문영에게 성무달이 말했다.

"서 향공, 방문을 한 장만 붙여서는 의미가 없으니, 몇 개 더 써서 이 근방에 다 붙입시다."

"몇 개나 더 쓸까요?"

"오십 장 정도면 될 듯합니다."

"헉!"

서문영이 뜨악한 표정으로 성무달을 바라보았다. 방문 오십 장은 장난이 아니다. 쓰기도 쉽지 않지만, 그걸 언제 그리고 누가 돌아다니며 다 붙인단 만인가!

"쓰는 걸 제가 도와 드리고 싶지만 워낙 문자와는 거리가 먼지라……."

"알겠습니다. 그런데 설마 붙이는 것도 저와 함께 하자고 하지는 않으시겠지요?"

"하하, 어떻게 아셨습니까? 그것도 다 수련의 일종입니다. 방을 들고 다니면서 제가 성가장의 경신술(輕身術)을 가르쳐 드리겠습니다."

"성가장의 경신술요?"

"예, 비연신형(飛燕身形)이라고 독문의 경신술이 있습니다. 그냥 아무 생각 없이 움직이는 것보다는 훨씬 득이 될 겁니다."

"아! 그렇다면 당연히 제가 따라다녀야지요. 다 수련이 아니겠습니까?"

"그러실 줄 알았습니다."

성무달이 서문영의 어깨를 가볍게 두들겨 주었다. 이 젊은 서생은 요즘 무공에 불이 붙어서 뭐든 가르쳐 준다고 하면 사양하는 법이 없다.

비연신형이 강호에는 널리 알려져 있지 않지만, 그래도 성가장의 독문무공이다. 독문무공이 없이 남의 것을 배워서 사용하는 많은 무림인들에 비하면 나름대로 자부심을 가질만 한 일인 것이다.

물론 그 경신술이 그다지 인생에 도움이 되지 않는 허접한 것이기는 하지만 말이다.

"험, 험, 그럼 저는 안으로 들어가 기다리고 있겠습니다. 다

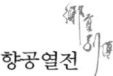
향공열전

쓰면 불러 주십시오."

"예!"

서문영이 방문 오십 장을 쓰는데 걸린 시간은 반 시진이다. 그러나 그 방문을 남경 구석구석에 붙이는 데는 무려 사흘이라는 시간이 걸렸다.

그 사흘 동안 서문영은 성무달의 뒤를 따라다니며 비연신형이라는 경신술을 배웠다. 그것을 터득하고 나서 느낀 소감은 '이전의 움직임과 별 차이가 없다' 는 것이었지만 말이다.

제8장
새로운 가족

성가장에서 비장한 각오로 만든 방문은 별다른 효과를 가져오지 못했다.

　대다수의 사람들이 성가장을 망해가는 무가로 인식하고 있었기 때문이다.

　하지만 모든 사람이 다 그런 것은 아니다. 개중에는 싼 맛에 성가장의 문을 두드리는 사람들도 있었다.

　성가장은 오십 개의 방문을 붙이고 한 달 만에 열 명의 제자를 받아들였다.

　그중 다섯은 지난해에 그만 두었던 사람이고, 다섯은 진짜 신입이었다.

모두 수련비가 싸다는 이유로 온 사람들인지라 궁색해 보이는 건 기본이고, 몸도 부실하거나 지나치게 살이 쪄 상승의 무공과는 거리가 있어 보였다.

그래도 일단 제자들이 늘어나자 성가장은 활기차게 돌아가는 듯 보였다.

갑자기 늘어난 제자들 덕분에 바빠진 사람은 성무달이다. 성유화는 가주라는 신분도 있지만, 하루라도 빨리 구단공으로 올려야 하기에 제자들을 가르칠 시간이 나지 않았다. 성유화를 제외하고 성가장에서 성무십결을 지도할 만한 사람은 성무달밖에 없었다.

송 집사는 성가장의 무공을 익히지 않은 사람인지라, 집안일에만 신경을 썼다. 송 집사가 관심을 가지고 지켜봐 주는 사람은 서문영이 유일했다. 그런 면에서 서문영은 운이 좋은 편이라 할 수 있었다. 소림사 속가제자가 무공의 기틀을 잡아주고 있으니 말이다.

빈방이 많은지라 그중 몇 사람은 성가장에 눌러 앉아 잡일을 도우며 살기로 했다.

성유화는 함께 살게 된 이들의 수련비를 절반으로 깎아주고, 그들의 돈벌이에 지장이 없도록 집안의 잡일도 새벽과 해가 진 뒤에만 하도록 배려해 주었다.

그렇게 몇 사람이 성가장에서 숙식을 해결하며 반값에 배우는 것이 좋아 보였던가 보다.

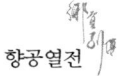

향공열전

다른 사람들도 전부 그렇게 살게 해달라고 간청을 해왔다. 결국 신입제자 열 명은 모두 성가장의 식솔이 되고 말았다. 그들의 수련비도 절반으로 하향 조정되었음은 물론이다.

그런 이유로 열 명이 내는 수련비는 은자 다섯 냥. 일군들까지 열여덟 명이나 되는 성가장의 운영비로는 한참 부족한 돈이라고 할 수 있다.

그래도 근근이 살아갈 정도는 되는지라 모처럼 송 집사의 얼굴이 활짝 개었다.

성가장의 대문을 열고 두어 걸음 나서면 저 멀리 비도문이 보인다. 단지 건물이 보이기만 하는 게 아니다. 드나드는 사람들의 기분까지도 확인이 가능할 정도였다.

당연히 비도문에서도 성가장을 드나드는 사람들의 면면을 확인할 수 있었다. 성가장을 드나드는 사람들이 늘어나자 심기가 불편해진 비도문의 문주 정대봉은 부문주 정문천을 불러들였다.

"내가 자네를 부른 이유를 말하지 않아도 알겠지?"

"예……."

부문주 정문천이 들릴 듯 말듯 한 음성으로 답했다. 문주가 성가장을 없애기 위해서 그간 여러 곳에 손을 써왔다는 사실을 누구보다 잘 알고 있는 까닭이다.

"그들을 어떻게 처리할 것인지 생각해 둔 것이 있는가?"

"예, 두 가지 방법이 있는데 우선은 직접 성가장을 방문해서 그들의 한계를 알려 주는 일입니다. 그래도 정신을 차리지 못하면 지난번처럼 밖에서 각개격파를 해버릴 생각입니다. 그렇게 한다면 견디지 못하고 하나둘 성가장을 떠날 거라고 생각합니다."

"자네도 알고 있겠지만 방문을 할 때는 명분이 없으면 안된다네."

"이 방문을 보십시오. 이번에는 그들 스스로가 무덤을 팠습니다."

정문천이 품안에서 성가장의 방문을 한 장 꺼냈다.

방문에 적힌 글을 읽던 정대봉이 고개를 끄덕였다. 그도 정문천이 무엇을 핑계로 쳐들어갈지 감을 잡았던 것이다.

"좋아, 이런저런 소문이 나기 전에 처리하도록 하게."

"알겠습니다."

문주의 집무실에서 나온 정문천은 즉시 비도문의 제자들 중에 이대 제자 이십 명을 불러 모았다.

이대 제자는 모두 이십대의 젊은이들인지라 한자리에 모이자 장터처럼 북적거렸다.

성가장을 손보러 가는 분위기를 눈치챈 이대 제자들이 "빨리 가자!"고 소리쳤지만 정문천은 고개를 저었다. 그는 이번 기회에 비도문과 성가장의 차이를 확실히 인식시켜 주고 싶었던 것이다.

정문천은 수련 중인 일대 제자 다섯 명까지 불렀다. 일대 제자는 강소성에서 알아주는 고수들이다. 그들이 합류하자 소란을 떨던 이대 제자들은 금세 조용해졌다.

마당에 스물다섯 명의 고수들이 모이자 정문천은 잠시 망설였다. 성가장에 있는 사람들은 넉넉잡고 열다섯이다.

그들 중 신입 열 명은 비도문의 삼대 제자보다 못하고, 가주인 성유화와 성무달, 송 집사만이 좀 쓸만했다. 그래봐야 일대 제자들과 비슷할 것이지만 말이다.

그런 그들을 상대하기 위해 다섯 명의 일대 제자와 스무 명의 이대 제자라니? 깔아뭉개자는 의도와 달리 상대를 높여주는 결과를 가져올지도 모른다는 생각이 든다.

'괜히 소문만 이상하게 나는 건 아닌가 모르겠네……'

많은 사람들이 몰려간 일을 두고 '비도문이 성가장을 어려운 상대로 생각하고 있다'는 헛소문이 돌면 두고두고 짜증이 나지 않겠는가?

'흠, 구더기 무서워서 장을 못 담글까!'

상대보다 압도적인 무력을 선보이지 않으면 분수를 모르고 계속 버틸 것이다.

'역시, 왕창 가서 단숨에 쓸어버리는 게 좋겠지.'

복잡하게 생각할 것도 없다. 우르르 달려가서 신입제자들의 팔다리를 부러트려 놓으면 성가장은 문을 닫게 될 것이다.

"가자."

정문천의 말에 비도문의 제자 이십오 명이 조용히 움직이기 시작했다. 지는 해를 받으며 정문천과 스물다섯 명의 고수들이 성가장으로 향했다.

*   *   *

정문천과 비도문의 고수 이십오 명이 거리를 가로질러 가는 것은 사람들의 호기심을 불러일으켰다.

지금까지 용케 전면적인 싸움이 없었지만 비도문과 성가장은 언제고 한바탕 할 사이였다. 한편으로 사람들은 성가장을 동정하면서도 어쩔 수 없는 일이라고 소곤거렸다.

비도문의 뒤를 따라가던 중년의 남자가 검은 수염을 기른 사내에게 나지막이 말했다.

"자네도 벽에 붙은 거 보았지?"

"혹시 성가장의 방문을 말하는 건가?"

"엉."

"당연히 봤지. 은자 한 냥에 제자를 가르친다고 했던가……."

"성가장도 어쩔 수 없는 선택이었겠지만…… 바로 옆에 있는 비도문은 가만히 두고 볼 수 없는 문제였을 거라고. 당장

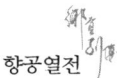
향공열전

제자들이 하나둘 빠져 나갈 수도 있는 거니까……."

"하지만 솔직히 제자들을 먼저 빼간 건 비도문이잖나? 성가장이 저기 세워진 건 오십 년이 넘는다고. 하지만 비도문은 얼마 전에 세워진 거잖나?"

"쉿! 이 사람 목소리 좀 낮추게. 누가 모르나? 하지만 지금 그런 소리를 해봐야 피차에 득 될 게 없다고. 세상은 자꾸 변해 가는 거야. 자네도 자꾸 옛날의 인연에 매달리지 말라고. 뭐, 사정이야 어떻든…… 오늘로 성가장은 끝이겠지?"

"모르지. 숨겨놓은 한 수가 있는지도……."

"숨겨놓은 한 수 같은 게 있을 턱이 있는가? 얼마 전까지 무천관에게 기대어 볼까 하다가 그것도 여의치 않게 돼서 지금 저렇게 됐다는 소문이 파다하구만."

"무천관에?"

"이 사람 한동안 강남에 가 있다고 하더니 몰랐나 보네? 성가장의 새 가주와 무천관의 구 소협을 두고 말이 많았잖나? 그런데 그 일은 무천관의 원로들이 엄청 반대를 했나 봐. 그 바람에 무천관과 손잡기가 어려워진 성가장에서 살아 보겠다고 마지막으로 제자 모집을 해버린 거지."

"허! 그런 일이 있었군."

"그런데 그 기사회생의 제자 모집이 결국 자기 숨통을 조이게 된 거지. 저 비도문 고수들을 보라고. 저들을 성가장에서 감당할 수 있을 것 같은가?"

"역시, 힘들겠지?"

"제길, 힘들다마다. 비도문에서 근래에 이렇게 많은 고수들을 움직인 것 본 적이 있냐고? 그 현천문인가 하는 사람들과의 싸움 이후로 가장 많이 동원된 거잖아."

"난 성가장을 응원하고 싶은데…… 아무래도 힘들겠지?"

"헐! 오늘 성가장이 비도문을 막아내면 내가 자네 아들일세."

"……."

검은 수염의 사내가 착잡한 표정으로 성가장을 바라보았다. 한때 성가장에서 무공을 배운 적이 있는지라 마음이 편치 않았다.

*   *   *

탕, 탕, 탕—!

비도문의 이대 제자인 심소명(審疏明)이 성가장의 대문을 강하게 두들겼다.

잠시 후 안쪽에서 텁텁한 사내의 음성이 들려왔다.

"누구시오?"

심소명이 아랫배에 힘을 주고 외쳤다.

"비도문의 부문주님께서 오셨으니 속히 문을 열어라!"

"……."

향공열전

안쪽에서 뭐라고 중얼거리는 소리가 들리는 듯하더니 육중한 대문이 천천히 열렸다.

"어쩐 일로……."

사내가 미처 말을 끝내기도 전에 심소명이 버럭 소리쳤다.

"너 이놈! 속히 가서 가주를 나오라고 하지 않고 뭘 서 있는 거냐! 비도문의 부문주님이 오셨다고 하지 않더냐!"

"헛! 예, 예……."

살벌한 분위기에 놀란 사내가 안쪽으로 후다닥 뛰어 들어갔다.

그 뒤를 정문천과 이십오 명의 고수들이 따라 들어갔다.

오늘 하루 정문을 맡고 있던 막일문(幕一雯)이 안채로 뛰어 들어가며 소리쳤다.

"가주님! 비도문의 부문주가 고수들과 함께 왔습니다! 어서 나와 보십쇼!"

"비도문?"

"큰일 났네…… 아무래도 작정을 하고 온 모양인데……."

"그러게, 이거 어떻게 되려나……."

연무장에 있던 제자들이 하나둘씩 안채로 모여 들었다. 그렇지 않아도 비도문이 잠잠해서 이상하다 싶었는데 올 게 온 모양이다.

다들 불안해하면서도 한편으로는 기대를 숨기지 않았다. 성유화가 성무십결의 칠단공에 접어들었다는 것을 알기 때문이다. 성가장의 제자들은 잘 알고 있었다. 성무십결의 육단공이 뭘 의미하는지를 말이다.

안채에서 성유화가 천천히 걸어 나왔다.

곧이어 총관과 송 집사, 성무달 그리고 서문영까지 안채로 뛰어왔다.

성유화가 먼저 제자들을 둘러본 후에 차분하게 말했다.

"손님이 오셨으면 맞이하면 되지 웬 소란이에요?"

"……."

그렇지 않아도 몇 명 되지도 않는 성가장의 제자들이다. 가주가 자신에게 나무라듯 말하자 다들 입을 다물었다.

침착한 성유화의 태도에 기분이 나빠진 사람은 비도문의 신상명(信詳明)이다.

모처럼 선두에서 바람잡이 역할을 하고 있는데 상대가 겁을 먹어줘야 보람이 있지 않겠는가! 비도문이 성가장에 온 것은 대화를 하기 위함도 아니었다.

"성 가주! 대(大) 비도문의 부문주님께서 친히 방문하셨는데 한가하게 집안싸움이나 하고 있을 셈이오?"

성유화가 신상명을 향해 고개를 돌렸다.

"실례지만 소협은 누구신지요?"

"나는 비도문의 일대 제자인 신상명이오. 내 이름을 들어본 적이 있을 것이오."

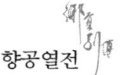

향공열전

비도문에는 세 사람의 유명한 고수가 있다. 사람들은 그 세 사람의 고수를 탈명삼검(奪命三劍)이라고 부르고 있었는데 신상명은 그중 하나였다.

성유화가 신상명을 알아보지 못한 것은 성유화가 밖으로 돌아다니지 않은 것도 있지만, 신상명이 지난겨울 현천문과의 싸움에 참가하지 않았기 때문이다.

"아, 탈명삼검?"

성유화의 입술에서 가벼운 탄성이 흘러나왔다. 탈명삼검은 다음 세대를 이끌어 나갈 고수들로 알려져 있었다.

총관 석장원이 조심스럽게 물었다.

"그런데 무슨 일로 오셨는지요?"

"……"

신상명이 부문주를 힐끔 바라보았다. 이 이상은 자신의 영역이 아니었다.

비도문의 부문주 정문천이 냉소를 치며 말했다.

"흥! 우리가 왜 왔는지 모르겠소? 성가장은 남경에 있는 무가(武家)들을 수치스럽게 만들었소. 비도문에서는 다른 무가들을 대신해서 그 잘못을 따지러 온 것이오. 잘못을 인정하고 스스로 폐문을 한다면 모를까, 그렇지 않고 구질구질한 변명을 늘어놓는다면 피를 보게 될 것이오."

"……"

안마당이 일순 정적에 사로잡혔다.

사람들의 시선이 이번에는 성유화에게로 향했다. 정문천의 말에 성유화가 뭐라고 답하느냐에 따라 '조용히 끝이 나느냐? 피 튀기는 싸움이 일어날 것이냐?' 가 결정될 것이었다.

"……"

하지만 성유화는 하얗게 질린 표정으로 말이 없었다. 갑작스러운 정문천의 말에 상당한 충격을 받은 것처럼 보였다.

그런 성유화를 대신해서 성무달이 물었다.

"정 대협, 우리 성가장이 언제 남경의 무가들을 수치스럽게 만들었다는 것입니까?"

지난해 현천문과의 싸움에도 참전한 성가장이다. 명예롭다는 말이라면 모를까, 수치와는 거리가 먼 성가장이었다.

"이것은 너희가 제자들을 모집하기 위해 내건 방문이다."

정문천이 품안에서 종이를 꺼내 들었다. 그리고 가소롭다는 듯 읽어나갔다.

"어디 보자. 뭐? 성가장에서 마음에 품은 뜻을 이루리라? 일단공만 익혀도 천하에 적수가 없으리?"

성무달이 눈을 끔뻑이며 되물었다.

"정 대협, 그게 뭐가 잘못 됐다는 것인지요?"

"성가장에서는 무슨 뜻이든 다 이룰 수 있다고? 게다가 일단공만 익혀도 천하에 적수가 없다? 그건 즉, 남경의 다른 무가들은 성가장의 상대가 되지 못한다는 말이 아니냐! 삼류에도 미치지 못하는 성가장이 남경의 유수(有數)한 무가들보다

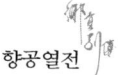
향공열전

뛰어나다고 했으니, 그걸 증명해 보이든지, 혹은 죄를 인정하고 문들 닫아야 마땅하겠지. 우리가 성가장을 그대로 두면…… 모든 사람들이 '남경의 무가들은 성가장의 아래에 있다'고 생각할 게 아니냐!"

"그, 그건 억지입니다. 제자들을 모집할 때는 다들 비슷한 표현을 사용하지 않습니까?"

"흥! 우리는 스스로 천하제일이라는 말을 사용하지 않는다."

"……"

정문천의 말에 성무달은 대꾸할 말을 잃고 서문영을 힐끔 바라보았다. 성무달의 눈에는 '왜 그런 자극적인 문구를 써서 비도문의 신경을 건드렸느냐?'는 원망이 가득했다.

하필 방문으로 시비를 일으키자 서문영이 조심스럽게 끼어들었다.

"저어…… 사실 그 방문을 작성한 사람은 접니다. 제가 아직 무림의 규칙을 모르는 탓에…… 다소 과장되게 묘사를 한 것 같습니다. 하지만 특정한 상대를 깎아내리거나…… 비난하고자 하는 것이 아니라……."

"너 이놈! 이 자리가 어디라고 함부로 주둥이를 놀리느냐! 네놈이 성가장의 가주라도 되느냐?"

정문천이 버럭 고함을 질렀다.

그렇지 않아도 정문천은 서문영에 대한 좋지 않은 기억을

가지고 있었다. 그런 서문영이 만든 방문이라고 하자 살기가
치솟았다.

"천둥벌거숭이 같은 놈! 죽을 자리인지 살 자리인지도 모르
고 아무 데나 끼어들다니! 당장 저놈을 잡아 꿇려라!"

정문천의 말이 떨어지기가 무섭게 이대 제자 두 명이 서문
영에게 다가갔다.

비도문의 제자들이 막 서문영을 잡았을 때다.

"이것들이 듣자듣자 하니 못하는 소리가 없네! 내가 가만히
있으니까 사람으로 안 보이니? 내가 성가장의 가주거든! 한
번 해보자는 거냐? 응? 대답해!"

"······."

비도문의 제자들이 멍한 눈으로 성유화를 바라보았다.

분에 겨워 파르르 떨던 성유화가 서문영을 잡고 있던 비도
문의 제자들에게 덮쳐갔다.

"헉!"

"뭐, 뭐냐!"

당황한 비도문의 이대 제자들이 비명에 가까운 소리를 내질
렀다.

하지만 때는 이미 늦었다. 성유화의 움직임은 그들의 상상
을 초월하고 있었다.

"뭐, 뭐야! 놔!"

단숨에 완맥을 잡힌 이대 제자 두 사람이 성유화와 정문천

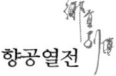

향공열전

을 번갈아 바라보았다.

"쯧! 못난 놈들 같으니……."

입으로는 제압당한 제자들을 야단치면서도 정문천의 눈빛은 크게 흔들렸다. 자신도 성유화의 움직임을 자세히 브지 못한 탓이다.

'성유화의 눈이 돌아가면 나찰이 된다고 하더니…… 정말 대단하구나!'

성유화는 지난겨울 현천문과의 싸움에서 한 차례 이름을 떨쳤다. 평소에는 얌전해서 눈에 띄지 않지만 일단 싸움이 벌어지면 미친년처럼 날뛰었다.

그래서 남경의 무인들은 뒤에서 성유화를 나찰옥녀(羅刹玉女)라고 불렀다.

그 나찰옥녀의 진면목을 가까이서 보고 있자니 등골이 서늘해졌다. 그렇다고 기가 죽을 정문천이 아니다. 비도문의 제자들을 동원하면 제압할 수 있다고 믿은 까닭이다.

"성 가주, 일을 복잡하게 만들지 맙시다."

"흥! 복잡해? 당신! 속이 뻔히 들여다보이는 짓을 하고 있는데, 우리 성가장이 그렇게 만만해 보여? 그런 거야? 대답해!"

"……."

정문천은 '당신'이라는 말에 욱하고 뭔가가 치밀어 올랐지만 참았다. 본능은 자신이 직접 성유화를 상대해서는 안 된다고 가르쳐 주고 있었다.

분노한 정문천이 타는 듯한 눈으로 성유화를 노려보고 있을 때다.

성유화의 말투에 열이 받은 신상명이 소리쳤다.

"네 이년! 비도문의 부문주님에게 당신이라니! 정녕 죽고 싶은 거냐!"

순간 성유화의 눈에서 파르스름한 안광이 흘러나왔다.

"너, 지금 나에게 이년이라고 했니?"

"그래 내가……."

신상명의 말은 채 이어지지 못했다.

성유화의 검이 신상명의 목젖을 향해 파고들고 있었다.

대경실색(大驚失色)한 신상명이 뒤로 열 걸음이나 물러났다. 하지만 성유화의 검 끝은 신상명의 그림자인 양 조금도 멀어지지 않았다.

끝내 피하지 못할 것을 깨달은 신상명은 급히 검을 뽑았다. 그리고 미친 듯이 휘둘렀다.

챙—!

겨우 신상명의 검신이 성유화의 검을 쳐냈다.

하지만 신상명의 힘은 성유화에 미치지 못했다. 성유화의 검이 끝내 신상명의 얼굴을 스치고 지나갔다.

팟—

신상명의 한쪽 얼굴이 길게 갈라지며 허공으로 선혈이 솟구쳤다.

향공열전

신상명이 하얗게 질린 얼굴로 성유화를 바라보았다. 위협이나 과장된 몸짓이 아니었다. 성유화는 정말 자신을 죽이려 하고 있었다.

"너, 너는 정말 살수를 쓰는구나!"

성유화가 검 끝에 맺힌 피를 떨쳐낸 후 차갑게 말했다.

"죽고 싶으면 계속 욕을 해도 된다. 하지만 오래 살고 싶으면 입조심을 해야 할 거야."

제자리로 돌아간 성유화가 정문천에게 물었다.

"그런데 무슨 말을 하던 중이었지요?"

"……."

정문천이 어이가 없다는 표정으로 성유화를 바라보았다. 신상명을 밀어붙이는 광경을 보고 있자니 지난해에 비할 바가 아니다.

하지만 결국 성가장은 문을 닫게 될 것이다. 성유화가 미처 날뛸수록 비도문에는 좋은 일이라고 할 수 있다.

"노부는 너에게 성가장의 문을 닫든가, 피를 보든가…… 선택하라고 했다."

"뭐? 문을 닫으라고?"

성유화의 눈에서 다시 파르스름한 광채가 흘러나왔다.

"그러니까…… 당신의 말은 오늘 우리와 한바탕 해보자는 거지?"

"……."

정문천이 비릿한 미소를 지어 보였다. 이성을 상실한 성유화는 모르겠지만, 일이 커질수록 성가장의 부담이 늘어날 뿐이다. 비도문에 필요한 것은 성가장을 칠 명분이다.

지금 성유화가 신상명의 얼굴을 베었으니 몰락을 향해 한 발자국 확실히 내딛은 셈이다.

'다시 한 번 성유화가 칼질을 시작하면…… 성가장의 사람들을 모두 죽여 버린다.'

그때는 누구도 자신과 비도문의 선택을 비난하지 않을 것이다.

성유화가 천천히 검의 손잡이를 움켜쥐었을 때다.

멀리서 다시 한 떼의 사람들이 몰려왔다.

"어이쿠! 먼저 오신 분들이 있었구랴! 반갑소! 나 사두방의 당고선(唐告先)이오!"

"허……."

당고선의 등장에 정문천의 얼굴이 가볍게 굳어졌다. 당고선은 사두방을 이끌어 가고 있는 네 명의 방주 중 한 사람으로, 그 무공이 비도문의 문주에 버금간다고 알려져 있었다. 게다가 사두방은 기본적으로 떼로 몰려다니는 도적들이다.

지금도 당고선은 혼자 오지 않고 거의 비도문의 제자들만큼이나 되는 도적들을 끌고 온 상태였다. 이래저래 부담스러운 상황인 것이다.

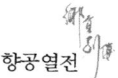
향공열전

"당 방주께서 여기는 어쩐 일이시오?"

정문천이 떨떠름한 표정으로 당고선을 바라보았다. 지난해 현천문을 상대하기 위해 사두방과 손을 잡았다고는 해도 사파인 사두방과 정파인 비도문은 좋은 관계라고 할 수 없었다.

"허허, 내가 성가장에 온 것은 사실…… 성 가주의 아름다운 얼굴을 한 번이라도 더 볼 수 있을까 해서 온 것이라오. 혹시 귀하도 그래서 온 것이라면…… 안타깝지만, 나는 귀하와 칼부림을 할 수도 있음을 알아주시오. 이건 절대 농담이 아니오."

당고선의 말에 정문천은 물론 성유화마저 멍한 표정이 되고 말았다.

당고선은 이미 오래전에 환갑(還甲)을 넘겨 성유화와 어떻게 해볼 수 있는 나이가 아니었던 것이다.

"서, 설마…… 당 방주는 성 가주에게?"

정문천이 차마 말로 하지 못하고 손가락으로 두 사람을 가리켰다. 성유화에게 마음이 있냐는 그런 의미의 손가락질이었다.

당고선이 당연하다는 듯 고개를 끄덕였다.

"노부는 지난겨울 성 가주의 모습에 크게 감명을 받았소. 성 가주께서 거절하지 않으신다면…… 성 가주와 백년해로(百年偕老)를 할 용의가……."

"흥! 노망이 든 늙은이 같으니! 누가 당신 같은 늙은이와 백년해로를 한단 말이냐! 계속해서 허튼소리를 지껄인다면 그 입을 찢어 버릴 테다!"

성유화의 가시 돋친 말에도 당고선의 얼굴에서는 미소가 사라지지 않았다.

"좋아, 좋아! 저 정도의 독기가 있어야 여자라고 할 수 있지. 요즘 여자들은 너무 기가 약해서…… 쯧쯧!"

"……."

성유화가 멍한 표정으로 당고선을 바라보았다. 화를 내야 할지 웃어야 할지 갈피를 잡을 수가 없게 된 것이다.

당고선이 그런 성유화에게 눈을 찡긋한 후 정문천에게 시선을 돌렸다.

"비도문의 부문주께서는 무슨 일로? 오옷! 그리고 보니 심소협의 얼굴에 칼자국이? 혹시 비도문은 칼부림을 하러 성가장에 온 것이오? 그렇다면 내가 가만히 두고 볼 수는 없는데!"

당고선이 돌연 칼을 뽑았다.

그러자 당고선의 뒤에 서 있던 삼십여 명의 도적들까지 동시에 병장기를 뽑아 들었다.

차창!

깜짝 놀란 비도문의 제자들도 황급히 병장기를 손에 들었다.

정문천이 황급히 비도문과 사두방의 사람들을 향해 소리쳤다.

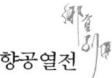

향공열전

"아니외다! 아니야! 속히 칼을 거두시오!"

"아니긴 뭐가 아니야! 한 번 해보자는 거야! 뭐야! 하려면 빨리 하자고!"

당고선이 씩씩거리며 허공에 칼을 몇 번 휘둘렀다. 이른바 무력시위인 것이다.

정문천이 두 손을 휘휘 저으며 말했다.

"당 방주, 우리가 성가장에 온 것은 싸우기 위함이 아니오. 단지 몇 가지 잘못된 일이 있어 항의를 하러 왔던 것이외다."

"정말이오?"

"그렇소이다. 성가장에 사람이 몇이나 된다고 우리가 떼로 몰려와 싸움을 걸겠소?"

정문천의 변명에 당고선이 비로소 칼을 거두었다. 당고선의 뒤에 서 있던 도적들도 하나둘 병장기를 갈무리했다.

"헐헐, 오해가 있으면 풀어야지. 무슨 항의인지 들어봅시다."

"……"

잠시 망설이던 정문천이 품속에서 다시 방문을 꺼내 들었다.

"이 방문을 보고 남경의 무가를 대신해 방문했던 것이오. 성가장에 오면 뭐든 할 수 있다느니, 성가장의 무공이 천하제일이니 하는 글에 기분이 나빴던 것이외다. 하지만 조금 전에 저 글 선생이라는 놈이 제멋대로 적은 것이라고 자백을 하였으니…… 우리의 오해는 이미 풀렸다고 할 수 있소이다.”

“흐흐, 천하제일? 그럴 수도 있겠구먼. 이걸 쓴 놈이 누구라고 했소?”

당고선이 흉악한 표정으로 사방을 둘러보았다.

정문천이 씁쓰름한 표정으로 서문영을 가리켰다. 성가장을 없애러 왔다가 고작 글 선생 한 놈만 찍어내게 생겼으니 절로 우울해진 것이다.

“너 이 후레자식아! 뒈지고 싶어서 이따위 해괴망측한 글을 썼느냐!”

서문영이 허리를 접으며 소리쳤다.

“당 대협! 용서해 주십시오! 평생 과거준비만 하고 세상일을 모르고 지냈습니다! 무림에 대해 전혀 모르고 쓴 글이니 해량(海量; 바다처럼 넓은 도량)하여 주시기 바랍니다!”

“이 씨벌놈이 그래도 문자질이네!”

당고선이 성큼성큼 걸어가 서문영의 멱살을 움켜잡았다.

“커헉!”

“개만도 못한 놈아! 똑똑히 들어라! 노부는 평생 문자를 앞세우는 놈들을 단 한 번도 용서해 준 적이 없느니라!”

당고선이 한손을 들어 서문영의 천령개(天靈蓋; 정수리)를 후려치려는 순간이다.

슥—

당고선의 목젖에 차가운 검 끝이 닿았다. 어느새 한쪽에 서

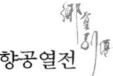

향공열전

있던 성유화가 발검(拔劍)을 한 것이다.

"늙은이, 손자들 재롱잔치를 보려면 그 손 곱게 내려. 나 지금 참느라 무지 힘들거든? 빨리 빨리 움직이자고."

당고선이 어색하게 웃으며 서문영을 풀어 주었다. 그리고 쳐들었던 손으로 서문영의 머리를 쓰다듬으며 말했다.

"허허허! 성 가주, 나는 그저 이놈의 대가리가 귀엽게 생겨서 쓰다듬어 주려고 한 것뿐이라고. 혹시 이놈에게 마음이 있는 건가? 그래도 되네. 나는 어차피 오래 살지 못하니까, 남는 세월은 이놈과 지내도 뭐라고 하지 않을게. 엥? 그러면 우리는 남이 아닌 게 되나? 어이쿠! 이 귀여운 놈, 대가리 좀 보게. 글공부 하나는 잘하게 생겼구먼."

"흥! 노망이 아주 제대로 들었구나."

성유화가 냉소를 치며 검을 거두었다. 하지만 더 이상 발작하지는 않았다. 서문영의 머리를 쓰다듬는 당고선의 손길은 언제라도 살수로 변할 수 있었기 때문이다.

당고선이 서문영을 한쪽으로 밀어 놓았다. 사실 성유화에게 잘 보이기 위해서라도 성가장의 사람들을 죽일 생각은 없었다.

"끙!"

정문천이 인상을 찡그리며 고개를 저었다. 성가장이나 서문영 어느 하나 속 시원히 해결을 보지 못한 까닭이다. 더 이상 있어봐야 괜히 사두방과 싸움만 나게 될지도 모른다고 생각한 정문천이 한숨을 내쉬며 말했다.

"휴우! 당 방주, 우리는 이만 가 보겠소."

"헐헐, 배웅은 하지 않으리다. 정 문주에게 안부나 전해 주시구라!"

"……."

정문천은 대꾸하지 않고 떠나갔다.

비도문의 사람들이 물러가자 장내는 기이한 분위기에 휩싸였다.

사두방의 당고선이 방문한 것은 악의(惡意)가 아니었지만, 성유화에게는 그다지 좋은 일도 아니었기 때문이다.

"험, 험, 성 가주, 먼 길을 왔으니 술이라도 한잔……."

"당 방주님, 성가장 밖으로 백 보만 나가도 주루가 다섯 개는 됩니다."

어느새 흥분을 가라앉힌 성유화가 부드러운 음성으로 답했다.

"노부는 성 가주와 대작을 하고 싶은 거요."

"저는 술을 마시지 않아요."

"그럼 그냥 따라만 줘도 되는데……."

"당 할아버지, 그냥 기루(妓樓)로 가세요."

"헉! 하, 할아버지라니…… 너무 하시는구려!"

"자꾸 엉뚱한 소리를 하시면…… 죽여 드릴게요."

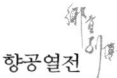
향공열전

성유화의 눈매가 날카롭게 변해갔다. 계속된 당고선의 수작에 서서히 분노가 차오르기 시작하는 것이다.

아무래도 성유화가 틈을 보이지 않자 당고선은 한 걸음 물러서기로 작정했다. 마음에 든 여자와 목숨을 걸고 싸울 수는 없지 않은가!

"허허, 그럼 오늘은 이만 물러가 드리리다. 하지만 성 가주를 향한 내 마음은 변함이 없을 것이오. 비도문에서 수작을 부린다면 언제라도 말씀만 하시오. 내 한달음에 달려오겠소."

"말씀은 고마워요. 하지만 우리 성가장은 스스로를 지켜낼 힘이 있답니다."

"쩝, 성 가주를 뵈니 그 말씀이 허풍은 아니라는 것을 알겠소만…… '이왕이면 다홍치마'라고 제자들의 희생 없이 지켜지면 더 좋은 일이 아니오? 노부와 맺어진다면……."

"말도 안 되는 소리 그만 하시고, 돌아가세요."

"그, 그러리다."

미련이 남는지 한참 머뭇거리던 당고선이 다시 말했다.

"저어…… '이왕이면 다홍치마'가 적당한 비유가 아니라면…… '좋은 게 좋은 거다'라고 생각하고 노부와……."

"가든지 죽든지 하세요."

성유화가 검집에 손을 얹었다.

"가, 가리다."

성유화의 단호한 태도에 의기소침(意氣銷沈)해진 당고선이 수하들을 이끌고 떠나갔다.

막일문이 대문을 걸어 잠그고 돌아오자 성유화가 서문영을 노려보았다.

"서 향공, 혹시 오늘의 일에 관계된 것은 아니겠지요?"

서문영이 영문을 모르겠다는 표정으로 성유화를 마주보았다.

"관계되다니요?"

"당 방주가 왜 저러는지 정말 모르신단 말씀이죠?"

"하하, 제가 어떻게 당 방주님의 속사정까지 알 수 있겠습니까? 맹세코 저는 모르는 일입니다. 아무리 저라고 해도 어떻게 오늘내일 하는 노인네와 가주님을 엮어드릴 생각을 했겠습니까?"

"그 말씀 믿어보겠어요. 만에 하나라도 당 방주와 모종의 일을 꾸몄다는 것이 드러나면…… 서 향공께서는 성가장에 뼈를 묻으시게 될 거예요."

"아하하, 그, 그럴 리가요."

서문영이 끝까지 부인하자 성유화가 골치 아픈 표정으로 하늘을 우러렀다.

내심 바라던 무천관의 구효섭에게서는 아무런 소식이 없고, 엉뚱하게 사두방의 원로고수 당고선이 따라붙었기 때문이다. 게다가 비도문에서 보여주고 있는 저 살의는 뭐란 말인가?

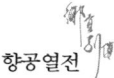
향공열전

"아무래도 비도문에서 이대로 넘어갈 것 같지 않아요. 여러분은 매사에 조심하시고…… 절대 비도문의 사람들과 시비를 일으키지 마세요."

"알겠습니다!"

"예!"

성가장의 사람들이 일제히 대답했다.

성유화를 향해 허리 숙인 사람들의 표정은 긴장으로 굳어 있었다. 오늘 화를 당하지 않은 것은 전적으로 사두방의 당고선이 방문해 준 덕이다.

만약 당고선이 찾아오지 않았다면 비도문과 성가장의 일전을 피할 수 없었을 것이다.

그렇게 생각하면 성가장에 남아 있다는 것은 상당히 위험한 일이었다. 그래도 사람들의 표정에는 '그 정도의 위험에 굴하지 않겠다'는 결의가 엿보였다.

어쨌든 한 달에 은자 한 냥밖에 안 되는 수련비에, 숙식까지 해결해 주는 성가장이었던 것이다.

그날 저녁, 서문영은 한 통의 서찰을 썼다. 서찰에는 "당 대협, 너무 서두르면 여자는 겁을 먹게 됩니다. 적당한 거리에서 진심으로 대한다면, 언젠가 여자도 '나이는 숫자에 블과할 뿐이다' 라는 것을 알게 될 것입니다"라고 적혀 있었다.

서찰을 밀봉하던 서문영이 고개를 설레설레 흔들었다. 생각보다 당고선은 저돌적이었다. 환갑을 넘긴 사람이라고 생각되지 않을 정도였다.

'의외로 흥분한 성 소저와는 잘 어울리기는 하지만⋯⋯.'

당고선에 대해 알게 된 것은 얼마 전이다. 성무달과 함께 방문을 붙이며 돌아다니던 때다.

잠시 쉬어가려고 들린 주루에서 사두방의 도적들이 나누는 음담패설(淫談悖說)을 엿듣게 되었다. 그러다가 당고선이 성유화에게 마음을 두고 있다는 것을 알게 되었다.

무천관의 구효섭만 바라보고 있기에는 왠지 불안했다. 그래서 남모르게 공을 좀 들였다.

당고선에게 서찰을 보내 성유화의 근황에 대해 알려주고, 적당한 날에 방문해 줄 것을 부탁했던 것이다. 당고선이 성가장에 드나든다면 비도문을 견제할 수 있을 것이었다.

비도문이 늑대라면 당고선은 호랑이였다. 돌이켜보면 늑대를 피하기 위해 호랑이를 불러들이는 격이었지만, 당장 늑대에게 먹힐 수는 없지 않은가?

"휴! 당고선이 오늘 올 줄이야⋯⋯ 정말 운이 좋았다."

날짜를 정한 것도 아닌데 당고선은 꼭 필요한 순간에 등장해 주었다. 만약 그가 아니었다면 성가장은 무너졌을지도 모른다.

"그가 나를 괴롭힌 덕분에 의심을 면하게 되어 다행이지만⋯⋯."

향공열전

지금도 당고선이 머리통을 후려치려 했던 일을 생각하면 가슴이 벌렁거렸다. 당고선은 자신이 보낸 서찰을 잘 읽고, 방문까지 하고서, 왜 죽이려고 했을까?

"제기랄! 강호는 너무 어려워……."

아무 이유도 없이 자신의 목숨을 가지고 희롱하다니, 두렵기도 하지만 한편으로는 무척이나 자존심 상하는 일이었다.

"역시…… 힘이야, 힘! 학문도 돈도 결국은 힘 앞에 무력할 수밖에 없다고!"

아무리 머리에 든 게 많아도, 벼슬이 높아도, 돈이 많아도 소용이 없다. 물론 학문과 벼슬과 돈으로 무력을 부릴 수는 있다. 하지만 그것은 무력이 그것에 동의를 할 때뿐이다.

무력이 동의를 하지 않는 순간, 칼끝은 언제나 자신의 목으로 돌려질 수 있다. 상대의 마음을 살피고 좋은 상태를 유지하며 경계해야 한다는 것, 그것은 궁극적으로 약한 자의 모습이 아닌가 말이다.

"제기랄! 제기랄! 제기랄! 왜 진작 무공을 익히지 않았을까! 책 한 권 읽을 시간에 칼 한 번 더 휘두르는 게 좋았을 것을!"

그랬다면 자존심을 지킬 수 있었을 것이다. 도적들의 두목에게 멱살을 잡혀 개처럼 다루어지지도 않았을 것이다.

서문영이 쉬지 않고 탄식을 토해내고 있을 때다. 문밖에서 성무달의 음성이 들려왔다.

"서 향공, 주무시오?"

"아닙니다. 들어오시지요."

기다렸다는 듯 냉큼 성무달이 들어왔다. 성무달의 손에는 술병이 하나 들려 있었다.

"서 향공을 위로 할 겸…… 와봤는데, 괜찮겠지요?"

"예."

자리에 앉은 성무달이 서문영을 물끄러미 바라보며 말했다.

"그런데 서 향공의 나이가 올해 어떻게 됩니까?"

"스물넷입니다."

"오! 내가 스물여덟이니 형님뻘이군요."

"아아! 성 소협께서는 보기보다 동안(童顔)이시군요. 저는 저와 비슷할 걸로 생각했는데……."

"하하, 내가 동안이 아니라 서 향공이 조금 삭은 게 아닙니까?"

"쩝, 제가 알기로 저는 표준형입니다."

"하하, 그렇다고 칩시다. 오늘 내가 방문한 것은 서 향공에게 감사하기 위해서입니다."

"감사라니요?"

성무달이 은근한 눈길로 서문영을 바라보았다.

"후후, 내가 모를 줄 알았습니까? 서 향공이 당고선에게 서찰을 두어 차례 보낸 것으로 알고 있습니다."

"헛!"

긴장한 서문영이 숨을 멈추자 성무달이 웃으며 말했다.

"크크, 우리 가주에게는 비밀로 할 테니 너무 염려하지 마십시오. 성가장에 와서 마음고생이 심했을 텐데…… 참 고맙게 생각하고 있습니다. 그런 의미에서 나와 의형제를 맺는 것은 어떻겠습니까?"

"의형제요?"

"나는 서 향공이 마음에 듭니다. 높은 학식도 그렇고, 무공을 향한 집념도 그렇고……, 결정적으로 우리 성가장을 위해 불철주야(不撤晝夜) 노력하는 모습이 너무 보기 좋습니다. 제가 무공이 낮고, 사람됨이 부족해서 마음에 들지 않는다면…… 거절해도 괜찮습니다."

"……"

서문영이 인상을 찡그렸다. 한마디로 거절하지 말라는 말이나 다름없었다.

"하아! 저에게 과분하신 제의이십니다. 부족한 저를 동생으로 삼아 주시겠다니…… 나중에 후회나 하지 마십시오. 형님."

"하하하! 후회라니! 그런 일은 없을 거야! 아우! 한- 잔 받게."

성무달이 가져왔던 술잔을 내밀었다.

서문영은 술잔을 받았다.

성무달은 두 개의 잔에 술을 가득 부었다.

"우리가 태어난 날은 다르지만…… 죽는 날은 같기를 바란다. 아우가 약간 손해를 보는 느낌이 들겠지만 말이야."

"하하, 저는 그냥 형님과 오래오래 살렵니다."

성무달과 서문영이 웃으며 술잔을 비웠다.

술잔을 내려놓자마자 성무달이 품안에서 책을 꺼내 앞으로 내밀었다.

"형님, 그게 뭡니까?"

"이건 우리 성가장의 성무십결이 담긴 비급이야."

"아!"

"본래 제자들에게 비급을 돌리는 것은 금하고 있지만, 가족은 예외지. 너와 의형제를 맺은 것도 그런 가법(家法)을 지키기 위해서라고."

"형님, 정말…… 감사합니다."

서문영은 진심으로 성무달에게 탄복했다. 요즘 들어 알게 된 사실은 무림인들이 비급에 목숨을 건다는 것이다.

무공의 비밀을 위해서도 그렇지만, 상대가 나보다 강해지기를 바라지 않는 까닭이다. 비급을 내놓는다는 것은 목숨을 맡긴다는 의미이기도 했다.

"아우, 우리 성가장을 위해서, 가주를 위해서…… 강해져라."

"예……."

서문영이 결연한 눈빛으로 성무십결의 비급을 바라보았다. 저것이야말로 자신이 알고 있는 최강고수 성유화의 무공 근원

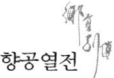
향공열전

이었다.

　지금까지 성무십결의 전체를 보는 눈이 없어 답답했지만 이제는 다르다.

　비록 아직은 일단공을 수련하고 있지만, 십단공까지 한눈에 꿰어볼 수 있게 된 것이다.

제9장

살리는 검 (活劍)

성가장에 대한 거사가 실패한 이후 비도문은 눈에 띄는 행동을 하지 않았다.

이전과 달리 성가장의 사람들에게 시비를 걸지도 않았다. 겉으로 보기에 완전히 성가장에서 손을 뗀 사람들처럼 보였다. 물론 겉으로 보기에 말이다.

"그래, 사두방에서는 뭐라고 하더냐?"

정문천이 조심스럽게 고개를 쳐들었다. 지난 성가장에서의 실패 이후 문주를 대하는 일이 더욱 어려워졌던 까닭이다.

"당고선을 제외하고는 모두가 비도문의 일에 관여하지 않겠다는 뜻을 분명히 밝혔습니다."

"그들이 원하는 것은?"

"다음 현천문의 거사 때에 사두방을 후미로 돌리겠다고 했습니다. 무천관에서 사두방을 선두로 세우겠다면 자신들의 입장을 지지해 달라고……."

"흠, 부질없는 싸움에서 손해를 보고 싶지 않다는 말이로군."

"그렇습니다."

정문천이 슬그머니 고개를 떨구었다. 현천문과 십대무가의 싸움은 이제 멈출 수 없다. 명분은 흐지부지 되었지만, 지난해 첫 싸움으로 잉태된 수많은 은원들이 앞으로의 싸움을 예고하고 있는 것이다.

당장 비도문만 해도 십여 명의 제자를 잃었다. 그 제자들의 혈육이 비도문에 남아 있는 한 현천문과의 싸움은 계속 되는 것이다. 하지만 현천문은 강했다.

강해도 보통 강한 게 아니다. 십대무가의 힘으로도 현천문을 어찌지 못할 정도로 강하다. 누구라도 이 싸움의 선봉을 맡고 싶지는 않을 것이다.

"지난번에는 무천관과 성가장에서 선봉을 맡았으니…… 이번에는 사두방과 청방(靑房)에서 맡아야 하는데, 사두방이 청방을 잡아먹겠다는 소리군."

사두방과 청방은 사파 중에서 호각지세(互角之勢)였다. 현천

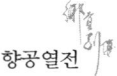
향공열전

문과의 싸움에서 청방이 선두를 맡게 되면 피해가 막심한 것은 당연한 일.

"문주님, 청방이 그 일을 혼자 떠맡으려고 하겠습니까?"

"후후, 성가장은 좋아서 선봉에 섰더냐? 누구라도…… 강소성에서는 무천관과 사두방에서 시키면 따를 수밖에 없다."

"허면…… 성가장의 처리는……."

"기회를 보아 확실하게 끝을 내라. 더 이상의 잡음은 듣고 싶지도 않다."

"예……."

바닥에 시선을 고정하고 있던 정문천의 눈에서 빛이 번득였다. 사두방에서 관여를 하지 않겠다고 했으니 더 이상 성가장을 도와줄 세력은 없다.

사두방의 방주 중 하나인 당고선을 견제할 방법은 따로 준비해 두었다. 이제 남은 거라고는 성가장을 공식적으로 없애버리는 일뿐이다.

*   *   *

요즘 성가장의 사람들 가운데 가장 열심인 사람을 꼽으라면 모두가 서문영이라고 말할 것이다.

연무장에 가장 먼저 나가는 사람도 서문영이고, 가장 늦게 떠나는 사람도 서문영이다.

일손이 딸려 잡일을 거들 때에도 손에는 검을 들고 있었다. 다른 사람들이 "같이 일하기가 무섭다"라거나 "베일 것 같다"고 툴툴거려도 아랑곳하지 않았다.

　"아우, 요즘은 새벽에 일어나는 게 힘들지 않은가봐?"

　성무달이 새벽에 연무장에 나오자마자 자신보다 먼저 나와 있던 서문영을 보며 한 말이다.

　"예, 별로 힘든 줄 모르겠더라고요. 슬슬 적응이 되가나봐요."

　"그래? 그렇다면 다행이고. 원래 금방 달아오른 솥이 금방 식는다는 말이 있는데…… 아무쪼록 오래오래 가보라고."

　"저도 그러려고요."

　대답하고 있는 서문영의 표정이 야릇했다. 새벽에 일어나고 가장 늦게 잠이 드는 데에는 이유가 있다. 유마경에서 발견한 여든한 자의 법문 때문이다.

　축 늘어진 몸을 끌고 숙소로 돌아가면 갑자기 눈앞으로 여든한 자의 법문이 떠다닌다.

　부랴부랴 가부좌를 틀고 앉으면 온몸의 혈이란 혈이 다 열렸다가 닫히기를 반복한다. 그 속에서 일정한 기운의 흐름을 느끼고, 한편으로 그 흐름을 관조하다 보면 어느새 새벽이다.

　그러니 실제로 자신이 잠자는 시간이라고 해봐야 한 시진 정도에 불과하다.

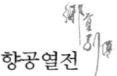

향공열전

그럼에도 불구하고 동이 트기도 전에 저절로 눈이 떠진다. 일단 눈을 뜨게 되면 몸이 근질거려서 누워 있을 수가 없다.

결국 가장 먼저 연무장으로 달려 나가는 수밖에 없게 된 것이다.

자신의 수면 시간이 줄어들었다는 것을 생각하면 은근히 불안해지기까지 한다.

성무달의 말대로 이렇게 무리하다가 갑자기 픽 쓰러지게 되는 건 아닐까 하는 생각에서다. 하지만 어제보다 오늘의 힘이 더 넘쳐나니 그런 염려는 단지 기우(杞憂)에 불과한 것일지도 모른다.

잠시 후 성유화가 나오자 연공이 시작되었다. 신입을 포함한 열네 명의 사람들이 가볍게 몸을 풀었다.

그리고 이내 성가장의 사람들은 몸을 유연하게 하는 체조와 간단한 권법, 각법을 펼쳤다. 여기까지는 모두가 함께하는 기초공부다.

반시진에 걸친 기본단계가 끝나자 성유화는 진검을 들고 연무장 가장 앞쪽의 빈자리로 걸어갔다.

성유화가 움직이자 각기 자신의 수준에 맞는 위치로 이동했다.

서문영도 신입제자들 다섯과 함께 연무장 외곽으로 걸어 나왔다. 다섯은 이단공에 진입한터라, 일단공을 익혀야 하는 사람은 서문영과 다섯 명 정도였다.

"서 향공님, 누가 빨리 이단공으로 나갈 수 있는지 시합이라도 해볼까요?"

서문영이 힐끗 고개를 돌렸다. 스스로 싼 맛에 찾아왔다고 고백한 이인모(李仁謨)가 웃고 있었다.

"무공을 두고 내기하는 법은 없습니다."

"허."

서문영의 말에 이인모가 어깨를 으쓱해 보이고는 멀어져갔다.

서문영은 연습용 목검을 들고 정면을 응시했다.

문득 미안하다는 생각이 든다. 이전 같았으면 그런 소리를 자신이 먼저 했을 지도 모른다.

하지만 언제부터인지 무공을 생각할 때면 저도 모르게 진지해지는 서문영이었다. 그건 어쩌면 손가락이 잘린 막삼야와 같은 사람 때문인지도 모른다.

서문영은 '강해지지 않으면 언제 손가락을 잘리거나, 분근착골을 당할지 모른다' 고 생각했다. 당한 뒤에는 분노하거나 후회해 봤자 소용이 없다.

지금까지는 운이 좋아 화를 피할 수 있었다. 하지만 언제까지고 운이 따라 주지는 않을 것이다.

그래서 더욱 무공을 익힐 때면 진지해졌다. 남들이 자신을 어떻게 보는지는 몰라도, 이미 재미로 익히는 단계를 지나 버린 셈이다.

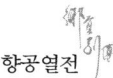
향공열전

숨결이 깊이 가라앉았다.

일단공은 일검만천(一劍滿天) 만물무루(萬物無累)다.

문득 서문영은 검법을 만든 사람들의 특이함을 엿볼 수 있었다. 그 많은 사람들이 함께 만든 검법의 이름치고는 상당히 대견하지 않은가!

만약 강호에서 말하는 활검(活劍)이니, 생검(生劍)이니, 사검(死劍)이니 하는 범주에 놓고 본다면, 성무십결은 확실히 활검에 속했다.

일단공 '일검만천 만물무루'에서 시작해서 십단공 '십천십지(十天十地) 만물군생(萬物群生)'으로 끝이 나니 말이다.

'그런데 일검만천과 만물무루가 무슨 관계가 있다고?'

게다가 검풍이 들리고 검명이 울려야 완성이란다.

일단공은 다른 기초적인 검법들, 이를테면 팔방풍우(八方風雨)와 별다른 차이점이 없었다.

하지만 팔방풍우에서는 검풍이 내는 소리니, 검명이니 하는 것들을 요구하지 않는다. 이래저래 모양은 같지만 내용이 다른 기이한 검법인 셈이다.

찌잉―

한순간 서문영의 목검에서 기이한 공명음이 흘러나왔다.

곧이어 일단공의 구결에 따라 서문영의 몸이 사방팔방으로 움직이기 시작했다.

검영(劍影)이 사방을 덮어가고, 자유롭게 허공을 노닐었다.

그야말로 만물이 서로 간섭하지 않는(萬物無累) 경지에 이른 것이다. 서문영의 목검이 허공을 격할 때마다 퍽 하는 소리가 났다.

하지만 정작 서문영은 구결대로 몸이 움직여 주는 재미에 빠져 그런 사실을 알아채지 못했다.

지난 몇 달 동안 질질 끌던 일단공은 허무하게도 단 한 호흡 만에 끝이 났다. 그만큼 일단공의 구결과 몸이 일치해 버린 것이다.

일단공을 마치자 서문영은 이단공의 흉내라도 내보고 싶었다. 아니 기분으로는 이단공의 구결대로 몸이 움직여 줄 것만 같았다.

단 한 번도 펼쳐본 적이 없는 이단공이었지만 말이다. 그렇다고 못할 것도 없다. 성가장에서 이단공을 펼치는 사람들은 많았고, 눈에 익었기 때문이다.

두 번 휘둘러 검영(劍影) 아홉 개가 만들어지면 이단공 전반부의 완성이요, 그 검영 사이로 구름 같은 검기가 일어나면 후반부의 완성이라고 했다.

'하지만 목검으로 그런 것들이 만들어질 리가 있나!'

서문영이 구결을 암송하며 검의 끝을 노려보았다.

'흠! 이칠구검(二七究劍)에 운다기봉(雲多奇峰)이라.'

막 움직이려는 순간이다. 돌연 여든한 자의 법문이 눈앞으로 튀어올랐다. 아니 적어도 지금 이 순간 서문영은 그렇게 느

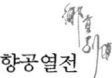
향공열전

졌다.

참된 무술의 형태는 생기지도 않고 사라지지도 않는다
(不生不滅 是武象義).

단전이 들썩거리는가 싶더니 청량한 기운이 일어나 임맥을
타고 올랐다. 기운은 곧 어깨의 중부(中府)와 천부(天府)를 거
쳐 손바닥으로 흘러 들어갔다.

서문영은 저도 모르게 이단공의 구결대로 검을 두 번 휘둘
렀다.

쉬이익, 쉬익!

그 순간 아홉 개의 검영이 환영처럼 솟아올랐다. 그리고 이
내 아홉 개의 검영 사이로 파르스름한 운무(雲霧)가 둥실 떠올
랐다.

하지만 그림과 같이 아름다운 그 모습은 그야말로 찰나에
불과했다.

'펑!' 소리와 함께 서문영의 목검이 산산조각 나고 만 것이
다.

"어이쿠!"

깜짝 놀란 서문영이 손잡이만 남은 목검을 바닥에 내던졌
다. 손바닥은 뜨거운 부지깽이라도 잡고 있던 것처럼 화끈거
렸다.

"서 향공님, 무슨 일입니까?"

이인모가 손바닥으로 부채질을 하고 있는 서문영을 바라보았다. 바닥의 석판이라도 후려쳤는지 목검은 산산이 부서져 있었다.

"그게…… 목검이 제대로 썩었던지, 몇 번 세게 휘두르니까 부서져 버리네요."

"아하! 아까 그게 바닥을 때린 소리였군요. 그렇다고 저렇게 작살이 나냐. 하긴 성가장에 제대로 된 물건은 거의 남아 있질 않지. 쯧쯧!"

이인모가 정말 안 됐다는 듯 혀로 끌탕질을 쳤다.

서문영은 자신이 마지막에 본 게 헛것인지, 사실인지 확인할 길이 없는지라 함께 고개를 끄덕여 주었다. 아무리 생각해도 고작 몇 달 만에 이단공까지 돌파할 리가 없다고 생각한 까닭이다.

무공의 천재인 성유화라면 모를까, 보통 사람인 자신에게는 어림도 없는 일이 아닌가 말이다.

*　　　*　　　*

서문영이 낡은 목검을 부러트린 그날 저녁의 일이다. 성유화가 오랜만에 제자들을 다 불러모았다. 아무래도 뭔가 중대한 발표라도 할 모양이었다.

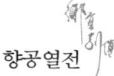
향공열전

성가장의 사람들이 연무장으로 하나둘 모여들기 시작했다. 마침내 제자들이 다 모이자 성유화가 뜻밖의 말을 했다.

"오늘부터 성무십결의 각 단계를 좀 완화해 주기로 했어요."

"가주님, 그 말씀은 혹시…… 우리가 성무십결을 완전히 익히지 못해도, 다음 단계로 넘어갈 수 있게 되었다는 뜻인가요?"

누군가의 질문에 성유화가 고개를 끄덕였다.

"그래요, 정확하게 알아들으셨어요."

"와아!"

새로 들어온 열 명의 제자들이 일제히 환호성을 질러댔다. 상상하고 싶지 않은 일이지만 수중에 돈이 떨어지거나, 성가장이 문을 닫으면 떠나야 했다.

그러니 하나라도 더 많은 것을 배워두면 좋은 것이다. 훗날 집에서라도 조용히 연공을 할 수 있으니 말이다.

"본래 내가 여러분에게 성무십결을 하나라도 더 가르쳐 드리려고 하는 것은…… 머지않아 열리게 되는 십대무가의 출정식 때문이에요."

"……."

한순간 분위기가 가라앉았다. 십대무가 출정식의 의미를 알아들은 사람들의 표정이 어두워졌다.

유일하게 그 말의 뜻을 모르고 있던 서문영이 물었다.

"저어, 십대무가의 출정식이 뭡니까?"

대답은 곁에 있던 성무달이 대신했다.

"흠, 이제 아우도 알아야 할 거야. 가주님, 서 향공이 우리 성가장의 무공을 익힌 지도 제법 되었으니까…… 성가장의 식구라고 해도 과언이 아니겠지요?"

"그래요, 성무십결을 배운 사람들은 모두 우리 성가장의 식솔이라고 할 수 있어요."

성유화의 말에 성무달이 의미심장한 눈으로 서문영을 바라보았다.

"아우가 들은 대로야. 아우는 이제 우리 성가장의 일원이지. 그러니 강소성에서 일어나는 일들에 대해 알 권리가 있어."

더 이상 서생이 아니라 한 사람의 무인으로 대접해 주겠다는 뜻이다.

"형님, 그러니까 그 십대무가의 출정식이 뭐냐고요."

"지난겨울의 첫 번째 원정 이후로 강소성의 십대무가들은 힘을 합쳐 현천문을 상대하기로 결의했다네. 조만간 현천문의 원정이 다시 있을 지도 몰라. 그러니 십대무가의 출정식은…… 바로 그날을 의미하는 거라네. 아우님이 원한다면 성가장의 일원으로 참가할 수도 있을 걸세."

"저는……."

서문영은 갑작스러운 이야기에 말을 얼버무렸다. 그동안 무

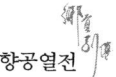

향공열전

림의 세계에 빠져 있는 것은 사실이다. 하지만 아직 다른 사람에게 칼을 들이민다는 것에 대해서는 생각해 본 바가 없다. 그 싸움이 옳고 그름의 문제건, 이해가 얽힌 문파간의 싸움이건 간에 말이다.

"하하! 긴장하기는……. 아우 같은 서생의 칼까지 동원될 일은 없어. 나는 아우를 무림인이라고 생각해 본 적이 없다고. 아마 다른 사람들도 그럴걸?"

"풉! 맞습니다. 서 향공님이 끼어든다면 정말 말이 안 되죠."

"푸핫! 서 향공님, 얼굴 좀 펴세요."

열 명의 신입들은 서문영 덕분에 조금 전까지의 긴장을 털고 웃을 수 있었다. 아무리 자신들이 하수라고 해도 서문영과 같은 사람보다는 나을 것이기 때문이다.

잔뜩 위축되어 있는 서문영의 표정을 보고 있노라면 현천문의 이름이 주는 무게도 멀리 사라져 버린다. 자신보다 못하다고 생각되는 상대를 곁에 두고 있을 때 마음에 여유가 생기는 법인가 보다.

"각 단계를 넘어가는 기준은 다음과 같아요."

성유화의 말에 장내는 다시 조용해졌다.

"일단공에서는 검명을 빼기로 했어요. 그러니 정기신(精氣身)의 일체를 이룬다면 어렵지 않게 통과할 수 있을 거예요."

"아싸! 그럼 난 이단공이다!"

"나, 나도!"

두 사람의 신입이 주먹을 불끈 쥐어 보였다.

모두가 검풍까지는 그럭저럭 되는데 검명에서 막혀 있던 사람들이다.

사실 검명이라는 것은 상당히 묘해서, 듣고 못 들음이 전적으로 그날의 심리적인 동화상태에 달려 있었다.

예컨대 시전자가 검과 동화해야 하는 것도 있지만, 그것을 심사하는 사람까지도 시전자와 동화되어야 어느 정도 가부(可否)를 말할 수 있었던 것이다. 심사하는 사람마다 말하는 검명이 달랐기 때문이다.

예컨대 성무달은 마음에 울리는 소리라고 했고, 성유화는 타인이 들을 수 있는 감각적인 소리라고 했다. 당연히 검명의 부분에 있어서는 심사관의 주관적인 판단에 의지할 수밖에 없는 것이라, 그걸 정면으로 뚫고 나간다는 것은 매우 고된 일이었다.

"이단공에서는 이검에 아홉 개의 검영이 아니라…… 두 걸음 떨어진 곳에서 아홉 개의 촛불을 끄면 되요. 물론 일곱 번의 칼질 안에 꺼야 합니다."

"……."

이단공을 익히고 있던 사람들이 서로의 눈치를 살폈다. 바뀐 승단의 기준이 자신에게 유리한가를 따져 보고 있는 것이다. 곧이어 다섯 명의 수련생들이 희미하게 웃으며 고개를 끄

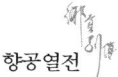

향공열전

덕였다.

이검으로 아홉 개의 검영을 만드는 것보다는 확실히 쉬운 일이라고 생각한 것이다. 사실 그들 중 한두 사람은 당장에라도 이단공을 끝낼 수 있는 상태에 있었다.

"삼단공은 기화(氣花)와 청기(靑氣)는 빼도록 하겠어요. 오직 일 검에 세 개의 검영만 만들 수 있으면 다음 단계로 넘어가도 된다고 인정하겠어요."

삼단공은 삼기취화(三氣取花) 득청여허(得淸如許)다. 성유화의 말은 기(氣)를 형(形)으로 대치한 것이니, 본래의 구결과 비교하면 하늘과 땅의 차이였다.

"사단공은……."

성유화가 말끝을 흐렸다. 제자들 중에 현재 삼단공을 익히고 있는 사람은 없었다.

아직 삼단공도 없는데 사단공을 벌써부터 논할 필요는 없을 것이다. 물론 사단공에 성무달이 있지만, 그도 자신처럼 본래의 구결대로 가겠다고 했으니 예외로 해야 했다.

"사단공부터는 해당자가 생기면 그때 조절해 주도록 하겠어요."

"예!"

"알겠습니다!"

그렇게 이야기가 끝나갈 무렵이다. 막일문이 갑자기 손을 번쩍 쳐들었다.

"가주님! 그럼 가주님께서도 바로 팔단공으로 넘어 가시는 겁니까?"

사람들의 시선이 성유화에게로 향했다. '승단기준을 낮춘 성유화가 팔단공으로 넘어갈까?' 궁금하다는 표정들이다. 사실 성가장의 역사는 짧다.

게다가 오단공 이상을 익힌 사람이 나온 적도 없다. 그래서 사람들은 내심 성유화가 십단공까지 가주었으면 하는 바람을 가지고 있었다.

"나와 성 소협은 원칙대로 하기로 결심했답니다. 사실 승단의 기준을 낮춘 것은 여러분에게 더 많은 기회를 드리기 위해서에요. 하지만, 검신합일에 이르게 되면…… 새로운 초식이나 무공을 익힌다는 것의 의미가 없어지게 된답니다. 이미 산을 오르는 기술을 다 습득했기 때문이지요. 그 뒤로는 자기 자신이 더 높은 산을 오를 만한 체력과 지력 그리고 정신력이 있느냐 하는 것뿐이에요."

"아아!"

막일문이 감격에 겨운 눈으로 성유화를 우러러 보았다. 맹세코 어느 누구에게서도 저런 종류의 이야기를 들어본 적이 없다.

저렇게 어마어마한 고수와 한자리에 서 있을 수 있다는 것 자체가 가문의 영광이라고 할 수 있었다.

그런 생각은 다른 사람들도 크게 다르지 않았다. 그들의 주

향공열전

변에 성유화보다 더한 고수는 없었다.

간혹 있다고 해봐야 무천관의 관주나 사두방의 방주들이다. 하지만 그들은 전설적인 강호의 십대문파 고수들만큼이나 멀리 떨어진 존재였다.

그러니 지금 성유화와 함께한다는 것은 자신들의 인생에 있어 축복이라고 해도 과언이 아니었다. 그런 성유화에게 직접 듣는 상승무공의 세계는 황홀하기만 했다.

서문영도 성유화의 말에 놀라기는 마찬가지다. 검신합일을 이루면 새로운 초식에 연연하지 않는다는 말은 충격이지만, 지고한 경지에 오르기 전에는 평생 실감하지 못할 소리이기도 했다.

'하아! 부럽다, 부러워……'

이제 갓 스물이 넘은 아가씨가 드높은 경지에 대해 가르치고 있다. 그 경지는 자신이 꿈에서라도 가보고 싶은 그런 곳이었다.

"승단을 원하시는 분들은 자리에 남아주세요."

"예!"

"알겠습니다!"

다들 들뜬 소리로 답했다. 기준이 낮아졌으니 승단을 통해 새로운 무공을 익혀보고 싶은 것이다. 그들은 모두 성유화처럼 되고 싶은 사람들이기도 했다.

서문영은 다른 사람들을 연무장에 남겨두고 숙소로 돌아갔다. 글 선생이라는 직함도 있지만, 이미 비급을 받아 둔 터라 승단에 대한 미련이 없었다.

게다가 스스로 엉성하다고 생각하고 있었기에, 다른 사람들에게 우스꽝스러운 모습을 보이고 싶지도 않았다.

*　　　*　　　*

성유화의 새로운 방침이 전달된 이후 사람들은 대거 자리이동을 했다. 일단공에 남겨진 사람은 두 명으로, 서문영과 이인모다.

그중 서문영은 스스로 승단시험을 보지 않았고, 이인모는 떨어졌다. 승단을 한 사람들은 이인모에게 "그래도 네가 더 용기있는 사람이다"라고 위로 아닌 위로를 했다.

이단공을 익히던 사람 가운데 막일문과 공현철(孔玄鐵)은 삼단공으로 넘어갔다. 그러나 다른 사람들은 이단공을 넘지 못했다.

한편 칠단공에 접어든 성유화는 거의 매일 저녁 서문영을 찾아가 가르침을 받았다. 무공의 고수인 성유화가 서문영에게 배우고 있는 것은 음양오행(陰陽五行)과 기문술(奇門術), 그리고 역학(易學)이었다. 취미가 아니라 성무십결을 대성하기 위한 배움이기도 했다.

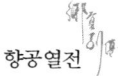
향공열전

"사실 이번에 승단을 쉽게 한 것은 이유가 있어요."

기문술에 대한 공부를 마치고 돌아가려던 성유화가 자리에 다시 앉았다.

서문영에게 조언을 구하고 싶었던 것이다. 성가장 사람들이라고 해봐야 성무달과 송 집사뿐인데, 두 사람 다 학문과는 담을 쌓고 살았다.

부친이 종종 서문영을 찾아가 속 깊은 이야기를 나누었다는 것쯤은 알고 있었다.

"며칠 전 송 집사님이 시장에서 우연히 남경무관의 사람과 만났다고 하더군요."

서문영이 고개를 끄덕였다. 남경무관은 성가장과 함께 하위 (下位) 오대무가에 속한 작은 무관이었다.

"가을에 현천문과의 싸움이 다시 시작될 거라고 해요."

"하아!"

저도 모르게 서문영의 입에서 한숨이 흘러나왔다. 무림세가에 몸을 의탁한 뒤로 가장 듣고 싶지 않았던 말이었다.

"성가장은 지난해와 비슷한 규모의 사람들을 파견해야 할 거라고 하더군요."

"헛! 열 명이나요?"

"네."

"......"

서문영은 아무 말도 하지 못했다. 성가장의 현실을 누구보다 잘 알고 있는 입장에서 뭐라 할 말이 없었던 것이다. 열 명이라면 신입까지 다 데리고 가야 한다는 말이다.

설레설레 고개를 젓던 서문영이 물었다.

"만약 거절하면 어떻게 되는 건가요?"

"거절이라면…… 십대무가와 행동을 함께하지 않는다는 뜻인가요?"

"예."

"그럴 수는 없어요. 십대무가의 자리를 떠나서 현천문은 이미 우리 성가장의 원수예요. 원수를 치러가는 일에 함께 나서지 않는다면…… 사람들은 성가장을 비겁하다고 조롱할 거예요. 아니, 다른 사람들의 조롱보다 저 자신이 그걸 용납할 수 없어요. 아버지가…… 제가 보는 앞에서 죽임을 당했다구요. 아시겠어요?"

"그런데 제가 이해할 수 없는 게 있습니다."

성유화가 서문영을 빤히 바라보았다.

"현천문은 단지 하나의 문파인데…… 어떻게 열 개가 넘는 무가들의 합공(合攻)을 받고도 무사한 거죠? 보통은 그 자리에서 멸문당하지 않나요?"

"……."

성유화의 얼굴 위로 긴장과 공포가 스치고 지나갔다. 현천문과의 사투를 떠올리자니 저절로 몸에서 오한이 일어났다.

"그들은 개개인의 무공이 강할뿐 아니라…… 군사들처럼 전

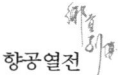

향공열전

쟁에 능했어요. 화살과 불과 독(毒)에 당해서…… 절반 이상이 화과산에서 죽었지요."

"아!"

"게다가 십대무가의 사람들 세 명이…… 겨우 현천문의 한 사람을 상대할 수 있었답니다."

"허! 그 정도나……? 가주님의 현재 무공으로도 감당하기 어려운 상대인가요?"

"……"

잠시 생각하던 성유화가 한숨을 내쉬며 답했다.

"지금의 저라고 해도…… 현천문의 장로들 수준밖에 되지 않아요."

"헛! 그럼 현천문의 장로들이 모두 검신합일의 경지에 이르렀다는 말씀인가요?"

"후후, 서 향공님. 검신합일은 상승무공으로 가는 하나의 관문에 불과해요. 검신합일의 경지도 사람마다 다르지만, 검신합일은…… 그 자체로 최상의 경지가 아니랍니다. 성가장에 사람이 없어서 제가 대단해 보이는 거지…… 저보다 뛰어난 고수가 강호에는 오백 명도 넘을 거예요."

"오백 명이나……"

서문영의 얼굴이 절망으로 물들어갔다. 성유화의 경지도 감히 바라보기 어려운데, 그보다 더한 고수들이 모래알처럼 널려 있단다.

"오백 명도 작은 숫자예요. 은거고수들까지 치면 그보다 훨씬 많을 거예요."

"어허! 그런 줄 알았으면 무공을 익히지 않는 건데……. 뒤늦게 후회가 되는군요. 무인으로 살아남는 것이 과거에서 장원을 하기보다 훨씬 어려운 일 같습니다."

좌절한 서문영이 고개를 떨구었다. 그토록 많은 고수들이 버티고 있다니 '계속 무공을 익혀야 하는가?' 하는 회의까지 밀려온다.

"풋! 너무 염려하지 마세요. 세상이 넓으니 그들을 평생 만나지 못할 수도 있어요. 강소성만 해도 십대무가를 최고로 치지만, 강호에서 십대무가를 아는 사람은 없어요. 현천문이나 무천관, 사두방 정도나 되면 조금 기억해 줄까?"

"끙!"

서문영의 입에서 앓는 소리가 흘러나왔다. 갑자기 믿어 왔던 세상이 눈앞에서 무너지는 기분이다. 가벼운 현기증까지 밀려왔다.

"생각해 보세요. 서 향공께서는 상위(上位) 오대무가 사람들조차 만나 본 적이 없잖아요. 이게 바로 우리가 살고 있는 현실의 세상이죠. 이 현실의 세상에서는 다른 전설적인 고수들을 걱정하지 않아도 되요. 그들은 그들의 세상에서 살아갈 테니까……. 설마 그들이 우리가 살고 있는 작은 세상에 내려오기나 하겠어요? 천하를 놓고 보면 강소성은 아주 작은 변두리라고요."

"과연, 그렇기도 하겠군요."

서문영이 씁쓰름한 미소를 지어 보였다. 생각해 보면 무시
무시해 보이던 비도문의 부문주 정문천이나 무천관의 구효섭
도 성유화보다 하수였다.

문득 '자신이 살아가는 세상은 좁다' 는 생각이 뇌리를 스치
고 지나갔다. 왠지 허탈했지만 한편으로는 작은 위로가 되었
다.

'그들보다 강하기만 해도 절반은 성공한 인생이 되는 건
가?'

참새에게는 참새의 세상이, 황새에게는 황새의 세상이 있는
법이다. 그리고 지금은 일단 참새의 세상에서 다른 참새에게
물려 죽지 않는 법을 배워야 할 때였다.

생각에 잠긴 서문영의 귓가로 성유화의 음성이 들려왔다.

"십대무가의 출정식에 참가하지 않는 것 말고…… 다른 방
법은 없을까요?"

"식솔들을 보호할 방법이요?"

"네."

"한 가지 방법이 있기는 합니다."

"그게 뭐죠?"

"성가장의 사람들이 흩어지지 않고 뭉쳐 다니면 됩니다."

"기본적으로 무가단위로 움직이기 때문에 잘 흩어지지는 않

아요."

"그리고 성가장 최고의 고수는 가주님이시니까, 가주님이 직접 식솔들을 보호하면 됩니다. 그러기 위해서는…… 가주님의 무공을 드러내지 않는 편이 좋겠지요."

"아!"

성유화가 뭔가 깨달은 듯 탄성을 흘렸다.

"가주님이 무공을 드러내면 무천관이나 비도문은 어떻게든 가주님을 전방(前方)에 세우려고 할 겁니다. 그럼 성가장까지 쓸려 들어가거나, 성가장을 보호해 줄 고수가 줄어드는 결과를 가져오겠죠."

"알겠어요. 저는 앞으로 가급적 무공을 드러내지 않겠어요."

"식솔들을 이끌고 무조건 후방(後方)에 남으면 됩니다. 지난번 싸움에서도 후방에 남아 있던 무가들의 피해는 상대적으로 적었다고 들었습니다. 가주님께서는 성가장을 안전지역에 배치하는데 주력하도록 하십시오. 그러면 피해를 줄일 수 있을 겁니다."

"하지만 다른 무가에서 저를 가만히 내버려 둘까요?"

성유화가 고운 아미를 찡그리며 서문영을 바라보았다. 지난해 이미 나찰옥녀라는 소문이 돌 정도로 무공을 선보였다.

떠났던 제자들이 돌아오고 신입이 생긴 것에는 그런 소문의 영향도 적지 않았을 것이다. 그런데 그 나찰옥녀로 유명해진 자신을 후방에 내돌릴지가 의문스러웠다.

"그런 건 전통적인 방법을 사용하면 해결됩니다."

서문영이 아무것도 아니라는 듯 웃어 보였다.

"어떻게?"

성유화가 조금은 불안해 보이는 눈으로 서문영에게 물었다. 그러나 서문영은 그 방법을 가르쳐 주지 않았다.

"적을 속이려면 내 쪽부터 속이라는 말이 있습니다."

"……."

고개를 갸웃거리던 성유화가 자리에서 일어났다. 서문영이 입을 꾹 다물고 있으니 더는 알아낼 재간이 없었다.

"서 향공님, 우리의 적은 현천문이라는 사실을 잊으면 안 됩니다."

괜히 엉뚱한 일을 벌이지 말라는 뜻이다.

"현천문은 확실히 우리의 적이지요."

"……."

성유화가 다시 서문영을 바라보았다. 빙글빙글 웃고 있는 서문영에게서 다른 생각을 알아낼 수는 없었다.

한숨을 내쉬던 성유화가 조용히 방에서 빠져 나갔다.

성유화가 돌아간 뒤에도 서문영은 한동안 우두커니 서 있었다. 성유화가 한 말들의 의미를 되새기고 있는 것이다.

상상하던 것 이상으로 많은 고수들, 자신이 속한 작은 세상,

그리고 공포와 신비를 품고 있는 이름 현천문.

그 모든 것을 정면으로 뚫고 나가기 위해서는 역시 힘이 필요했다.

그리고 현재 자신의 손에 있는 것은 두 개. 여든한 자의 무상법문과 성무십결이 그것이다.

"하아!"

저절로 한숨이 흘러나왔다. 드넓은 세상을 생각하면 얼마나 보잘 것 없는 것들이란 말인가!

"그래도 없는 것 보다는 낫겠지……."

자리에 앉은 서문영은 품안에서 성무십결을 꺼냈다. 그리고 처음부터 끝까지 조용히 읽어 나갔다. 구결을 음미하고, 때로는 초식의 그림대로 손을 휘저었다.

마지막 장까지 다 읽은 서문영이 책을 덮으며 중얼거렸다.

"대외적으로는 허접하기로 소문난 성가장의 성무십결인데…… 특이하게도 오단공부터는 음양오행과 기문술의 이해가 없으면 익히지도 못한단 말이야……."

일단공에서 사단공까지는 잡다한 무공의 이치가 눈에 띌 정도로 가득했다.

예컨대 일검으로 하늘을 덮고 얽매임 없이 움직이라느니, 구궁연환의 묘리 속에 검을 품고 그 속에 검기를 세우라느니, 상단전의 기로 꽃을 피우면 맑은 기운이 생길 거라느니, 사상(四象)과 삼재(三才)의 무궁한 변화 속에 하늘빛과 구름 그림자가 있다느니 하는 것처럼 말이다. 그 모든 것들은 득검(得劍)에 관한 나름대로의 비유라고 할 수 있었다.

일검만천(一劍滿天) 만물무루(萬物無累).
이칠구검(二七究劍) 운다기봉(雲多奇峰).
삼기취화(三氣取花) 득청여허(得淸如許).
사삼무진(四三無盡) 천광운영(天光雲影).

하지만 오단공부터는 또 달랐다.

오행기환(五行奇幻) 월양명휘(月揚明輝).
육전육갑(六轉六甲) 둔신구검(遁身究劍).
칠성연환(七星連環) 지수검영(只收劍影).
팔진팔괘(八進八卦) 건곤환공(乾坤換功).
구십장천(九十長天) 풍급천고(風急天高).
십천십지(十天十地) 만물군생(萬物群生).

때로는 음양오행이, 때로는 기문과 역술의 이치가 뒤섞여, 이게 검법인지 잡학(雜學)의 안내서인지 헷갈릴 정도다. 백번 양보해서 검법이라고 해도 음양오행과 기문술, 역리(易理)에 통달하지 못하면 대성은 꿈도 꾸지 못할 그런 무공이었다.

게다가 숫자를 제외하고는 전혀 연속성이 느껴지지 않는 구결과 초식이다.

"돌겠군."

성유화가 이것을 연성하고 성격의 장애가 온 것이 이해가 갈 정도다. 정상적인 사람이라면 이렇게 뒤죽박죽된 무공을 익혀내지 못할 것이었다.

하지만 서문영은 활활 불타오르는 눈으로 성무십결을 다시 읽었다.

비록 수준이 낮다고 해도 이것은 가짜가 아니다. 성유화라는 앞서간 고수를 보면 알 수 있다. 칠단공에만 접어들어도 자신이 속한 세상에서 하고 싶은 일들을 할 수 있게 되는 것이다.

"일단은 다 외우고…… 비급을 돌려 줘야지."

사람의 일은 모르는 법이다. 남의 비급을 품고 다니다가 잃어버리기라도 한다면, 성무달은 물론 성유화까지 볼 낯이 없게 된다.

서문영은 서생 특유의 기질을 되살려 밤새 읽고 또 읽었다. 그리고 구결과 비급 속에서 가르치고 있는 운신(運身)의 요령을 외웠다.

성무십결을 외우느라 밤을 홀딱 새운 서문영은 새벽에 가부좌를 틀고 앉았다.

여든한 자의 법문을 외운 뒤로는 짧은 잠보다 명상이 더 효과적이라는 것을 알았기 때문이다.

향공열전

아니나 다를까, 또다시 글자들이 선명하게 떠올랐다.

무생법인(無生法忍).
무시무종(無始無終).
불무쌍수(佛武雙修).

'태어나지 않고 원래부터 존재한다는 말인가?'

무생법인이나 무시무종의 말은 그런 것이 틀림없다. 태어나거나 생성되지도 않았고, 시작도, 끝도 없다는 뜻이다. 하지만 깨달음을 얻어 부처가 되기 위한 것도 아니고 정말 무공에서도 그런 게 가능할까? 만약 그게 가능하다면 천하에 산재한 무관(武官)들은 또 뭐란 말인가?

'불무쌍수라면…… 부처가 되는 것과 무공을 수련하는 게 같다는 말인데…….'

부처가 되기 위해 자신을 갈고 닦는 것과 무공의 수련이 같다면, 결국 천하의 중들이 최고의 무인이라는 말이 된다.

'빌어먹을…… 몸만 개운해지지 않았다면 익히지도 않는다.'

상식을 초월하는 법문(法文)에 서문영은 연신 투덜거렸다. 그러면서도 운기를 멈추지 않았다. 믿고 안 믿고를 떠나 실제로 몸이 좋아지니 그냥 따라가 보는 것이다.

'이거야말로 다른 사람에게 전하거나 입 밖에 낼 수도 없는

미친 소리로군.'

유마경에 법문을 남긴 선사가 후인에게 전하라고 당부 했어도 따르기 어려운 상황이었다. 무공과 관계없이 중이 되면 고수가 될 수 있다는 말을 어떻게 한단 말인가?

서문영의 몸이 가볍게 진동을 일으켰다. 하지만 서문영은 명상을 멈추지 않았다. 요즘 들어서는 갑자기 이런 진동이 자주 찾아왔다.

그런 날이면 피부에 꼬질꼬질한 더러운 것들이 가득 묻어 있었다. 아마 지금도 더러운 것들이 땀구멍을 통해 몸 밖으로 배출되고 있을 것이다.

서문영은 운기에 재미가 붙어서 몇 번이나 돌렸다. 그러다가 문득 연무장으로 나가야 한다는 생각에 서둘러 진기를 갈무리했다.

"으헉! 깜짝이야!"

눈을 뜨자마자 서문영의 입에서 비명이 터져 나왔다. 성무달의 얼굴이 코앞에 다가와 있었던 것이다.

"하하! 웬일로 아우가 안 나왔길래 와봤는데…… 무슨 명상을 그렇게 오래도록 하나?"

"벌써 끝이 난 겁니까?"

"벌써라니 이 사람아. 어서 아침이나 먹으러 가세. 다들 아우가 아픈 줄 안다고."

"아, 운기에 재미가 붙어서 그만."

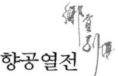

향공열전

"소주천(小周天)을 한지 얼마나 되었다고…… 설마 벌써 대주천(大周天)을 하는 건 아니겠지?"

"대주천 비슷한 걸 하고 있는데요……."

"헐! 대주천이면 대주천이지 비슷한 건 또 뭔가?"

"운기의 순서나 방향이 약간 달라서……."

"……."

성무달이 고개를 갸웃거렸다. 서문영이 익히고 있는 호흡법은 태을토납법(太乙吐納法)이라고 알고 있다. 그 태을토납법은 자신도 어린 시절 한번 거쳐 간 것이다.

하지만 태을토납법으로 대주천에 이르기란 쉬운 일이 아니다. 그래서 성가장의 식솔들은 전대 가주가 거금을 들여 구입한 화산파에서 유래되었다고 하는 태청무극토납법(太淸無極吐納法)을 배우고 있었다.

"괜한 욕심으로 이상한 짓은 하지 말게. 뭐든 기초부터 차근차근 배우는 게 중요하다고. 특히 호흡법의 수련에서 욕심은 금물이라네. 바로 심마(心魔)에 빠지게 되거든. 그건 그렇고 이게 무슨 냄새인가? 어디서 시궁창 냄새가…… 흡! 자네 몸에서 나는데? 아무리 연공도 좋지만 좀 씻고 살아!"

"아, 예, 빨리 씻고 먹으러 가겠습니다."

"에잉! 아침부터 입맛만 버렸네. 나 먼저 갈 테니 서둘러 오라고. 어디 아파서 드러눕기 전까지는 식사 시간에 빠지지 않는 게 우리 성가장의 규칙이니까."

"하하! 알고 있습니다."

성무달이 나가자 서문영은 대충 옷가지를 걸치고 우물가로 뛰어갔다. 몸에서 냄새를 풍기면서 식사 자리에 나갈 수는 없었기 때문이다.

제10장
평범한 백성들의 무공

"늦었네요."

성유화가 나지막한 소리로 말했다.

"아, 예, 몸이 좀 더러워서…… 목욕까지 하고 오느라……."

"평소에 깨끗하게 하고 다니세요. 그러면 식사 전에 늦는 일은 없을 거예요."

"예."

"그런데 그건 무슨 책인가요?"

성유화의 시선이 서문영의 손에 들린 책으로 향했다. 아침에 늦게 나오는 사람이 책까지 들고 있으니 웬일인가 싶은 것이다.

'무공을 포기하고 다시 과거 준비를 하려나?'

어쩌면 그럴지도 모른다. 늦은 나이의 무공도 힘들지만 성가장에 있으면서 서문영은 너무 많은 적을 만들어 버렸다. 그것도 자기 능력에 버거운 사람들로만 말이다.

이성적인 사람이라면 다시 자기의 자리로 돌아가려고 할 것이 틀림없다.

하지만 서문영의 대답은 의외였다.

"유마경(維摩經)입니다."

"할아버지가 대림사에서 받아왔다는 그 불경(佛經)인가요?"

"예."

"그렇군요."

성유화는 서문영이 왜 불경에 매달리는지 알 수 없다는 표정이었지만, 더 캐묻지 않았다. 서문영의 사생활이라고 생각한 것이다.

"아우, 복수를 포기하려고?"

성무달의 뜬금없는 물음에 서문영이 눈을 끔뻑이며 바라보았다.

"갑자기 불경을 읽고 마음을 닦는다니, 용서 쪽으로 방향을 돌린 건 아닌가 싶어서…… 너무 일찍 포기하지는 말라고. 아우는 이제 시작 단계잖나."

"쩝, 용서를 위해서 읽는 건 아니고요. 불도를 닦으면 무공도 얻어진다고 해서……."

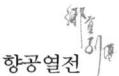
향공열전

"뭐? 누가 그런 소리를 해?"

성무달의 시선이 송 집사와 성유화, 그리고 총관에게로 향했다.

자신을 빼면 성가장에서 서문영에게 가르침을 내릴 수 있는 사람은 저 셋이다. 저들 중에 대체 누가 그런 괴상한 소리를 했단 말인가?

"성 소협, 난 절에도 다니지 않는 사람이오."

총관의 말에 송 집사가 재빨리 덧붙였다.

"험, 나도 아니라네."

사람들의 시선이 성유화에게로 향했다.

성유화 역시 고개를 저었다.

"저도 그런 소리를 한 적이 없어요. 서 향공님, 성가장에서 그렇게 가르쳤다고 말씀하고 다니지는 않으시겠죠?"

"아! 물론입니다. 그런 이상한 가르침은 받은 적이 없습니다."

"그럼 됐어요."

더 얽혀들기 싫다는 듯 성유화가 자리에서 일어났다. 사실 서문영이 오기 전에 식사를 거의 마친 상태였던 것이다.

"아우, 괜한 이야기에 혹해서 몸 버리는 사람이 많아. 주의하게."

"예."

문득 성무달이 송 집사를 향해 물었다.

"그런데 불경을 읽으면 무공이 깊어진다는 서 향공의 말에 대해 어떻게 생각하십니까?"

"흠, 결과적으로는 맞다고 할 수도 있지만…… 모든 사람에게 해당되는 것은 아니라네."

기가 죽어 가만히 음식을 먹고 있던 서문영이 황급히 물었다.

"저어, 그럼, 어떤 사람에게 해당이 되는 건가요?"

"무공이 상승의 경지에 이르게 되면 벽을 만나게 된다오. 전대 가주님이 평생 오단공에 머물게 된 것도 실은 그 벽 때문이라고 할 수 있소. 그 벽을 깨기 위해서는 적지 않은 깨달음이 있어야 하는데…… 그 깨달음이라는 것은 단지 무공의 초식을 의미하는 게 아니라오. 무공에 대한 이해가 깊어야 하지만, 인간과 천하 만물에 대한 바른 깨달음이 있어야 그 벽을 넘어가게 된다는 말이외다.

나의 스승께서도 '당대의 천하제일인이라 불리던 고수들을 보면 모두가 삶의 지고한 경지에 이른 사람들이다'라고 하셨소. 그러니 상승의 경지에 든 사람들에게는 불경을 읽는 것이 수련의 일부일 수 있지만…… 우리와 같은 범인들에게는 불경이 그저 좋은 가르침에 불과하지 않겠소?"

"아아!"

"옳으신 말씀이십니다."

성가장의 제자들 모두가 한 마디씩 던졌다.

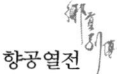

향공열전

하지만 힘찬 외침과 달리 표정은 덤덤하기만 했다. 사람들은 '그런 이야기는 곤륜산이나 화산의 노도사들에게나 해당되는 말이다'라고 생각하고 있었던 것이다.

"하하! 아우, 유마경을 읽을 시간에 주먹질이라도 한 번 더 하는 게 낫지 않겠어?"

"뭐, 그래도 불무쌍수(佛武雙修)라고 했으니…… 그냥 읽으렵니다."

"누가?"

성무달이 서문영을 빤히 바라보았다. 아무도 아니라는데 대체 누가 서문영에게 '불무쌍수'라는 말을 한 것일까?

"쿨럭, 그런 말이 없나요? 어디서 들은 것 같은데……."

"쯧쯧……."

서문영이 얼버무리자 다들 고개를 홰홰 내저었다.

성무달이 걱정스러운 표정으로 말했다.

"아우, 무공에는 말이지…… 왕도(王道)가 따로 없는 법이라고. 누구라도 그저 열심히 수련하는 놈을 당해내지 못해. 불무쌍수니 뭐니 하는 이상한 소리에 귀 기울이지 말고 자신의 몸을 단련하라고.

'연습에서 흘린 땀 한 방울이 실전에서의 피 한 방울이다'라는 말도 있지 않은가. 그런 거 읽을 시간에 몸을 한 번 더 움직여. 아우는 머리에 든 게 많으니까 몸이나 만들라고."

"예."

서문영이 고개를 끄덕였다. 학문을 함에도 왕도가 없다. 지금까지 무공에 어떤 편법이 있다고 생각하지는 않았다.

서문영과 성무달의 이야기는 그렇게 일단락 지어졌다.

송 집사가 잠시 멍한 얼굴로 서문영을 바라보았다. 불현듯 불무쌍수라는 말에 대해 생각이 미친 것이다. 그 말은 불가(佛家)의 고수가 아니면 해줄 수 없는 말이었다.

'지고의 경지를 바라보거나 그 경지에 든 사람……'

혹시 소림사의 고수가 남몰래 서문영에게 가르침을 내리고 있는 것일까? 하지만 자신이 알기로 성가장을 방문한 소림사의 고수는 없다.

아니 강소성에 소림사의 고승이 왔다는 이야기를 듣지도 못했다. 그렇다면 대체 누가 서문영에게 그런 기이한 가르침을 내린 것일까?

'소림사의 방장이나 나의 스승님이 아니고서는 감히 그런 말을 입에 담지도 못할 텐데……'

소림사의 사람이라고 해서 모두가 지고의 경지에 이른 것은 아니다. 방장인 공산선사(空山禪師)와 자신에게 잠시 무공을 가르쳤던 해월선사(海月禪師)가 아니라면 그런 말을 할만 한 사람이 없었다.

'뒤늦게 입문한 것도 그렇고, 딱히 무재(武才)라고 할 것도 없는데…… 누가 서 향공에게 관심을 갖는 걸까?'

이리저리 생각을 해봐도 떠오르는 사람이 없다. 한참 만에

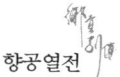

향공열전

송 집사는 서문영이 어딘가에서 주워들은 이야기라고 결론 내렸다.

　사람들은 다시 식사에 열중했다.

　잠시 후 사람들이 하나둘 자리에서 일어나자 송 집사도 서둘러 일어섰다. 그때쯤 송 집사도 불무쌍수에 대해서는 잊어버린 뒤였다.

　서문영이 말한 불무쌍수는 그렇게 식사 중의 잡담으로 끝이 난 셈이다.

　　　　　*　　　　*　　　　*

　짧았던 봄이 지나고 뜨거운 여름이 시작되었다.

　그동안 성가장에는 다시 다섯 명의 제자가 더 들어왔다. 성가장의 수련비가 다른 무관에 비해 월등하게 싸다는 것이 주된 이유였다.

　성가장의 신임 가주가 젊지만 신진고수들 중에 가장 강할 것이라는 소문도 한몫 했다.

　이인모는 피나는 노력 끝에 이단공으로 넘어갔다. 그 바람에 일단공에 남은 사람은 여섯이 됐다. 서문영과 신입제자들이다.

　그런 이인모의 성장에 자극을 받은 설지(雪智)가 여제자들

중에 처음으로 삼단공으로 진입했다.

설지는 성유화와 자매처럼 지내던 미모의 아가씨였다. 전에는 집안의 반대로 무공에 전념하지 못했다.

하지만 무슨 바람이 불었는지 몇 달 전 집을 나와 아예 성가장으로 들어왔다.

자존심이 강한 그녀는 신입제자들이 이단공으로 자꾸 넘어오자 밤낮을 가리지 않고 연공에 매달렸다. 그리고 마침내 삼단공에 진입하는 쾌거를 이룬 것이다.

성유화는 조만간 있을 출정식에 대비해서 제자들을 천지인(天地人)의 세 개 단(團)으로 나누었다. 그리고 각 단마다 단주(團主)를 임명해 단원들을 관리하게 했다.

천단의 단주로 성무달, 지단의 단주로 막일문, 인단의 단주로 설지가 임명되었다.

사실 천지인의 삼단은 삼단공, 이단공, 일단공을 그럴싸하게 바꾼 것에 불과했다. 남들 앞에서 제자들의 무공 수위를 공개적으로 밝힐 수는 없는 까닭이다.

결국 성무달이 삼단공, 막일문이 이단공, 설지가 일단공의 제자들을 맡게 된 셈이다.

이번 일에 성가장의 흥망이 걸려 있다고 생각한 성유화는 사양하는 송 집사에게 억지로 호법(護法)이라는 직함을 내렸다. 그리고 "법 대신 제자들을 지켜 달라"고 신신당부를 했다.

송 집사는 성유화의 간곡한 청을 외면하지 못하고 결국 호

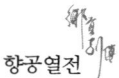
향공열전

법이 되었다. 집사라는 이름으로 활동하기가 어색한 것은 사실이었던 것이다.

성유화는 아예 연무장에서도 천지인의 삼단(三團)별로 연공을 하게 했다. 지난해에는 모두 뿔뿔이 흩어져 있다가 현천문에 의해 시체가 되어야 했다.

강호의 경험이 없었던 까닭이다. 성유화는 그런 일이 반복되지 않기를 바라는 마음으로 삼단의 운영에 필사적으로 매달렸다.

그런 성유화의 간절한 바람이 통했는지 성가장 사람들은 단별로 움직이는 데 익숙해져 갔다. 연공은 물론 식사와 잡일까지도 단별로 하기를 즐겨했던 것이다.

"예? 저도 가야 합니까?"

서문영이 설지를 물끄러미 바라보았다. 제자들을 모집하기 위한 무술시범에 함께 가자고 하니 왠지 기분이 이상했다.

"서 향공도 우리 인단(人團)의 일원이라는 것을 잊으면 안 되죠."

"하지만 저는 아직……."

서문영이 말을 흐렸다. 아직 현천문과의 싸움에 어떻게 할지 결정하지 않은 상태에서 무엇이든 인단과 함께한다는 것이 조금 마음에 걸렸다.

인단은 생사를 함께할 사람들의 모임인 까닭이다.

"후후, 서 향공. 괜히 뺄 거 없어요. 서 향공은 아직 마음을 정하지 못했다고 하는데…… 출정식 날 우리가 다 떠나면 성가장에 혼자 남아 있을 것 같아요? 의리상이라도 아마 그러지 못할 걸요. 어차피 서 향공이 우리와 함께 간다는 데 내기를 걸죠. 얼마 걸까요? 그런데 내기 걸 돈이나 있으시려나?"

설지가 서문영의 얼굴을 빤히 들여다보았다.

서문영이 설지의 시선이 부담스러운 듯 슬며시 외면을 했다. 설지의 나이는 스물일곱으로 자신보다 두 살이나 많았다.

성가장에 있는 세 명의 여제자 가운데 가장 나이가 많았지만, 자신보다 더 어려 보였다. 매사에 톡톡 쏘는 듯한 말투로 뭇 남 제자들의 가슴에 못질을 해댔지만 모두가 그녀를 좋아했다. 한 마디로 예쁜 탓이다.

"저는……."

서문영의 입에서 한숨이 흘러나왔다. 돈이 없어서가 아니다. 설지의 지적이 옳았다.

비록 자신이 원하는 바는 아니지만 선택의 순간이 오면 성가장 사람들과 행동을 함께할 것이 분명하다. 성가장에서 무공을 배우고, 또 성가장 사람들에게 생명의 빚을 졌다. 그 인연이라면 사지라고 마다할 수가 없지 않은가.

"서생들은 원래 매사에 우유부단(優柔不斷)하다죠? 무림인이 되고 싶다면 '적당히'라는 말과는 작별을 하도록 하세요. 적당히 하다가는 맞아 죽기 딱이니까요."

향공열전

"쩝, 단주님 말씀이 맞습니다. 가죠."

"내가 서 향공에게 함께 가자고 했던 이유는…… 가보면 알아요."

설지가 손가락을 까닥여 보인 후 돌아섰다.

'쯧! 이쁜 것들이란……'

서문영은 도살장으로 끌려가는 소와 같은 심정으로 설지의 뒤를 따라갔다.

*   *   *

남경의 중심부에는 사방으로 통하는 넓은 길이 있다. 그 길의 좌우편에는 아침저녁으로 사람들이 찬거리나 물건들을 가지고 나와서 장사를 하곤 했다.

그 사통팔달의 길 한가운데는 제법 넓어서 가끔씩 무관의 시범장소로 애용되곤 했다. 사람들이 많은 곳에서 무술 시범을 보이고 무관을 홍보하는 것이다. 무관의 시범이 없는 날에는 떠돌이 약장수들이 나와서 기괴한 무술을 선보이고 만병통치약을 팔기도 했다.

그 넓은 공터에 모처럼 사람들이 바글바글 모여들었다. 약장수가 아니라 무관의 시범이 있다는 뜻이다.

공터의 한쪽에는 성무천하(成武天下)라고 적힌 깃발이 펄럭였다. 그 깃발 아래에 성가장에서 나온 제자 십여 명이 엉거주

춤한 자세로 서 있었다.

막일문이 성무달에게 다가가 속삭였다.

"저어, 대사형, 저는 이런 일이 처음이라 상당히 난감하네요."

"뭐가?"

"그냥 무공만 펼치면 되는 건가요?"

"그럼, 약이라도 팔게?"

"아뇨, 그런 건 아니지만……."

막일문이 주변을 둘러보며 자신 없는 표정을 지어 보였다. 이렇게 많은 사람들 앞에서 시연을 한다고 생각하자 손발까지 조금씩 저려왔다.

성무달이 피식 웃어 보인 후 사람들의 앞으로 뚜벅뚜벅 걸어 나갔다.

"여러분! 안녕하십니까! 오늘은 성가장의 성무십결을 여러분에게 선보여 드리겠습니다! 아시겠지만, 성가장의 독문 무공으로, 성가장이 아니면 천하의 어느 곳에서도 배울 수가 없는 것입니다!"

성무달의 말에 구경꾼 중에 누군가 소리쳤다.

"성가장이면 강소성의 십대무가 중 하나라는 그 성가장이오?"

성무달이 자부심 가득한 얼굴로 고개를 끄덕였다. 지난겨울 현천문과의 싸움 이후로 성가장의 이름은 제법 널리 알려져 있었다.

"그렇습니다! 바로 십대무가의 하나인 성가장입니다! 잘 보시고 아낌없는 성원을 부탁드립니다!"

성무달이 머리를 숙여 인사를 하자 박수가 쏟아졌다.

짝짝짝—

"어서 해보슈!"

"좀 봅시다!"

"오늘은 누구래요?"

"십대무가의 성가장이랍니다."

사람들이 소란스러워지자 성무달이 설지에게 손짓을 했다. 속히 인단의 사람들을 내보내라는 뜻이다.

설지가 다섯 명의 신입제자들을 이끌고 자리를 잡았다.

설지의 등장으로 소란은 단번에 가라앉았다.

"오오!"

"대단하다!"

무공을 펼치기도 전에 사람들은 감탄부터 했다. 설지의 차가우면서도 이지적인 미모에 다들 넋이 나간 것이다.

성무달이 서문영의 옆구리를 쿡 찌르며 중얼거렸다.

"알겠어? 무공도 무공이지만 설지만 있으면 최소한 열 명은 거저 들어온다니까. 지난해에도 설지를 보고 들어온 제자가 꽤 있었다고. 물론 비도문 때문에 나가기는 했지만 말이야."

"그, 그렇군요."

서문영도 인정한다는 듯 고개를 끄덕였다. 확실히 설지의 미모는 독보적이었다.

일검만천(一劍滿天) 만물무루(萬物無累)!

설지의 낭랑한 외침에 따라 인단의 제자 다섯이 검을 휘두르기 시작했다. 그래도 동거동락(同居同樂)하는 사람들이라 그런지 일사불란한 동작은 보기에도 멋이 있었다.

"오오!"

"대단한걸!"

사람들이 연신 탄성을 내질렀다. 떠돌이 약장사들이 보여주는 것과는 확실히 달랐다. 움직임은 자로 잰 듯 일치했고, 태양 아래 반짝이는 검 날은 현기어린 움직임을 보여주고 있었다.

"할아버지, 저 사람들 봐요. 정말 재밌어요."

"그래. 오는 날이 장날이라고. 오늘 네가 좋은 구경을 하게 되었구나."

붉은 색의 경장을 단정하게 차려 입은 소녀가 노인의 손을 잡고 팔짝팔짝 뛰었다. 산을 내려온 뒤로 오늘처럼 신나는 날은 없던 것 같다.

"저 무공은 정말 쓸만한 건가요?"

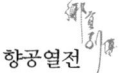

향공열전

소녀의 말에 노인이 희미하게 웃으며 고개를 끄덕였다.

"허허, 평범한 백성들이 익히기에는 아주 좋은 것이라고 할 수 있지."

"삼재검법(三才劍法)이나 마황창법(馬黃槍法) 같은 것보다 낫다는 뜻인가요?"

삼재검법이나 마황창법은 모두가 널리 알려진 초식들로 약 장사들이 애용하는 것이기도 했다.

"흠, 확실히 그것들보다는 나아 보이는구나."

"할아버지 좀 가까이 가서 봐요."

"허허, 뭐 볼게 있다고. 정작 제 사형들이 연공을 할 때는 거들떠보지도 않더니……."

"흥! 사형들은 너무 잘해서. 잘난 척 하는 것처럼 코인다고요. 하지만 저 사람들은…… 보세요. 너무 순박하잖아요. 어머! 저 아저씨는 혼자서 막 틀려. 아! 어떻게 해……."

안타까운 목소리와 다르게 소녀의 얼굴은 환하게 웃고 있었다.

"쯧, 이 녀석아. 그렇게 큰 소리로 떠들면 다른 사람들이 다 듣지 않겠니?"

노인의 말에도 소녀의 웃음은 멈추지를 않았다. 시장통에서 무공을 선보이는 사람들이 너무 이색적으로 보인 까닭이다.

소녀가 웃고 즐기는 가운데 시범은 두 번째로 넘어가고 있었다.

한 청년이 나와서 다섯 명의 문도와 함께 다른 초식을 선보였다. 두 번째 초식은 첫 번째보다 훨씬 더 복잡해 보였다. 그래도 사람들은 잘 훈련이 되어 있는 듯 동작이 잘 맞았다.

　두 번째 시범이 끝나자 소녀가 다시 할아버지의 손을 잡아당겼다.

　"할아버지, 제법 쓸만하지요?"

　"그래. 강소성의 십대무가라고 하더니 제법 기초가 튼튼해 보이는구나."

　"우리의 무공과 비교하면 어느 정도나 될까요?"

　소녀가 할아버지의 얼굴을 물끄러미 바라보았다.

　"혜미(慧美)야, 무공이 아니라 사람이 중요하다고 몇 번이나 말해야 알겠느냐?"

　"핏! 누가 그걸 몰라요?"

　노인의 말에 심혜미(審慧美)가 입술을 삐죽여 보였다.

　자신은 단지 '화산파의 무공과 비교될 만한 무공은 없다'는 소리를 듣고 싶었을 뿐이다.

　그러는 동안에 시범은 막바지로 치닫고 있었다.

　성무달이 세 명의 사제들과 함께 가운데로 나섰다. 마지막으로 삼단공을 보여주려고 하는 것이다. 하지만 성가장의 시범은 시작되지 못했다.

　"성가장 놈들, 아직 문 안 닫았나 보네?"

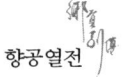
향공열전

"그러게 말입니다. 살아보겠다고 버둥거리는 것 같던데…… 시장까지 나와서 약을 팔 줄은 몰랐습니다. ㅇ지간히 돈이 궁했던 모양이지요?"

"씨벌놈들, 무인이면 무공으로 살아야지, 웬 약을 팔어?"

성무달의 이마에 힘줄이 돋았다. 구경꾼들 속에 섞여 있는 저 얼굴들은 바로 비도문의 사람들이었다.

하지만 성무달은 발작하지 못했다. 무슨 일이 있어도 비도문의 제자들과 싸울 수는 없었다. 부르르 떨던 성무달이 비도문의 시선을 외면했다.

그럴수록 비도문의 야유는 더 커졌다.

"저 새끼들, 처녀 가주까지 막 이리저리 내돌린다면서요?"

"힘 있는 무관에 줄을 좀 대보겠다는 거지."

"제가 들으니까 사두방의 당고선과도 붙어먹었다던데……."

"원래 집안이 망하면 계집들의 아랫도리가 가벼워지는 법이 아니냐? 크하핫!"

"크크크!"

구경꾼들이 웅성거리기 시작했다. 이야기의 사실 여부는 둘째 치고, 저런 소리를 들으면서도 반발하지 못하는 성가장이 한심스러워 보이는 것이다.

심혜미가 남자들의 저급한 야유에 두 주먹을 불끈 갈아 쥐었다.

"할아버지, 저 이상한 놈들 하는 소리 들으셨죠? 혼 좀 내주세요! 네에? 얼른요."

"……."

그러나 노인은 인상을 찡그리기만 할뿐 아무 말도 하지 않았다.

심혜미가 답답하다는 듯 몇 번이나 팔을 잡아끌자 그제야 조용히 말했다.

"남의 일에는 나서는 법이 아니다. 게다가 저 두 세력 간에 어떤 은원이 있는지 우리는 모르지 않느냐?"

"그래도……."

"검사는 언제나 검으로 말하는 법이다."

노인은 실망 가득한 눈으로 성가장 사람들을 바라보았다. 어떤 사연이 있는지는 모르겠지만 스스로 극복하려고 노력하지 않는 이상은 어쩔 도리가 없다.

그런 노인의 심정이 전해졌는지 심혜미도 한숨만 푹푹 내쉬었다.

참다못해 먼저 반응을 보인 사람은 설지였다.

"거기 두 놈! 지금 뭐라고 했느냐! 우리 성가장의 처녀 가주가 뭐가 어째?"

"왜? 우리가 틀린 소리를 했느냐?"

"에잇! 더러운 놈들! 네놈들이 비도문에서 나온 것을 알고

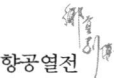
향공열전

있다! 비도문이 정파의 무관이라고 들었는데, 이제 보니 사두 방보다 못한 놈들이었구나!"

"헉! 이년! 너 지금 우리 비도문을 욕했겠다?"

"양심이 있다면 말은 바로 해라! 네놈들이 우리 가주를 비방하니까 나무란 것 아니냐!"

"미친년! 우리는 단지 너희 가주에 대한 소문을 말한 것뿐이다! 하지만 네년은 지금 직접 우리 비도문을 욕했다! 그 차이를 알겠느냐! 얘들아! 저년을 당장 잡아라!"

사내가 고함치자 구경꾼들 속에 섞여 있던 비도방의 고수 삼십 명이 우르르 쏟아져 나왔다.

그제야 사태를 파악한 구경꾼들이 슬금슬금 뒤로 물러났다.

성무달이 한숨을 쉬며 앞으로 나섰다.

"이보시오. 당신들이 먼저 우리 성가장을 비난했으니 피장파장이 아니오?"

성무달의 말에 사내가 냉소를 치며 답했다.

"흥! 성가장이 욕을 먹은 것은 무사도(武士道)를 저버렸기 때문이다. 그런 성가장과 우리 비도문을 어찌 같다고 할 수 있겠느냐!"

마침내 성무달의 입에서도 욕설이 터져 나왔다.

"이 씨벌놈들아! 듣자듣자 하니 못하는 소리가 없구나! 네놈들의 속셈을 우리가 모를 줄 알았느냐! 그래 잘 됐다! 어디 한번 붙어보자! 비도문인지 지랄문인지 뭐가 그리 대단한지 봐야겠다!"

비도문의 일대 제자이자 오늘 선동의 책임을 맡은 원의정(元義丁)이 맞받아 소리쳤다.

"형제들! 저 연놈들이 하는 말을 들었겠지! 우리 비도문을 사파보다 못하다고 깎아내리더니, 이제는 지랄문이라고까지 했다! 저것들을 모두 잡아 문주님께 끌고 가자! 반항하는 놈들은 죽여도 좋다!"

"알겠습니다!"

"성가장 놈들을 남김없이 잡아라!"

비도문의 고수들이 소리를 지르며 막 밀려갈 때다.

"멈추시오!"

귀청이 찢어지는 듯한 대갈일성(大喝一聲)과 함께 일남일녀가 달려왔다. 이제는 호법이 된 송안석과 성유화였다.

송안석이 두 무리의 가운데에 서서 말했다.

"소협, 아까부터 듣자하니 고의로 성가장에 시비를 걸던데, 비도문의 문주께서 시키신 일이오?"

송안석의 전신에서 무시무시한 살기가 흘러나왔다. 한때는 귀영마살(鬼影魔殺)이라고 불릴 정도의 인물이다.

그런 송안석의 기도에 눌린 원의정이 한 걸음 물러서며 답했다.

"그, 그럴 리가 있습니까? 그런데 대협은 뉘시기에 문파간의 분쟁에 나서는 것입니까?"

송안석은 성가장의 집사로 있는 동안 외부에 모습을 잘 드러내지 않았다.

원의정은 궁지에 몰린 성유화가 은거기인을 모시고 왔다고 착각하고 있었다.

"노부는 성가장의 호법인 송안석이외다."

"헉! 귀영마살?"

원의정이 주변을 두리번거렸다. 이런 때를 대비해서 모시고 온 무당산과 화산파의 손님을 찾고 있는 것이다. 본래는 사두 방의 당고선을 상대로 모시고 온 손님들이었지만, 귀영마살은 당고선 못지않은 고수로 알려져 있었다.

두 사람의 손님과 눈이 마주치자 원의정은 금세 안정을 되찾았다.

"송 선배님이 성가장의 호법으로 계신 줄은 몰랐습니다. 그러나 아무리 송 선배님이 호법이라고 해도…… 저 두 사람이 지은 죄가 작지 않으니, 반드시 비도문으로 데리고 가야겠습니다."

"허, 내가 처음부터 다 지켜보았건만…… 어째서 당신은 자신이 의도적으로 시비를 걸고서, 오히려 저 두 사람에게 죄를 뒤집어씌우는 것이오?"

"아까도 말했지만, 저의 죄는 소문을 전한 것뿐입니다. 그건 죄도 아니지요. 그러나 저 두 사람은 우리 비도문을 대놓고 욕했습니다. 그건 큰 죄라고 할 수 있지요."

유들유들한 원의정의 말에 성유화가 이를 갈며 말했다.

"너 이놈! 찢어진 입이라고 잘도 떠벌리는구나! 네놈의 그 입으로 나에 대해 뭐라고 말했는지 벌써 잊었느냐? 오냐, 비도문은 저 두 사람을 데리고 가서 비도문의 문주에게 죄를 물으라고 해라. 나는 너와 저놈을 끌고 가서 토막을 내줄 테다!"

성유화의 손끝이 무리들 속에 끼어 있는 한 남자를 가리켰다. 원의정과 함께 성가장을 욕하던 비도문의 일대 제자 신상명이었다.

"토, 토막이라니…… 그 무슨……."

당황한 원의정이 다시 뒤를 힐끔거렸다. 어서 나와서 사태를 수습해 달라는 뜻이다.

낌새가 이상하다는 것을 눈치챈 송안석이 뒤쪽을 향해 정중히 말했다.

"어느 문파의 고인이시오?"

그제야 구경꾼 속에서 두 명의 장년인이 걸어 나왔다. 두 사람 모두 못마땅한 표정이 가득했다.

송안석이 읍(揖)을 해보였다.

"노부는 해월선사의 제자인 송안석이라고 하오."

두 중년인의 표정이 돌변했다. 해월선사라면 소림사의 고승이다. 그렇다면 눈앞에 있는 저 초로(初老; 40대에서 50대 사이)의 남자는 소림사의 속가제자다.

중년인들이 가볍게 목례를 하며 답했다.

향공열전

"화산(華山)의 궁무선(弓武選)이라 하오."

"무당(武當)의 고문진(高問診)이오."

송안석의 얼굴이 어둡게 가라앉았다. 저 불청객들이 무당과 화산의 사람들이라면 자신도 어떻게 해볼 수 없었다.

'말로 해서 안 되면……'

결국 검이다. 일단 검을 쓰게 되면 상대가 강호의 명문(名門)이냐 아니냐는 의미가 없다. 죽느냐 사느냐만 남게 된다.

마음을 굳힌 송안석이 부드럽지만 단호한 어조로 말했다.

"두 분께서도 돌아가는 상황을 이미 아실 것이오. 비도문과 성가장은 이웃하고 있지만 최근 들어 사이가 나빠졌소이다.

비도문의 혈기왕성한 제자들이 뭔가를 꾸미고 있는 것 같은데 어쩌시겠소? 그들의 그릇된 행동을 묵인하시겠소? 아니면 시비를 가려 그들을 바른 길로 이끌어 주시겠소?"

날카로운 눈매를 한 화산의 궁무선이 피식 웃으며 답했다.

"어느 싸움이건 본시 내 편은 의롭고 상대는 추한 것이 강호의 다툼 아니겠습니까? 송 대협이 저편에 서 계시듯이 우리는 이편에 서 있는 것뿐입니다. 다른 이야기는 피차에 구차한 것이겠지요."

"……"

송안석의 얼굴이 붉게 달아올랐다. 비록 자신이 옳고 그름을 논했지만 궁무선의 말대로다. 그저 서로 서 있는 위치가 다를 뿐이다.

한순간 화산과 무당의 이름에 주눅이 들어 사정 아닌 사정을 한 것이 부끄러웠다. 강호에서 어디 사정이 통하던가!

"허허, 옳으신 말씀이오. 내 잠시 착각을 했더랬소. 그래 두 분은 어떤 식으로 이 일에 나설 생각이시오?"

무당의 고문진이 자신의 허리에 차고 있던 검을 가볍게 쳐 보였다.

"……."

송안석이 씁쓰름한 미소를 지으며 몇 걸음 물러섰다. 자신이 은거 아닌 은거를 하고 있는 동안 세상은 참 많이도 변했다. 이런 저런 말이 필요 없다.

그저 검집을 툭 치는 것만으로 피차의 입장은 분명하게 정리가 되었다.

성유화가 궁무선이라고 자신을 밝힌 중년인의 앞에 섰다.

송안석은 자연히 고문진의 앞에 서야 했다.

네 사람이 마주서자 성가장과 비도문의 제자들은 뒤로 빠졌다. 저 네 사람의 승부에 따라 잡혀갈 사람이 정해질 것은 뻔한 이치였다.

"뭐해? 구차한 얘기는 하지 말자며? 어서 덤벼! 안 덤벼? 그럼 내가 갈까? 무당에서 왔다고? 무당이면 다야! 엉! 빨리 말해!"

아까부터 은근히 흥분해 있던 성유화가 검 끝을 흔들어댔

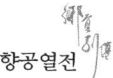

향공열전

다.

궁무선이 이를 갈며 소리쳤다.

"너! 감히 뉘 앞에서 함부로 입을 놀리느냐! 그리고 귓구멍이 막혔느냐! 나는 무당이 아니라 화산의 사람이다!"

"오! 화산이야? 언제부터 화산이 저런 더러운 놈들과 한통속이 된 거야? 당신이 이러고 다니는 거 장문인도 알아? 몰라? 어서 대답해!"

"미친!"

참다못한 궁무선이 검을 뽑아들었다. 어차피 이편저편 갈라서 싸우는 마당에 자신을 비웃는 것은 괜찮다. 하지만 감히 화산을 비웃고 장문인을 아무렇지도 않게 입에 올리다니?

"이제 보니 마녀가 따로 없구나! 받아라! 요망한 것!"

궁무선의 검이 눈부시게 날아갔다.

당장이라도 몸이 꿰일 것 같았지만 성유화의 검도 만만치 않았다.

채쟁―!

궁무선과 성유화의 신형이 붙었다가 떨어졌다.

단번에 승부를 짓지 못한 궁무선이 얼굴을 붉히며 공력을 끌어올렸다. 궁무선의 검신에 은은한 광채가 어리기 시작했다.

"혈, 태청검결(太淸劍訣)…… 정말 화산의 사람이었군."

노인이 고개를 갸웃거렸다. 누구의 제자인지는 몰라도 검에 들인 공이 보통은 아니었다.

"할아버지, 저 사람 정말 화산의 사람인가요?"

"검기의 모양새를 보니 분명 화산의 사람인 것 같은데…… 누구의 제자인지는 모르겠구나."

"하긴, 나도 모르는데 할아버지가 아실 리가 없지……."

심혜미가 할아버지를 힐끔 바라보았다.

그는 이십 년 전에 이미 화산파의 검성(劍聖)이라 불리던 천하제일검 심인동(審忍冬)이다.

그러나 "더 이상 재미가 없다"는 말 한마디를 남기고 소선동(小仙洞)으로 들어가 바깥세상과 담을 쌓고 지낸 괴팍한 노인이기도 했다. 자신의 친할아버지가 아니었다면 영원히 만나지도 못했을 기인이었다.

잠시 생각에 잠긴 심혜미의 귀로 심인동의 탄성이 들려왔다.

"아아!"

그제야 불현듯 현실로 돌아온 심혜미가 목을 앞으로 쭉 내밀었다. 구경하고 있는 사람들의 시커먼 머리통 사이로 싸움판이 보였다.

궁무선과 성유화는 세 걸음의 간격을 두고 우두커니 서 있었다.

"할아버지, 어떻게 된 거예요?"

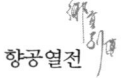

향공열전

"궁무선이 졌다."

"와아! 성가장의 처녀 가주가 그렇게 강한가요?"

"검신합일에 든 것은 비슷했지만…… 궁무선은 제정신이고 저 아가씨는 약간 정신이…… 험, 험, 하여튼 그 바람에 궁무선이 졌다. 눈에 보이는 게 없는 놈이 이긴다고 하더니만…… 허……."

"그게 무슨 말씀이세요? 저 언니가 미쳤다는 말인가요?"

"미친 게 아니라…… 미친 것처럼 자기 몸을 돌보지 않고 덤벼서…… 자기 몸을 사리고 있던 궁무선이 패한 거란다. 비슷한 경지의 사람들이 싸울 때는 좀 더 필사적인 사람이 이기는 법이지. 저 아가씨는 충분히 필사적인데, 궁무선은 그러지 못했거든……."

심인동이 말끝을 흐렸다. 궁무선이 여자를 깔보고 있다가 당한 것이든, 혹은 상대의 필사적인 공격에 심리적으로 위축이 된 것이든, 싸움은 끝이 났다.

궁무선은 여자의 일 검에 어깨를 찔렸다. 검에 담긴 힘이 보통이 아니었으니 당분간 검을 쓰지 못할 것이었다.

궁무선과 성유화의 싸움이 끝났을 무렵, 고문진과 송안석의 싸움도 끝을 향해 달리고 있었다.

고문진의 매서운 공세에 송안석이 연신 뒷걸음질 쳤다. 처음에는 서로를 경계하고 있던 터라 신중하게 일진일퇴(一進一

退)를 거듭했다. 그러니 시간이 흐를수록 우열은 분명하게 나뉘었다.

고문진이 신들린 듯 가볍게 움직였다면 송안석의 몸은 상대적으로 무거워 보였다.

고문진과 송안석은 서로를 존중해 검을 쓰는 대신 손과 발을 썼다. 피차 사문을 밝힌 상태에서 살수를 쓰기란 쉬운 일이 아니었다. 물론 권장술(拳掌術)이라고 해도 위험하기는 마찬가지였지만 말이다.

연신 뒤로 밀리던 송안석이 기합과 함께 주먹을 내질렀다.

고문진의 어깨에 주먹이 닿는 순간, 고문진의 손바닥 역시 송안석의 가슴에 닿았다.

퍼퍽!

송안석과 고문진 모두가 한 걸음씩 뒤로 물러났다.

겉으로 보기에 낭패를 당한 사람은 고문진이었다. 어깨 부위의 옷이 찢어져 살이 드러났던 것이다. 그러나 괴로운 표정을 짓고 있는 사람은 송안석이었다.

쿨럭—

송안석의 입술을 비집고 검붉은 핏물이 흘러나왔다. 심각한 내상을 입은 것이다. 어쩌면 검에 찔린 궁무선보다 더 심한 부상을 입은 건지도 몰랐다.

"송 호법님!"

성유화가 송안석에게 다가갔다.

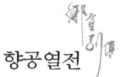
향공열전

송안석이 쓸쓸한 미소를 지어 보였다. 결정적인 순간에 도움이 되지 못해 미안하다는 표정이었다.

고문진이 성유화에게 다가갔다.

성유화가 흠칫 놀라 자세를 바로 했다. 아직 싸움은 끝나지 않았다.

고문진의 표정이 서늘하게 가라앉았다. 고문진의 전신에서 살기가 스물스물 피어 나왔다.

아무래도 고문진은 이 자리에서 성유화를 없애버릴 작정인 것 같았다.

"할아버지, 저러다가 저 언니 죽겠어요. 어떻게 좀 해봐요."

"……"

순간 심인동의 눈에서 빛이 번득였다. 고문진의 기세가 기이하게 변한 것을 알아챈 것이다. 저건 분명히 고도로 정제된 살기였다.

금지된 마공을 익히거나 심성이 극도로 잔혹하지 않으면 저 정도의 살기를 뿜어낼 수 없을 것이었다.

잠시 망설이던 심인동이 고문진에게 전음을 날렸다.

『그만두시게.』

짧은 한 마디 말이었지만 고문진을 멈추게 하기에는 충분했다.

"헉!"

고문진이 주변을 둘러보았다. 사방에서 종이 치는 듯 울려 대는 이 굉량(宏量)한 소리는 분명히 전설에나 나올 법한 육합 전성(六合傳聲)이었다.

고문진의 살기가 단번에 흩어졌다. 육합전성은 이미 그 자체로 상대가 지고의 경지에 들었다는 것을 나타낸다. 자신의 재주로는 어찌해 볼 수 없는 상대가 이 구경꾼들 속에 있다는 말이다.

'이 외진 곳에…… 대체 누가…….'

고문진은 끌어올렸던 공력을 풀어 버렸다. 고인의 심기를 거스르고 싶지 않아서다.

그가 지금까지 모든 상황을 지켜보았다고 생각하자 얼굴이 달아올랐다.

잠시 허둥대던 고문진이 궁무선에게 다가갔다. 그리고 그에 게 뭐라고 속삭였다.

대경실색(大驚失色)한 궁무선이 고문진과 함께 황급히 자리를 떠나 버렸다.

믿고 있던 두 사람이 사라지자 당황한 것은 비도문의 제자들이다. 저 송안석이나 성유화는 자신들의 능력 밖의 사람들이었다.

가장 먼저 원의정이 성유화의 눈치를 살피며 슬금슬금 사람들 속으로 파고들었다.

원의정이 사라지자 신상명과 다른 제자들도 고개를 떨구고

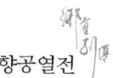
향공열전

흩어졌다.

비도문이 사라지는 동안에도 성유화와 성가장 제자들의 관심은 송안석에게 있었다. 송안석의 얼굴이 점점 검게 변해가고 있었던 것이다.

송안석이 자신을 바라보고 있는 문도들에게 손을 화화 내저으며 말했다.

"난 괜찮다네. 자네들, 행사가 다 끝났는가? 끝나지 않았다면 속히 마무리 하시게. 많은 사람들이 지켜보고 있지 않은가."

그제야 성유화가 성무달에게 시선을 돌렸다. 송안석의 지적에 정신이 든 것이다. 비도문 때문에 성가장의 행사를 망칠 수는 없는 노릇이었다.

성무달은 설지를 바라보았다. 이미 삼단의 무공시범은 끝났다. 하지만 설지는 아침부터 "인단에서 뭔가 보여 줄 게 있다"고 큰소리 쳤었다.

설지가 구경꾼들 앞으로 사뿐사뿐 걸어 나갔다.

"성가장의 마지막 무공 시범이 남아 있어요. 여러분, 보고 싶으신가요?"

"예! 보여 주십쇼!"

"준비해 온 게 있으면 다 봅시다!"

설지가 웃는 듯 찡그리는 듯 묘한 표정으로 서문영을 바라보았다.

서문영이 불안한 표정으로 눈을 끔뻑일 때다.

"성가장에서는 나이와 재능을 까다롭게 따지지 않아요. 남녀노소, 서생, 일당 잡부, 모든 사람들에게 무공을 가르쳐 준답니다. 외눈이거나 팔다리가 하나 없다고요? 괜찮아요. 검을 잡을 손만 하나 있으면 되거든요. 그럼, 서생으로 지내다가 작년 겨울에 입문한 나이 많은 제자의 시범을 보여드릴게요. 여러분도 반년만 하면 이 서생만큼 할 수 있어요. 참고로 이 서생은 성가장에 오기 전까지 무공을 전혀 익히지 않은 상태였다는 것을 말씀드립니다."

"……."

서문영의 입이 쩍 벌어졌다. 갑자기 무공의 시범이라니? 게다가 말투를 보니 '이런 부실한 놈도 성가장의 무공을 익혀서 사람이 됐다'는 식이었다.

"향공 서문영을 소개합니다!"

설지의 희고 고운 손이 서문영을 가리켰다.

순간 구경꾼들이 "와아!" 하고 웃으며 박수를 쳐댔다. 향공이라는 말에서 시범을 보일 젊은이가 무공과 관계없는 샌님이라는 것을 알 수 있었던 것이다.

비도문의 행패로 가라앉았던 분위기가 한순간 확 달아올랐다.

"보여줘! 보여줘!"

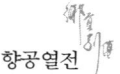

향공열전

"푸하핫! 향공이 무공을 한다고? 과거는 봤데?"

"몰라, 배운 지도 얼마 안 됐데."

"꺄악! 보고 싶어요!"

심혜미마저도 사람들 틈 속에서 미친 듯이 박수를 쳐대며 환호성을 내질렀다. 시골 장터의 광대놀이는 아직 끝나지 않았던 것이다.

〈2권에서 계속〉

ORIENTAL FANTASY STORY & ADVENTURE

권용찬의

칼

권용찬 신무협 장편 소설

「철중쟁쟁」,「파계」 작가 권용찬.
그가 서생 유원엽의 처절한 복수를 들고 돌아왔다!

칠현금을 뜯으며 금가(琴歌)를 불렀던 서생 유원엽.
그토록 여린 그의 마음에 칼이 박혔다.
그날 책장을 넘기던 손에 칼을 들었고,
사랑을 잃고, 공자를 버렸다.

"복수가 끝날 때까지 내 이름은 무명귀다!"

dream
books
드림북스

『향공열전』 출간 기념 드림 이벤트!!

최고의 작품만을 선보이는 무협의 거장!

『천사지인』, 『칠정검칠살도』, 『기문둔갑』

베스트 셀러 작가 조진행이 심혈을 기울인
웃음과 감동을 안겨주는 환상적인 대작!!

월하서생 서문영,
붓을 꺾고 무림의 길로 나선다!

✾ EVENT ONE ✾

책을 구입하신 분들 중 추첨을 통해 아래의 사은품을 드립니다.

[사은품]

1등(1명) : 『향공열전』3권(작가 친필사인)＋닌텐도DS
2등(2명) : 『향공열전』3권(작가 친필사인)＋MP4
3등(3명) : 『향공열전』3권(작가 친필사인)＋외식상품권 5만원
4등(20명) : 『향공열전』3권(작가 친필사인)＋문화상품권 1만원

[응모요령]

※ 1,2권 띠지에 부착된 응모권을 오려 2권에 들어 있는 애독자 엽서에 붙여 보내주세요.
(응모권은 2개 모두 보내주셔야 합니다.)

❊ EVENT TWO ❊

『향공열전』 1,2권을 모두 읽고 감상평을 올리시는 분들 중 30명을
추첨하여 아래의 사은품을 드립니다.

[사은품]

『향공열전』 3권 (작가 친필사인)

[응모요령]

책을 읽고 서평을 이벤트가 진행 중인
인터넷 서점(yes24, 인터파크) 독자 서평란에
올려주시고, 서평과 아이디, 이메일,
서평을 올리신 인터넷 서점명을 한 번 더
드림북스 홈페이지 이벤트 게시판'에 올려주세요.

[이벤트 기간]

2007년 11월 5일~2007년 12월 5일

[추첨자 발표]

2007년 12월 17일

저사 홈페이지 및 장르문학 전문 사이트에 발표합니다.

드림북스 홈페이지 http://www.sydreambooks.com
드림북스 블로그 http://blog.naver.com/dream_books
문피아 사이트 http://www.munpia.com/출판사 소식/드림북스
조아라 사이트 http://www.joara.com/ 출판사 소식

수령하실 사은품은 이미지와 다를 수 있습니다.
사은품은 『향공열전』 3권 발행 후 일괄 배송합니다.

魔神 마신

김강현 신무협 장편 소설

ORIENTAL FANTASY STORY & ADVENTURE

단 한 명우, 그의 검에서 천뢰가 떨어졌을때, 무림인들은 경악했다!

『삼자대면』, 『투신』, 『퍼스트 맨』의
작가 김강현이 새롭게 선보이는
강렬하고 통쾌한 무협.

어느 한순간에도 눈을 뗄 수 없는 사건의 연속들
천기자의 비동(祕洞)을 둘러싼 강호의 혈투가 시작되었다

dream
books
드림북스